転生令嬢は庶民の味に飢えている 3

柚木原みやこ

Miyako Yukihara

Regina

RB

レジーナ文庫

登場人物紹介
Characters Introduction
ノーマン
クリステアの兄。妹想いで優しいが、少し過保護な一面も。
輝夜《かぐや》
本来は黒ヒョウの姿を持つ魔獣だが、黒猫の姿でクリステアと契約するはめに。
黒銀《くろがね》
クリステアと契約を結んだフェンリルの聖獣。腕利きでクリステアを護ってくれる。
クリステア
美味しいご飯のためなら努力を惜しまない公爵令嬢。前世は日本の下町暮らしのOLだった。
真白《ましろ》
クリステアと契約を結んだホーリーベアの聖獣。まだ幼くて甘えん坊。

マリエル
メイヤー男爵令嬢。
子リスのような
雰囲気の女の子。
レイモンド
クリステアが住む
ドリスタン王国の王太子。
ノーマンとは友人。
レオン
クリステアが王宮で出会った
謎の青年。その正体は…!?
リリアーナ
ドリスタン王国の王妃で、
レイモンドの母。

目次

転生令嬢は庶民の味に飢えている3

第一章　転生令嬢は、王都行きを告げられる。

「え……社交シーズンはみんなで王都へ？」

　冬のある日、お父様は突然私たちの王都行きを告げた。

　ここは、ドリスタン王国の王都から馬車で二日ほど離れたところに位置するエリスフィード公爵領にある、エリスフィード公爵の住まう館。

　その居間で、当主である父スチュワード、母アンリエッタとともに、食後のお茶を楽しんでいるところだ。

「そうだ。其方《そなた》も来年の春には学園に入学するのだからな。社交シーズンのこの時季、デビュー前の子弟を集め王宮でティーパーティーが催《もよお》される。其方《そなた》も参加して交流を深めておくのだ」

　冬は社交シーズン。普段領地で過ごす貴族が王都に集まり、連日そこかしこでパーティーが開かれる。そこでは大人たちのみならず、子供たちが交流する場もあるのだ。

現在九歳の私、クリステア・エリスフィードは、来年、魔力を持つ者が通うアデリア学園に入学することになっている。

おそらく、入学してから誰が誰だかわからず粗相《そそう》をしないようにしておこうということなんだろうな。

本来なら、私も毎年社交シーズンのたびに王都へ行き、歳の近い貴族の子女とは面識を持っているはずだ。

だけど、ある事情でこれまでほとんど領地から出られなかったんだよね。

というのも、魔力が多ければ多いほど価値があるこの国では、高位貴族の魔力量が多い。

そんなドリスタン王国に公爵令嬢として生を受けた私は、生まれつき魔力量が多かった。いや、多すぎた。

幼い私は豊富すぎる魔力をコントロールできず暴走の危険があるので、物心つく前から領地に引きこもって暮らしているのだ。

そんなある日、ひょんなことから地球という星、いや世界？　の、日本という国で暮らしていた前世の記憶を思い出した。その前世が若干オタク気味のＯＬだったものだから、転生先であるこの世界に魔法が存在すると知った時は、そりゃあもう感動したものだ。そしてそれまでサボりがちだった魔法学の指導をしっかり受けている。

結果、魔力のコントロールを覚え、このたび、安心して学園に入学できることと相成ったのだ。

その上、魔法については、ただ制御できるだけじゃない。アニメやゲームの知識を駆《く》使《し》して明確にイメージできるようになったおかげで、魔法学に精通した家庭教師のマーレン師が驚くほど様々な魔法を習得している。

今や、どこでも自由に物を出し入れできるインベントリや、一瞬で他の場所に移動できる転移、といった特別な魔法さえ思いのまま。

マーレン師ったら「クリステア嬢の習得の速さは非常識すぎるんじゃ」だって。失礼すぎない？

以前は精神が未熟で魔力の循環《じゅんかん》がでたらめだったが、今は前世の大人だった頃の記憶があるからか、精神的に安定したためなのに。まあ、オタクの妄想力《イメージ》も一役買っているとは思うけれども。

その代わりと言ってはなんだけど、暴走気味だったかつてのエネルギーは、今や全力で食に向かっている。

私は、前世で馴染《なじ》んだ庶民の味を再現すべく東奔西走《とうほんせいそう》……その結果が「悪食令嬢《あくじき》」の二つ名だ……なんたる不名誉！

そりゃあ「悪役令嬢」よりマシだけどさぁ、なんだか暴飲暴食の権化《ごんげ》みたいで怖いんだけど。

私なんて、ちょおぉーっとだけ美味《おい》しいものに目がない、ごはんがなければ作ればいいじゃない？　って頑張ってるただの女の子だよ？

なのに、妙な二つ名が一人歩きするわ、何故か王太子殿下に婚約者候補として目をつけられそうになるわ……。

王家に嫁ぐだなんて窮屈《きゅうくつ》に違いないこと、庶民の記憶を持つ私としては御免被《ごめんこうむ》りたい。

幸い、お父様とお兄様は無理に嫁がなくてもいいと言ってくれていることだし、私としては許される限り、理解のある家族のそばでのんびり過ごしたかった。

もっともお母様はそうは思っていないみたいだけど。

それにしても、パーティーか……私の場合気をつけなければならない家格の相手なんて限られているから、特に身構える必要はない。むしろ私より低位の子たちに「はーい注目！　私がエリスフィード公爵令嬢クリステアちゃんだよ☆　無礼なことしないように気をつけるんだぞ☆」と周知するためのものになるだろう。……そんな自己紹介は絶対しないけどね！

まだしばらくは、おとなしく目立たないようにしたいのになぁ。

「あの、今年も不参加というわけには……」

「いかんな。多くの貴族が揃《そろ》うこの機会に少しでも顔を出しておかねば、周囲の者が困るだろう。これでもギリギリまで待ったのだ」

……ですよねー。

結局、私の王都行きは決定してしまった。数日後には箱馬車に乗って向かうそうだ。

はぁぁ……馬車かぁ。苦手なんだよね。

我がエリスフィード公爵家の離れには、王宮に直通の転移陣がある。

けれど社交シーズンはあえて使わず、馬車で移動して道中の街に立ち寄るらしい。冬ごもり前に各所でお金を落とすためだそうだ。それが貴族としての義務《ノブレスオブリージュ》なんだって。まあ、経済を回さなきゃならないのは仕方ないんだけど……

「はあ、行くのやだなぁ……」

私は自室のソファにゴロンと横たわった。

馬車移動はともかく、王都行きに不満はない。どのみち学園に入学したら王都で過ごすのだ。

それに、王都の市場ではどんなものが売られているのか見てみたい。新たな食材に巡《めぐ》り会えるかもしれないからね。

では何故王都へ行くのを渋《しぶ》っているのかというと、王族と遭遇《そうぐう》して目をつけられると面倒だからである。

聞くところによると、お母様だけでなく国王陛下まで、私と王太子殿下を結婚させたがっているらしいのだ。

夏に我が家を訪れた、王太子のレイモンド殿下のことを思い出す。

彼は王都の学園に通う私の兄、ノーマンお兄様の学友で、何故か私にもやたらと構ってきた。

あの王太子殿下のことだ、お兄様と一緒にパーティーへ行けば必ず寄ってくるはず……となると、私も相手しないわけにはいかないよね。

今まで姿を見せなかった公爵令嬢がいきなり王太子殿下と親しくしていたら、周囲に「まさか彼女が王太子妃の筆頭候補なのでは？」と誤解されかねない。

その座を狙《ねら》う令嬢やその家族から、要らぬ反感を買ってしまうではないか。

おおう……そんな未来は極力避けたい。面倒ごとは本当に勘弁《かんべん》してほしいよ。

私は学園で敵ではなくお友達を作りたいのだ……切実に。ぼっちはいやだぁ！

……行きたくない理由は他にもある。

今王都へ行くと、年をまたいで新年のパーティーだのなんだのがあり、少なくとも一ヶ月は領地《こっち》に帰れないからだ。

「はあ……せっかく、もち米が手に入ったのに」

前世の日本によく似た国、ヤハトゥールの食材を扱うバステア商会。そこを通じて、私は待ちに待ったもち米をゲットしたばかりなのである。ヤハトゥールからの留学生で、友人でもあるセイがどうにか都合してくれたのだ。今度お礼をしないとね。

折しも季節は冬、しかも年末だ。この季節にもち米を手に入れたからにはやらねばならぬことがある……そう！　餅つきだ!!

「それなのに、王都へ行かなきゃならないなんて……」

お餅……あの魅惑のもちもち食感！

焼いて砂糖醤油《じょうゆ》につけて食べたり、ぜんざいに入れたり、そうそう、新年にはお雑煮《ぞうに》を作らなきゃだよね。

鏡餅を飾り、カチカチになったところを割って、油で揚《あ》げて塩をふってかき餅に。それからそれから……あああ、考えただけでテンションが上がる！　早く食べたい！

『主《あるじ》よ、そんなに王都へ行くのがいやなのか？』

『いくのやめたら？』

私の顔を覗《のぞ》き込むように問いかけてくるのは黒銀《くろがね》と真白《ましろ》――私の契約聖獣のフェンリルとホーリーベアだ。

彼らは、私の魔力と料理が気に入って契約した、とっても素敵なもふもふの持ち主。人型にもなれるけど、聖獣姿の時はテレパシーのような「念話」で話しかけてくる。

「行かないわけにはいかないし、行くのがいやなわけじゃないんだけど、お餅が……」

『食い物か？』

「そう。この前セイから受け取ったでしょう？」

『あれはコメだろう？』

「米は米でも、あれはもち米といって、あれからお餅という食べ物ができるのよ」

『ふうん……。おもち、つくらないの？』

『今からでも作ればよいではないか』

「そうしたいのは山々だけど、まだ道具が準備できてないのよ」

もち米は普通のお米と違い、炊《た》くのではなく蒸さなければいけない。蒸し器と、なにより餅つきには欠かせない臼《うす》と杵《きね》が必要……いやちょっと待って？

蒸し器は鍋に水を張って、水に浸《つ》からないようにザルを置けばいける、かな？

臼《うす》は石臼《いしうす》をイメージして土魔法で作ればいい。そうしたら後は杵《きね》だけか。

杵《きね》ねぇ、うーん……あ、ハンマー！　ハンマーで代用すれば……臼《うす》が割れちゃうか。

それとも、ハンマーでも割れない臼《うす》を作るか。となると、ここはプロに頼るのが一番。

お父様の友人のドワーフで、凄腕の鍛冶《かじ》屋であるガルバノおじさまに相談してみよう。

思い立ったが吉日と言うし、早速これからガルバノおじさまの工房へお邪魔するとしましょうか。

私はすぐに真白と黒銀を伴《ともな》い、ガルバノおじさまの工房の裏手にある庭へ転移した。

真白や黒銀とは少し異なる経緯で契約した黒猫姿の魔獣である輝夜《かぐや》は『は？　鍛冶《かじ》屋ぁ？　そんなとこ行きたかないよ』と言うので留守番だ。

……面白いと思うんだけどなー？

「ごめんください……っと。おじさまー？　いらっしゃいますかあ？」

表に回ろうかと思ったけれど、やめた。職人街の表通りの外れにあるガルバノおじさまの工房は人気があるから、通りの端っこでもそれなりに人の出入りが多い。

荒くれ者がいることもあるので、私のような貴族の子供が一人で歩くには少し危険なのだ。

変装せずに来た私は、目立たないように裏口のドアを開け、声をかけてみる。

「……うん？　なんだ、嬢ちゃんか。どうした？」

のそりと工房からやってきたおじさまは、裏口から顔を覗《のぞ》かせる私を見つけると相好《そうごう》を崩《くず》し、中へ入るよう手招きした。

「ごきげんよう、おじさま。あの、おじさまの工房に大きなハンマーはありますか？」

「うん？　あるにはあるが、嬢ちゃんが使うには重くて無理があると思うぞい？」

「……ですよねぇ」

「そもそもそんな武器は嬢ちゃんに必要なかろう？」

「あ、武器じゃなくて、餅つきに使いたいんです。杵《きね》……ええと、ハンマーくらいの大きさの木槌《きづち》のようなものがいいのですけど」

「モチツキ？　キネ？　なんじゃそりゃ？」

ああ、そうか。餅つきなんて言ってもわからないよね。

私が杵《きね》の形や大きさなどを簡単に説明すると、ガルバノおじさまは「すぐに手配しよう」と請《う》け負《お》ってくれた。

「こんなもんすぐそこの大工に言って作らせるわい。そこで待っとれ」

ガルバノおじさまは、ガハハと笑いつつ工房から出て職人街の通りへ行ってしまう。

……まるっとおじさまにお任せしてよかったんだろうか。

こんなにあっさり手に入るとは思わなかったので拍子抜けしちゃった。

「ただ待つのも暇《ひま》だし、手間賃代《てまちん》わりに昼食を準備しようかな」

工房へはこっそりと何度か来たことがあるので、キッチンの場所はわかっている。勝手知ったるなんとやらで、私はそこに入らせてもらうことにした。

「……見事にお酒しかない」

食品棚を確認すると、酒の他は乾《かわ》き物……酒の肴《さかな》だろうか、塩漬け肉やチーズ、ナッツぐらいしかない。普段おじさまは、街の食堂や酒場で食べているんだろうなぁ。

「いくらドワーフが長生きの種族だとはいえ、これじゃ身体壊しちゃうじゃないの」

まったくもう、世話の焼ける。

私はインベントリから炊《た》きたてご飯の入った土鍋を取り出し、おにぎりを作る。中身は鮭に似た魚を焼いてほぐしたシャーケンフレークと梅。

それから出汁《だし》巻き卵と野菜たっぷりのオーク汁も出すことにしよう。

ストックが充実しているから、たとえ遭難《そうなん》しても困ることはない。こういう時にも、サッと出せて便利なんだよね。あってよかった、インベントリ。

ついでにクリア魔法でテーブルをきれいにしていく。クリアは広く使われる生活魔法の一つだが、掃除だけでなく洗濯や、身体に使えばシャワーの代わりにもなる優れものだ。魔法って便利。

「戻ったぞい……おお？　いい匂いがすると思ったら」

「そろそろお昼なので、よかったら」

出汁《だし》巻き卵とオーク汁の入った鍋をインベントリから取り出し、大きな木のボウルによそう。うちで使ってるお椀《わん》じゃ、おじさまには小さすぎるからね。

おにぎりも、私の手で握れる最大のサイズで作ったけれど、おじさまが持つと普通より小さく見えるだろう。

「おお、おお。ありがたくいただくよ」

嬉しそうに目尻を下げ笑うガルバノおじさま。

「お鍋ごと置いていきますからしっかり食べてくださいね。オーク汁はお野菜たっぷりですよ」

「野菜など食べんでも死なんわい……と言いたいところじゃが、嬢ちゃんの作るメシは野菜も美味《うま》く食えるからのう。わかった。残さず食べるとしよう」

「ふふ、約束ですよ？」

「わかったわかった。お、そうじゃ。これでええかな？」

そう言いながらガルバノおじさまは、ベルトにさしていた杵《きね》をヒョイと差し出す。

「わあっ、そうです！　これです！」

私が思い描いていたそのものの杵《きね》がそこにあった。

「ありがとうございます。あっ、お代は……」

「ええわい、そんなもん。メシと相殺《そうさい》じゃ」

「え、でも」

それじゃ釣り合わないような……

「ええんじゃ。こいつを作った奴には貸しがあったからな」

ぐい、と杵《きね》を差し出され、ありがたく受け取ることにした。

「おじさま、ありがとうございます。お餅が上手にできたら持ってきますね」

「おお、そうしとくれ」

にっこり笑うおじさまにお礼を言って、私は工房を辞去《じきょ》したのだった。

ついに杵《きね》を手に入れた！　よぉし餅つきだー！　と意気込んで帰宅したものの、まだもち米の前準備をしていなかった。こんなに早く杵《きね》が手に入るとは思わなかったからね。

餅つきは明日行うことにして、もち米を研《と》いで浸水《しんすい》しておく。今は水温が低いので芯《しん》が残らないようにしっかり水に浸《ひた》しておかないと。

料理長をはじめ、調理場の料理人たちには「これは試作用の米だから勝手に炊《た》いたりしないように」と厳命しておいた。朝起きたら間違って炊《た》かれていたなんてシャレにならないもの。

さて、蒸し器に代用できそうなザルや鍋を見繕いながら、段取りをおさらいしよう。

そう考えたところで、お餅がくっつかないようにするための餅とり粉が必要なことを思い出した。餅がつき上がってから餅とり粉がない！　と慌《あわ》てるところだった、危ない危ない。

確か、片栗粉か上新粉《じょうしんこ》……お米の粉でよかったはず。

初めて精米した時、お米を魔力でうっかり砕いてしまったことを思い出した私は、試しに調理場の隅《すみ》で生米を手に取った。粉砕するイメージで魔力を込めると、手の中のお米が粉々になる。

おおう……我ながら怖い。

気を取り直し、ある程度の量のお米を粉砕する。それをすり鉢でゴリゴリとすりまくり、さらに細かくサラサラの粉末にしておいた。餅とり粉はこれでよしと。

石臼《いしうす》は、前世の記憶を頼りに土魔法で作り出す。強度もしっかりとイメージして、実際に杵《きね》を入れてサイズを確認。

そして杵《きね》の先が割れないよう、一晩水に浸《ひた》しておけば、前日の準備は完了、かな？

明日はもち米を蒸して念願の餅つきだ。ああ、待ち遠しい！

餅つきは、ちびっこの私がやるより、大人の人間姿の黒銀が腰を入れてしっかり潰《つぶ》すほうがいい。私は合いの手係だ。

黒銀と真白には、大まかな手順を説明しておいたので大丈夫だろう。

それから、明日はシンも巻き込むつもりだ。エリスフィード家の料理人であるシンのお父様は、ヤハトゥールの出身だという。

セイからヤハトゥールにもお餅があると聞いたので、ぜひともシンには作り方を覚えてもらいたい。亡くなったお父様の故郷の味だもの。

……なんて、餅を丸めたりするのに、人手が欲しかったからなんだけど。

大人数でやれば早いけど、調理場のみんなに手伝ってもらうと丸めたそばから食べられちゃいそうで、人選には気を遣わざるを得ないんだよね。

その後は、お餅に合うトッピングを考えたり、王都行きの準備をしたりして過ごし、私は「早く明日にならないかなぁ」と、ワクワクしながら眠りについたのだった。

翌日、そわそわと朝食を終えた私は、お父様とお母様が話す王都行きについての注意をうわの空で聞き流し、餅つきのために調理場へ向かった。

わーい！　やっとお餅がつけるよ！

昨日から浸水《しんすい》しておいたもち米をザルに上げ、しっかり水を切ってから蒸し上げる。その間に魔法でお湯を沸かして石臼《いしうす》を温めておく。冷たい石臼《いしうす》に入れたら、もち米が冷えて美味《おい》しいお餅にならないからね。

シンは石臼《いしうす》になみなみと注がれるお湯を見て「お嬢は魔法をなんだと思っているんだ？」とため息をついている。

……これだけ惜しげもなく魔法を使いまくるのはどうかって言いたいらしい。でも、私の魔力量は豊富だし、使える魔法だってたくさんある。それなら使わない手はないでしょう？

細かい調整をすることで魔力のコントロールの練習にもなってるしね。これ本当。

そうシンに訴えると「へ～、ほ～、ふーん」とか適当に返事された。ぐぬぬ。

そうこうしているうちに、もち米が蒸し上がった。

食べてみて芯《しん》が残っていないか確認。うん、ばっちり。

ここからは時間との勝負だ。

石臼《いしうす》が温まっているか確認した後、お湯をすくい出し……ている時間が惜しいので、一旦《いったん》お湯だけインベントリに収納してから捨てる。

インベントリは液体をそのまま入れても他の収納物に干渉しない。

そして石臼《いしうす》の中を軽く拭き取り、その中に蒸し上がったもち米を投入。黒銀に杵《きね》で手早くぐりぐりと潰《つぶ》してもらう。

黒銀は事前に説明していたことをしっかり守って、上手に潰《つぶ》してくれた。

それが終わると、お待ちかねメインイベントだ。

ここで気をつけなければいけないのは、杵《きね》は力任せに振り下ろすものではないということ。

杵《きね》の重さを利用する程度でいい。うっかり石臼《いしうす》の角に杵《きね》をぶつけて、砕けた木の破片が餅に入り込んだら台無しだ。そこのところは黒銀にしつこいくらい伝えておいた。

テンション上がると力いっぱいやっちゃう男子とかいるからねぇ。

そんなわけで、いよいよ餅つきがはじまった。まずはそのまま黒銀についてもらう。

私は対面でぬるま湯を準備して合いの手係だ。

ぺったん、ぺったん、ぺったん……おおお、いい感じ！

「黒銀、もう少し速くてもいいわよ？」

「これ以上速くすると、主《あるじ》の手に当ててしまいそうだ」

むむ、見くびってもらっちゃ困るわね。これでも前世では幼い頃から田舎《いなか》のばあちゃん家《ち》で餅つきを手伝っていたから、合いの手だってプロの域だ。

親戚やご近所さんを巻き込んで、年末恒例の一大イベントだったんだから。

……それも途中から餅つき機に取って代わられたけどね。

高齢化の波には逆らえなかったので仕方ないとはいえ、楽な器機では物足りなかったのを覚えている。

いけない、湿っぽい話は置いとこう。手早くやらないと美味《おい》しいお餅が台無しだ。

「くりすてあ、おれがかわるよ」

ふいに人間の姿の真白が、私と交代を申し出た。

「え、でも……」

申し出は嬉しいものの、のんびりした子だから手を引きそこねて杵《きね》に打ちつけられてしまうのでは、と心配になる。

「だいじょうぶ。やりかたみてたからわかる。やれる」

「ふむ。おぬし相手なら手加減はいらぬな」

ニヤリと笑う黒銀。悪い笑顔だなぁ……

「くろがねこそ、もたもたしてたらこうたいだよ？」

「望むところだ」

笑顔で睨《にら》み合う二人の間で、カーン！　とゴングが鳴ったようだ……幻聴かな。

ぺったん、ぺったん……と普通のスピードからどんどん速くなり、終《しま》いにはものすごい高速になっていった。

……ちょ、すごい。普段の真白からは考えられない素速さだ。

黒銀の動きも私と組んでいた時とは比べ物にならない。しかも、それでいて力任せじゃない。

真白に至っては、合間合間に返しまでしっかりやっている。ま、負けた……

「……すげえな。さすが聖獣様といったところか」

「……うん」

前世で見た、高速餅つきのパフォーマンスを超えるかのような動きに、私とシンはただ呆然と二人を見守るだけだった。

普通ならぺったんぺったん……と聞こえるはずの音が高速すぎてぺぺぺぺぺ……としか聞こえない。どういうことなの!?

「……ハッ！　ちょ、ちょっとストーップ！」

我に返った私は二人を止めた。

「……まだ、しょうぶはついてないよ？」

「うむ。これからさらに速度を上げていこうかと思っていたところだ」

憮然《ぶぜん》とした表情を浮かべる二人。

「いやいや、勝負じゃないから。もうお餅がつき上がってるじゃないの」

私はツッコミを入れつつ、餅のでき具合を見てみる。

おお、なんとなめらかなもち肌……じゃなくてお餅！　湯気《ゆげ》の立つ熱々のお餅は、きめ細かくなめらかで、とっても美味《おい》しそうだ。

「うん。美味《おい》しそうにできてる。さあ、お餅は手早く丸めないとね！」

まずは一旦《いったん》インベントリにお餅を入れる。次に木のテーブルを取り出し、クリア魔法をかけてから餅とり粉を撒《ま》く。そうやってお餅がくっつかないようにしてから、改めてお餅をデデン！　と置いた。

「さあ、丸めるわよ！　……と、その前に」

つきたてのお餅をその場でいただくのは、餅つきをした者の特権だ。味見用に小さくちぎってまとめ、それぞれ砂糖醤油《じょうゆ》ときな粉を入れたお皿を並べた。

「できたてが一番美味《おい》しいの。ちょっとだけいただきましょう。一人につき二個までね。あっ！　熱いし柔《やわ》らかくて喉《のど》に詰まらせやすいから、気をつけて食べてね？」

そう言ってみんなに試食を促《うなが》す。

おっと、すぐに食べない分は冷めないようにもう一度インベントリに入れておこう。

さて、今世初のお餅をいただきます！

まずは、砂糖醤油《じょうゆ》から。ちょんと醤油《しょうゆ》に浸《ひた》して、ぱくりと口にした。

「あっ、あふっ！　熱っ！」

自分で注意しておきながら、お餅の熱さにびっくりする。

……なにこれ。めっちゃくちゃ美味《おい》しい！

柔《やわ》らかくて、コシがあって、のびも素晴らしい。高速でつくと美味《おい》しいお餅になると前世で聞いていたけど、本当だ！

……あっという間に食べ終わっちゃった。

うわぁ、試食の数を決めておいてよかった。際限なく食べてしまいそうだもの。

次はきな粉で。今朝方「餅にはきな粉でしょ！」と思い出して、大豆《だいず》を餅とり粉同様に粉にしておいたのだ。

砂糖を混ぜたきな粉にお餅を投入し、しっかりまぶして、と。

バクッと一口食べると、口の中で広がるきな粉とお餅のハーモニー……ああ、なんて幸せな味なの。熱々のお餅に、きな粉がしっかり絡《から》んで……美味《おい》しくないわけがない！

「お、美味《おい》しいぃ……！」

ふわぁ……と、今の私はきっと緩《ゆる》みきっただらしない表情を浮かべているに違いない。

美味《おい》しくって、幸せなんだから仕方ないよね。

あんこもつけたかったけれど、試食が試食じゃなくなりそうなので我慢だ。

「……うん、美味《うま》い！　少しでも食べた気になるし、腹持ちもよさそうだ」

シンは食べ盛りの若者らしいコメントだね。

確かに、お餅は腹持ちがいい。そして、カロリーもそれなりに……

お母様には気をつけて食べさせないと。美味《おい》しいものって高カロリーが多いよね。

「くりすてあ、これ、おいしい！」

ああ……真白ったら、口の周りをきな粉だらけにして、にぱーっと笑うものだから、美少年が台無しだ。私はハンカチを濡《ぬ》らして口の周りを拭《ぬぐ》ってあげる。

「くりすてあ、ありがとー」

いえいえ、どういたしまして。

「うむ。美味《うま》い。我《われ》はこちらの醤油《しょうゆ》のほうが好みだな。甘さはもっと控《ひか》えめでもいい」

黒銀は磯辺《いそべ》巻きとか好きそうだね。

彼は少し冷ましてから一口で食べているので、口元や服を汚していない。ソツがないなぁ。

「さて！　試食も済んだし、食べやすいように丸めていくわよ！」

「「「おう！」」」

インベントリからお餅を取り出して均等に切り分けていると、黒銀と真白が「餅が熱いだろうから」と交代して見よう見まねでやってくれた。

すぐにコツが掴《つか》めたのか、二人とも手早い。ポポポポポポーン！　と、あっという間に小分けされていき、私はシンと二人で焦《あせ》りながらせっせと丸めた。

真白たちはここでも張り合い、自分のほうが多くできたと言い争いはじめる。私は久々に伝家の宝刀「ケンカしたらごはん抜き」を発動し、おとなしくしてもらった。よしよし。

「どっちがくりすてあのやくにたつかしょうぶしてたのに……」

しょんぼりする真白。

「うむ。主《あるじ》のために誰よりも役に立つのは、やはり己《おのれ》でありたいからな」

うんうんと頷《うなず》きながら呟く黒銀。

いやいや。二人ともめっちゃくちゃ役に立ってるから！

そう言うと、彼らはパアァ……と笑顔になった。

「二人が仲良く協力してくれたらもっと嬉しいんだけどなぁ」

「……善処《ぜんしょ》しよう」

「……できるだけがんばる」

そう答えてくれたものの聖獣の独占欲は本能だから仕方ないらしい。そ、そっか……

一通りの作業が終わったので、道具を片づけないとね。

私は衛生面を考慮してつけていた割烹着《かっぽうぎ》を脱ぎ、粉だらけになった全員にクリア魔法をかける。

一応、エプロンもあるけれど、レースとフリルと刺繍《ししゅう》がこれでもかと施《ほどこ》された、やたらとゴージャスな一品だ。私はシンプルなのを希望していたのに「クリステア様が身につけるものがそんなに質素だなんて！」と使用人たちに猛《もう》反対されて、とてもじゃないけど調理には向かない装飾《そうしょく》過多のフリフリエプロンが作られた。それは最早ドレスだ。

ばばーん！　と、それを見せられた時はどうしようかと思ったよ……

「調理の邪魔になって危ないから」と説得し、かなり装飾《そうしょく》を控《ひか》えさせたにもかかわらず、最終形態はフリフリの新婚さんエプロンになる。解せぬ。

数回使ってみたものの、ワンピースの袖《そで》のフリルが調理の邪魔になったため、新たに割烹着《かっぽうぎ》の製作を頼んだ。が、これまたフリフリで唖然《あぜん》としたのは言うまでもない。

私付きの侍女で、裁縫が得意なミリアを拝み倒して不要な装飾《そうしょく》を外してもらい、ようやくシンプルなものが完成した時は安堵《あんど》したものだわ。

そうして無事お餅はできた。さあ餅料理だ……と思った？　残念！　明日は王都へ出発だ。

お餅のお披露目は王都へ着いてから、年が明けて食べるお雑煮《ぞうに》に入れるとしよう。

そんなことを考えつつ、第一回エリスフィード家餅つき会は閉幕した。

翌朝、私はいつもより早起きした。

気乗りしないとはいえ、行き先は王都だもの。はりきりもしますって。

いざ出発～！

……かと思いきや、午後からゆったり出発するんだって。

我がエリスフィード公爵領は王都まで馬車で二日かかると聞いていたのだけれど、実は結構近いので、朝早く出発すればなんとか夜には着ける距離なのだそう。でもそんな強行軍だと疲れるし、なにが起こるかわからないし、危険だ。

それに道中でお金を使わなければならないので、街へ立ち寄り、宿で一泊するようにしているのだとお父様が言っていた。道中の街や村でお金を使うのが貴族の義務と言われてしまっては仕方ないけど、面倒くさ……

でも午後から出発になるのは都合がいい。セイにしばらく不在にすると伝えに行けるではないか。せっかくだし、お餅もおすそ分けしよう。

そんなわけで、彼の契約神獣である白虎《びゃっこ》様と念話でコンタクトをとり、セイのところへ転移した。

「セイ、私はしばらく王都へ行ってくるわね。それから、この前のもち米でお餅を作ったの。よかったら皆様で召し上がってね」

セイや神獣の皆様がまともに料理ができるとは思えない。私は食べ方を簡単にまとめたメモを一緒に渡した。きな粉と餡《あん》もおまけして。砂糖醤油《じょうゆ》は簡単だし大丈夫だろう。

「おお、これはありがたい。ドリスタンで餅が食べられるとは思わなかった。クリステア嬢はよく作り方を知っていたな？」

嬉しそうにお餅を受け取るセイのなにげない一言にぎくりとする。

「ま、まあ、ちょっとね。バステア商会ではお餅をついたりしないの？」

「さあ、どうだろうな？　もち米も久しぶりに取り寄せたと聞いたが」

「以前は取り寄せたもち米をどうしていたのかしら？」

使い道がわからなければ取り寄せないだろうし。

「会頭《かいとう》の母君の好物が赤飯だったそうだが……」

「ああ、なるほど……」

バステア商会の会頭《かいとう》の母親はヤハトゥール出身で、よく故郷から品物を取り寄せていたと聞いたことがある。

赤飯かぁ。そうね、もち米があるからには赤飯やおこわも作りたい。

となると、やっぱりセイロかちゃんとした蒸し器は必須よね。王都にないか探してみようかな？

ん？　ちょっと待って？　赤飯を作っていたということは……

「ねえセイ、バステア商会ではセイロや蒸し器を扱ってるの？」

結果、ありました。蒸し器はなくてセイロしかなかったけれど、十分だ。

私はサイズ違いでいくつかそれを購入し、帰途につく。

セイロがあれば作れるものが増えると、出発前の思わぬ収穫にほくそ笑んだ。

そして転移で部屋に戻ると、そろそろ出発の時間らしく、ミリアが呼びに来た。

今回は彼女も私付きの侍女として同行するのだ。

王都の屋敷にも使用人は大勢いるけれど、私の好みや行動パターンを一番理解しているのは彼女だ。うっかり私がなにかやらかしても、誰よりも機転を利かせてくれるに違いないとお父様が決めた。否定できないのがつらい。

さらに、ヤハトゥールの食材を扱うための指導役として、シンまで連れていくそうだ。

それ絶対、調理場での私の監視役を兼《か》ねてるよね。ぐぬぬ……私のやらかしを前提にフォロー役、いや監視役を据《す》えておこうだなんて重ね重ね失礼な。

私だって一応は公爵令嬢。猫の十匹や二十匹被《かぶ》ってみせる！

ふんむー！　と意気込む私を見ながら、ミリアは「クリステア様ったら、またなにかはりきっていらっしゃる……心配だわ」と思っていたとか。

うう、ミリアまで。……いじけちゃうぞ！

第二章　転生令嬢は、王都へ向かう。

そうこうしているうちに出発の準備が整い、私たちは馬車に乗り込んだ。

「あら？」

お父様たちと同乗するのかと思いきや、私の馬車にいるのはミリアと聖獣姿の真白、黒銀、それから輝夜だけだった。

なるほど、聖獣のみんなと同乗するのは、私やもう慣れているミリア以外の人では気を使うものね。

よかった〜！　お父様たちと一緒だと王都での注意やお小言が延々続きそうだもの。

シンは護衛の皆さんと荷馬車に乗るらしい。

なんともむさ苦しそうな空間だなぁ……シン、頑張ってね。

さて、私のほうは長時間馬車に揺られるので、クッションをたくさん置いてもらった。

うん、気休め程度ではあるけれどなにもないより幾分《いくぶん》マシだわ。

足元には黒銀、それから私の膝《ひざ》で真白が寝ている。輝夜はミリアの膝《ひざ》の上で寛《くつろ》いでいた。

よくご飯をもらうからか、輝夜はミリアによく懐《なつ》いてるみたい。ミリアももふもふを堪能《たんのう》できて嬉しそう。うむ、よきかな。

そして馬車は街道をひた走り、夕方になる前に宿のある街へ到着した。

「クリステア様、そろそろ到着するようですよ」

「……ん、んん〜！　ああ、腰が痛ぁい……」

大きく伸びをしてから腰をさすると、ミリアがクスクスと笑う。

「まあ、クリステア様ったら、まるでお年寄りみたいですわ」

そうは言っても、普段こんなに何時間も座ってることなんてないもの。

「主《あるじ》、大丈夫か？　腰が痛むのなら我が運ぼうか？」

「くりすてあ、おれがだっこしてあげるよ？」

「二人ともありがとう。でも大丈夫よ」

人型に変化した二人が申し出てくれるけれど、黒銀だと子供みたいに抱っこされそうなので遠慮《えんりょ》した。今は子供とはいえ、成人女性だった前世の記憶を持つ身としては、さすがに気恥ずかしい。

真白に至っては、抱っこは無理でしょ。

いや、元々は力持ちなんだから大丈夫なのかな？　見た目が不安なだけで。

『モタモタしてないで、とっとと降りたらどうなのさ』

くわぁ、と大あくびで促《うなが》す輝夜は、ちゃっかりミリアに運ばれる気満々だ。

「はいはい。さぁてと、降りますか」

宿に到着したようなので、私はすっくと立ち上がり、ドアを開けてもらう。

「ここが、今夜の宿？」

黒銀のエスコートで馬車を降りると、目の前の建物は宿屋ではなく、そこそこ立派なお屋敷だった。聞けば、この街の町長の館らしい。

私たちはこの館に泊めてもらい、その他の使用人は街の宿に泊まるそうだ。

なぁんだ、宿屋に泊まれば酒場メシとか食べられるんじゃないかと期待してたのに。

「ささ、公爵様。他の皆様も長旅でお疲れでしょう。晩餐《ばんさん》の支度はできております。狭《せま》いところではございますが、お入りくださいませ」

ま、いいか。ごちそうが私を待っているのだから！

……そう思っていた時が、私にもありました。

「ど、どうぞお召し上がりください」

食事を用意してくれた町長の奥さんが、ぺこぺことお辞儀《じぎ》をする。

私たち公爵一家を前にして緊張《きんちょう》しているのだろうか。なんだか落ち着きがない。なにはともあれ、目の前に並べられた『ごちそう』をいただくと……不味《まず》い。申し訳ないけど美味《おい》しくない。

私の記憶が戻る前の食事も、こんなものだったような気はするけれど、とにかくギトギトしている。味つけは、出汁《だし》なんて概念はなく、ガンガン塩を入れるばかりでしょっぱいだけ。

塩や香辛料が高級品だからって、たくさん入れればもてなしになる時代はもう終わったよ？　と言いたいけれど、もてなされている側としては言うに言えない。

お父様とお母様のほうを横目で見ると、やはり食が進んでいないようだ。私の料理を食べ慣れているので無理もない。申し訳ないが、ほんの少しだけいただいて、後は残してしまった。

食べ物を粗末にすることに罪悪感はあるものの、海水より塩辛いスープはさすがに、無理。

お父様は頑張って食べていたみたいだけど、これじゃ高血圧になりかねないわ。

お腹空いてるのに食べられないなんてつらすぎる。

部屋に戻ったらおやつをこっそり食べよう……お父様たちにも差し入れしないと。お父様もお母様もなにか言いたげにチラッチラッとこちらを見ていることだし。

この調子だと明日の朝食も不安しかないなぁ……はぁ。


晩餐《ばんさん》の後は割り当てられた客室へ向かい、お茶の支度をミリアに頼む。

と、そこへお父様とお母様がやってきた。やっぱりなー。

「なにかお食べになりますか?」

「ええ、お願い。貴女《あなた》の料理を食べ慣れているせいか、あれはちょっと……」

ため息をつきながら答えるお母様。ですよねぇ。

すでに塩分を取りすぎているのでメニューに迷ったけれど、ポテトサラダをパンに挟《はさ》んでサンドイッチにした。

炭水化物ばかりなのが気になるところとはいえ、空腹の前には仕方がない。少しつまむだけで満足感のあるものがいいだろう。箸《はし》休めとしてピクルスもつける。

「はあ……これよ、これ。美味《おい》しいわぁ……」

「うむ。やはりクリステアの料理は絶品だな」

……親バカがすぎませんかね？　嬉しいですけどー！

「しかし、以前訪れた時は、これほどまでにひどくなかったと思うのだが……」

「そうね。こんなに塩辛い料理ではなかったはずよ」

「そうなのですか？　我が家でも以前は同じようなものだったと思いましたが」

前世の記憶が戻る以前の食事を思い出す。まあ、ここまで塩辛くはなかったけど……

「うむ。我が家も今ほど繊細《せんさい》な味つけではなかったな」

繊細《せんさい》……？　ああ、出汁《だし》だの旨味《うまみ》だのを知らなかったからね。

「貴族の間では、かなり食の改善がなされたと聞いていたのだが。フレンチトーストをはじめとした其方《そなた》のレシピが、瞬《また》く間《たた》に広がったからな。新作が出るとすぐさまレシピを買い、研究する料理人までいるそうだ」

いつの間にそんな大ごとになっていたのか。

「……初耳ですわ」

「言っておらぬからな」

「……お父様？」

「すまん」

まったくもう！　そういうことはちゃんと教えてほしいよ。

「ふむ、貴族の食の改善はなされたが、平民にはまだ行き届いていないのであろうか」

「いえ、それにしてもあの味つけは――」

ちょっとひどくありませんかね？　そう話していたところに、町長がやってきた。

「皆様がこちらにいらっしゃると伺《うかが》いまして……ああ、申し訳ございません。やはりお口に合いませんでしたか……」

テーブルに並ぶサンドイッチを見て、がっくりとうなだれる町長。

「あっ……！　こ、これは……」

あわわ、嫌味みたいになっちゃったかな？　せっかくのおもてなしだったのに……

「いいえ、当然のことかと。申し訳ありません。妻にはもっと味つけを薄くするよう、前々から言いきかせているのですが」

「……どういうことだ？」

不審《ふしん》そうに問いただすお父様。

「現在の妻は、後妻なのですが……結婚した当初は、こんなにひどくなかったのです。しかし、いつの間にかどんどん味つけが濃くなり、今ではあんな……」

汗を拭き拭き答える町長。あの料理を毎日食べているなら血圧も高そうだ……大丈夫かな？

だけど……もしかしたら。

「あの……奥様はもしかして、味がわからないのでは？」

恐る恐る聞いてみる。

「何故それを⁉　実は、私がちょうどいいと言った味つけは薄すぎてわからない、といつも味を濃くしてしまうのです」

うーん……それ、味覚障害じゃないかなぁ？

晩餐《ばんさん》での奥さんの様子を思い浮かべると、なんとなく余裕がなさそうな雰囲気だった。私たちがいるから緊張《きんちょう》してるのかと感じていたのだけど。

「味つけがおかしくなってきた頃に、奥様にとってつらい出来事などはありませんでしたか？」

味覚障害って、ストレスでなることもあるからねぇ……

「つらい出来事、ですか？　身内の恥でございますが、私の母が倒れてしまい、身の回りの面倒は全て妻が看《み》ておりまして、逐一《ちくいち》注意されてつらいと私に漏《も》らしておりました。私も仕事が忙しくあまり構ってはやれませんで。そういえばその頃からおかしくなっていたような……」

おおう……嫁姑《よめしゅうとめ》問題か。旦那さんも頼れないとなると、さぞかしつらかっただろう。

やはりストレスで味覚が鈍《にぶ》くなっている可能性があるなぁ。

前世で友人が仕事のストレスで味覚障害になり、亜鉛《あえん》のサプリメントを服用していたのを思い出す。

「あの……奥様は精神的につらい状況にさらされ続けて、味を感じにくくなっているのかもしれませんわ」

「なんですと!?」

「できれば、お手伝いさんを雇ってお母様のお世話を任せ、少し楽にしてあげてください」

それから気休めかもしれないけど、ナッツやごま、お肉や大豆《だいず》など、亜鉛《あえん》を含んでいそうな食材を後で渡すことにした。それらの食材を他の食材とも合わせてできるだけバランスよく食べるように言って聞かせる。

町長は半信半疑だったけど、食材を山ほどあげるというと、承諾《しょうだく》した。

「それと、毎日頑張る奥様に労《ねぎら》いの言葉をかけてあげてくださいね」

「は、はあ……」

うーむ。今すぐにできるのは、こんなところだろうか。奥さん、よくなるといいなぁ。

翌朝。いつも通りに目が覚めたので、私は毎朝の日課であるヨガを済まし、自分にクリア魔法をかけて部屋を出た。

大きな屋敷とはいえ、我が家ほどではない。少し歩いたところに台所らしき場所を見つける。

そこには朝食の仕込みをしようとしている奥さんの姿が。

……やっぱりなぁ。食材を前に固まってる。町長になにか言われたかな？

「あのぅ……」

そっと声をかけると、ハッと気づいた奥さんが駆《か》け寄ってきて、土下座せんばかりに膝《ひざ》をついた。

「さ、昨夜は、お口に合わない料理をお出ししてしまい、申し訳ございませんでした……！」

「あの、頭を上げてくださいませ。……お味がわからなかったのでしょう？」

「……はい。ですから今も、なにを作ったらいいのかわからなくて……」

途方にくれたように食材を見る奥さん。なんとも心細そうだ。

「あの……私、お料理が趣味ですの。お手伝いさせていただいてもよろしくて？」

私はにっこり笑って手伝いを申し出る。

「そ、そんな！　お客様に……しかも公爵家のお嬢様に手伝っていただくなんて！」

奥さんは思わぬ提案を受け、驚き戸惑《とまど》っているようだ。

「いいからいいから。一緒に楽しく作りましょう？　つらい気持ちを抱えたままお料理をしても、美味《おい》しいものはできませんもの」

「うっ……うわあああん……っ！」

あわわ、奥さんしゃがみこんで泣き出しちゃった。こりゃ相当溜め込んでたな。

私もしゃがみこんで奥さんをキュッと抱き締《し》め、よしよしと撫《な》でてあげる。

するとさらに号泣してしまった。ここは吐き出したほうがいいだろう。

「ううっ……わ、私、頑張ってたん……ですけどっ……全然ダメだってぇ……！」

「ええ」

「お義母《かあ》さんっ……は、前のっ……ひっく、奥様が……、お気に入りだっ……た……からっ。比べ……られっ、て……っ！」

「……そう。つらかったのですね」

「うわあああん！」

しばらくそうしていると、落ち着いたのか彼女の嗚咽《おえつ》が消えた。

「も、申し訳ございませんっ。お嬢様に、こんな……みっともない真似を……！」

「いいえ、今まで頑張って耐えてきたのでしょう？　大変でしたね」

「お嬢様……っ！」

ああ、また泣きそうになっちゃったよ……しんどかったんだねぇ。こりゃお父様に言って、後で町長をシメてもらわなくては。

「さあ、一緒に朝食を作りましょう？」

「で、でも私、味がわからなくて……」

「まず私が作って見せるので、分量などをしっかり覚えてくださいませ。同じように作れば、同じ味でできるはずですから」

「は、はい」

そうして町長の奥さんと一緒に作ったのは、ふわとろオムレツとフレンチドレッシングのサラダ、スープに黒パンだ。

途中「え、それだけしか塩を入れないのですか？」と奥さんは戸惑《とまど》っていたけど「まあまあ、いいから」と一通り作ってみた。

オムレツは味がわからなくても食感を楽しめるようにふわとろに、酸味は少しだけわかるそうなので、お酢を多めに入れたフレンチドレッシングでシャキシャキの野菜をたっぷり摂《と》ってもらうことにした。

スープは塩漬け肉で出汁《だし》をとり、煮込んだ野菜と肉、ハーブから出る旨味《うまみ》や香りを活《い》かす。塩こしょうは、各自お好みで入れてもらう。

「これで大丈夫なのでしょうか？　薄すぎると叱《しか》られたりは……」

「大丈夫。味が薄ければ、そこに置いてある塩やこしょうを好きに入れなさい！　でいいのです」

「は、はい……」

「あっ、でも貴女《あなた》はできるだけ味を濃くしないように気をつけて。今のままの味で、食感を確かめるように食べてみてくださいね」

「はい……」

そうして、みんなで食べた朝食は、笑顔で溢《あふ》れていた。

「こんなに楽しい雰囲気の食卓は久しぶりです。いつも主人はしかめっ面で食べていて……当たり前ですよね。あんな料理じゃ……」

自嘲《じちょう》気味に笑う奥さん。

「今回の料理はいかがですか？」

「え？　ええ、味は……やっぱりよくわからないのですが、ふわふわだったり、みずみずしかったり、香りもよくて……食べていて楽しかったです」

「そうですか。楽しんでいただけてよかったですわ」

「……ありがとうございます。食事は楽しいものだということを忘れていました。これからは楽しく食事ができるようになりたいと思います」

今度は晴れやかな表情になる奥さん。うむ、よかったよかった。

ちなみに朝食の後、お父様に事情を話して町長をシメていただき、その間に簡単なレシピを書いて奥さんに渡した。

後妻さんということもあってか、奥さんは結構若かった。けれど、ストレスと偏《かたよ》った食生活でお肌が荒れまくり、老けて見えていたようだ。

「バランスよく食事を摂《と》れば、お肌はきっと若返りますよ」と教えると、喜んでいた。

「このレシピを忠実に守って作ります！」

うん、多少はご家庭ごとの好みもあるだろうから変化していくと思うけど、今はとにかく忠実に。レシピにない調味料を入れまくって、独創的すぎる料理にしちゃうのだけは避けてくださいね？

余談だけど、私のレシピの価値を知った町長夫妻が「我々のためにそんな価値のあるものを!?」といたく感激し、代々伝わるレシピにしたとかしないとか。

さて、馬車に乗り込み、街を後にした私たちは、王都への道のりを延々と揺られた。

途中で昼食のために他の街へ立ち寄る予定が、お父様の町長への説教が長引いたせいで時間がとれず、街道の途中で休憩となる。お弁当などの用意はないので、みんなのご飯になったのはインベントリに収納していた私のストックだ。

土鍋で炊《た》いておいたご飯はシンの手によっておにぎりになり、護衛の皆さんの胃袋に収まりましたとさ……。

彼らは、身体が資本なだけあって、めっちゃくちゃよく食べてくれました。

……私のご飯ストックはもう空よ？　王都に着いたら炊《た》いておかないと。ううっ。

おかずはお味噌汁にお漬物。お肉も焼いてあげたかったけれど、お肉の匂いで魔物が引き寄せられるといけないので我慢だ。

簡単な昼食でも、皆さん美味《おい》しい！　と喜んでいたのでよかったわ。

ちなみに、後で黒銀に聞いたら、行く手を阻《はば》みそうな高ランクの魔物は、黒銀が探索《たんさく》魔法で見つけて討伐《とうばつ》していたんだって。

道理でちょいちょい馬車から抜け出してたのよね。

てっきり、馬車に揺られているのが暇《ひま》だから散策しに出ていたのかと思ってたよ。

ちなみに、討伐《とうばつ》高ランクの魔物の素材は、魔石や牙をはじめどれも使い道があるので、エリスフィード領にある冒険者ギルドのマスターであるティリエさんのところへこっそりと転移で持っていったらしい。ぬ、抜かりないね。

ティリエさんはドサドサッと持ち込まれた魔物に顔を引きつらせていたそうだ。

……あの余裕綽々《しゃくしゃく》なオネエルフのティリエさんにそんな顔をさせるだなんて……黒銀、恐ろしい子！

「そっかぁ……ありがとう、黒銀」

『なんの。人型よりこの姿で戦うほうが楽だからやったまでよ』

クールに答えつつも、尻尾が嬉しそうにふるふるしてるよ。感謝の気持ちを込めて頭を撫《な》でてやると、黒銀は嬉しそうに目を細めた。

『おれは、くりすてあのごえいがかり！』

真白はその間、私の護衛係だったそう。

「そう、真白もありがとう」

『くりすてあをまもるのは、とうぜん！』

誇《ほこ》らしそうに胸を張る真白。可愛い奴め！

輝夜は……あ、はい。ミリアの膝《ひざ》の上でお昼寝だね。護衛……じゃないよね？

そんなふうに過ごしつつ、予定より少し遅れたものの、夕刻の閉門時間には余裕をもって王都に到着できた。

「ここが、王都……」

赤ん坊の頃に来たことはあるらしいけれど、そんなの覚えているわけがない。

窓の外を見るも、門の高い壁に阻《はば》まれて中を窺《うかが》い知ることはできなかった。

馬車にはエリスフィード公爵家の紋章が描かれているので、ほぼフリーパスで通れるみたいだ。検問では先行した護衛が届けた書状と馬車の紋章を確認するだけで、中をあらためられることもなく壁の向こうへ誘導《ゆうどう》される。

馬車の窓から外を覗《のぞ》くと、長旅を終えた旅人たちの列が見えた。ようやく王都にたどり着いて安堵《あんど》していたり、疲れきった表情で検問の順番を待ったりしている。

その行列はとても長く、閉門までに間に合うのだろうかと心配になるほどだ。

あまりにもギリギリだと都の中に入れてもらえず、壁の外で一夜を過ごす者もいるのだとか。ここまで来てそれはないよねぇ。

でも変な輩《やから》を入れるわけにはいかないから、仕方ないのかな。貴族は護衛ごとフリーパスで警備は穴だらけだと思うのに。

そんなことを考えているうちに、私の乗る馬車は壁の中へ進んでいった。

高く分厚い壁に囲まれた王都は広大だ。

城壁の中は四つの層で成り立っていて、一番外側の壁に囲まれた区域には平民、二番目の壁の中は商人をはじめとした裕福層、三番目の壁の中は貴族が居を構えている。

そして一番内側の壁の向こうには、立派なお城がそびえ立っていた。

「ほわぁ……大きなお城……」

「クリステア様、お口が開いておりますよ？」

ミリアにクスクスと笑われる。おっと、いけない。

だってさぁ……某ランドのお城なんて目じゃないよ？　規模が違う。気持ちとしては

「なんじゃあああぁ？　こりゃあああ⁉」と叫びたいくらいだ。

ひええ……王太子殿下って、こんな立派なお城に住んでる人だったんだね。そりゃ尊大にもなるわ。そんな人に対して、いやがらせのように辛いカレーで意趣《いしゅ》返ししてしまったのか……よく不敬罪に問われなかったな、私。

とりあえず、今度会うことがあればお菓子を贈《おく》ってお詫《わ》びでも……いや極力関わりた

くないな。余計なことはしないのが一番だよね、多分……

悩んでいる間に、馬車は三番目の壁を通過していた。

貴族の屋敷が建ち並ぶ、いわゆる貴族街と呼ばれる区域の通りをひたすら奥へ進んでいくと、大きな塀が続くお屋敷ばかりになる。

屋敷の規模を見るに、どうやら外側の壁の近くは低位の、中央に近づくほど高位の貴族の区域になっているようだ。

私たちの馬車はその中でも最奥《さいおう》に近い、とにかく長く高い塀が続く屋敷がある門の中へ入っていく。……え、ここ？

あ、門番のお仕着せに公爵家の紋の刺繍《ししゅう》が。うん、ここだ。

……て、ここなの!?　でっかいな!!

門を過ぎてから、さらに屋敷にたどり着くまでが長いんですけど……？

領地の屋敷ならいざ知らず、王都でこれはかなり大きなほうなのでは。

領地に引きこもっていたから、お父様がかなり高位の貴族だってわかっていても実感がなかった。だけど、こうまざまざと見せつけられると、やっぱり公爵家ってすごいのね……としみじみと感じてしまう。

なんだかんだ言っても私って、世間知らずの箱入り娘なんだなぁ。

「お帰りなさいませ、お館様」

車寄せに着き、馬車から降りると、家令をはじめとした使用人たちがずらりと並んで主人の到着を待っていた。おお、壮観。

その迫力に怯《ひる》む私とは反対に、お父様は堂々とした態度で応える。

「うむ。今日からしばらく人が増えるが、頼むぞ」

「かしこまりました。にぎやかになるのは嬉しゅうございます。さあ、お前たち」

家令の一言で使用人たちは全員、サーッと各自の仕事に取り掛かった。荷物を降ろし運ぶ者や、私たちの外套《がいとう》を預かり誘導《ゆうどう》する者……全ての者が無駄《むだ》なくきびきびと動いている。

す、すごい。さすがは王都でも高位の貴族である公爵家に勤めるだけあるわ……

それに比べ領地のみんなは……うん、しっかり仕事してくれるけれど、ほどよく緩《ゆる》い感じだね。私としてはあっちのほうがのびのびと過ごしやすいんだけどなぁ。

「クリステア、其方《そなた》は覚えてはおらぬかもしれんが、家令のギルバートだ」

そう紹介されたのは、白髪《しらが》を美しく整えた老紳士だった。ほうほう、セバスチャンじゃないんだね。残念。

それとも執事の中にセバスチャンがいるのかな？

「お館様、クリステア様がこちらにいらしたのはとてもお小さい頃ですから……。改めて初めまして、クリステア様。なにかございましたら、私どもになんなりとお申しつけください」

お、おう……なんというか、若い頃はさぞかしモテたのであろうおじいさまといった風貌《ふうぼう》。いい感じに歳を経てシワさえも計算されたようなイケ爺《じい》ってやつだね？

私が枯れ専だったらコロリといってしまいそうだわ……いやさすがに孫とおじいちゃんくらい歳が離れてるからね？　ないからね？

「初めまして、ギルバート。よろしく頼みます」

にっこり笑って挨拶《あいさつ》をすると、ギルバートは目尻を下げて微笑《ほほえ》んだ。

「なんとお美しくも可愛らしく成長なさって……。お館様がここにいらっしゃるたび、早くクリステア様に会いに帰りたいと仰《おっしゃ》るわけですね」

……お父様ったら、そんな恥ずかしいことを言っていたのか。

「ギルバート！　余計なことは言わんでいい。仕事に戻れ」

少し不機嫌そうに言いつけるお父様……おや、照れてる？

「はい。それでは」

クスクスと笑いながら、ギルバートは使用人たちに指示を出していった。

きっと、ギルバートはお父様が子供の頃から知っているんだろうな。二人の空気からそういう気安さを感じるよ。滞在中にお父様のやんちゃ時代の話を聞いてみたいなぁ。

私たちは、ひとまず各自の部屋へ行き、着替えてから晩餐《ばんさん》ということになった。

王都のごはん、楽しみです！

晩餐《ばんさん》までの間、自室となる部屋に案内され、ミリアたちと一緒にゆったりとお茶を飲む。続きの間では、運び込まれた荷物がテキパキと整理されているようだ。

私の荷物はさほど多くないので、間もなく終わるだろう。

本当に必要なものや大事なものは、インベントリの中だからね。食材とか、調理道具とか……

滞在中の衣服についてはすでに準備していたということで、チラッと覗《のぞ》いた衣装部屋とも呼べる大きなウォークインクローゼットは、服や小物で埋《う》め尽くされていた。

え、そんなにいらないでしょ……とドン引きしてしまったものの、パーティーやお茶会などで同じ服を着るのは公爵家としてありえないらしく、これくらいは最低限必要なのだそうだ。そ、そうなの？

私の部屋は落ち着いた色調でまとめられ、調度品の意匠《いしょう》は女性好みの可愛らしい小花柄で統一されていた。当然、ベッドは天蓋《てんがい》つきだ。

私が学園に入学したら週末はこの屋敷に滞在するので、改めて新しいものに総入れ替えしたのだとか。服のことといい、そんなもったいない。

週末しか使わないんだし、元からあるものを使えばいいじゃないと思ったけれど、令嬢の発言として適当ではないのでグッと呑み込んだ。

「ありがとう。とっても素敵なお部屋ね」

部屋付きのメイドにそう言うと「侍女長に伝えておきます」と、嬉しそうに答える。

よかった、せっかく私のために設《しつら》えてくれた部屋なのに「元からあるものでいい」なんて言ったら、頑張って用意してくれたみんなをがっかりさせるところだった。

前世の感覚がひょっこり出てきてしまう私は、貴族らしくないんだろうなぁ。

……だけど、贅沢《ぜいたく》するのが当たり前という考えは、私らしくないと思うから、この感覚はなくしちゃいけないよね。

黒銀と真白の部屋は私の部屋の隣に用意された。

この屋敷の使用人には信用のおける一部を除いて、二人が聖獣であることを秘密にしておくことになっている。私が聖獣と契約していることを隠すためだ。

本来、聖獣と契約したら、そのことを国に報告して、一生を国に捧げなければならなくなる。私の場合は公爵令嬢という立場もあって、王太子殿下の妃にさせられるだろう。それは絶対に避けたい。

黒銀と真白には窮屈《きゅうくつ》な思いをさせてしまうかもしれないけど、どこで情報が漏《も》れるかわからない。

黒銀は私専属の護衛、真白は侍従兼護衛となっているので、別々に部屋を用意されるところなのを、同室にしてもらった。

どのみち二人はいつもほぼ私にべったりだからね。個室は必要ないそうだ。

むしろ私と同室か続き部屋に、とお父様に訴えたものの、あっさり却下されしょんぼりしていた。そりゃそうだ。

聖獣だと正体を明かさない限り、男性の姿で女性と同室なんてありえないからねぇ。

もっとも、夜はどのみち私の部屋に転移してくる。つまり本当は部屋自体必要ないのだけど、便宜《べんぎ》上ね。

加えて、他家の諜報役《スパイ》が使用人として入り込んでいる可能性がないわけじゃないそうで、私の部屋と、黒銀と真白の部屋係になるメイドは口が堅く忠義心のある者を吟味したらしい。

その中の一人が先ほど嬉しそうに答えていたメイドさんで、侍女長の娘さんだ。

彼女たちは親子で私の事情を知っている、厳選されたうちの二人なんだって。それなら、ちょっとは安心かな？


ほどなくして晩餐《ばんさん》の用意が整い、私たちは食堂へ呼ばれた。

案内されたのは、身内や親しい友人のためだけに使う部屋だという。

他にもたくさん部屋があって、客人の身分や人数に合わせて使い分けているらしい。

王都の屋敷は、他家より見劣《おと》りしてはいけないせいか、なにかにつけ豪華《ごうか》だ。

ギラギラとまではいかないけれど、キラッキラしている。まばゆい。

領地の屋敷は質はいいものの、一見地味な調度で揃《そろ》えられていたから、これはどうにも落ち着かない……帰りたいよぅ。

前世の記憶が戻る前の感覚だってちゃんと残っているので「貴族ってこんなもんだよね」って思う反面、庶民の記憶も持つ私としては「ありえねえええええ〜セレブすげえええええ〜！」と驚いてしまって、なんというか……ギャップが激しすぎてつらい。

「みんな待たせたな。ではははじめてくれ」

遅れてやってきたお父様が席に着くと、給仕たちが流れるような動きで配膳《はいぜん》を開始した。

おお、なんと美しい所作《しょさ》。洗練された動きだと、こうして立ち働く姿も優雅《ゆうが》に見えるんだなぁ……見習わなくては。優雅《ゆうが》にいただこう、優雅《ゆうが》に。……ゆうが……に？

「……あの、これは？」

目の前にあるのは、オークのしょうが焼きとお味噌汁とご飯。

ザ・和食だ。なんとも見慣れた光景だった。

「このたびクリステア様がいらっしゃるとのことで、領地よりレシピと材料を取り寄せ、料理長が腕をふるいました。ぜひご感想をいただきたいとのことでございます」

ああ……うん。慣れない場所だから、食べ慣れたものをという配慮《はいりょ》なんだろうけど。

王都にきて初めてのごはんは、和食でしたとさ……て、釈然《しゃくぜん》としない。

私のワクワクを返せーっ！　しくしく。

あ、お味はレシピに忠実で美味《おい》しかったです。

「王都風でございます」なんて独創的なアレンジとかされてなくてよかったと思うことにする。うん、安定の美味《おい》しさでホッとします。

食後にこの屋敷の料理長がやってきて、キラキラした瞳《ひとみ》で私の感想を待った。

「ええと、レシピに忠実で完成度の高いものでした。美味《おい》しかったですわ」

「ありがとうございますっ！　あつかましいと思われるかもしれませんが、ぜひ滞在中

になにかレシピを伝授いただけますでしょうか!?」

「え、ええ。時間がとれたら……?」

「必ずですよっ!? クリステア様がいらっしゃるのを心待ちにしておりました……ああ、ついに待ち望んでいたこの時が!」

え、なに? どうなってるの? どうしてそんなに感極まった、尊敬の眼差《まなざ》しで私を見るの!?

王都ごはんを楽しみにしていたはずなのに、逆に庶民ごはんの指導を請《こ》われるとかどういうことなの……解せぬ!


晩餐《ばんさん》の後、ギルバートと仕事の話があるそうで、お父様は執務室へ向かった。

お母様もお茶会やパーティー用のドレスやら装飾品《そうしょく》やらをチェックするのだと、侍女長とともに自室に引き上げてしまう。

私はというと、お母様から「明日は仕立て上がったドレスを合わせたり、新しいドレスの仮縫《ぬ》いをしたりしますからね。外出などできませんよ?」と釘《くぎ》を刺され、うへぇ……とうんざりしながら自室へ戻ってきたところだ。

「あ〜あ……せっかく王都に来たのに、街に行けないなんて……」

王都の市場にも行きたいし、カフェや雑貨店にも行ってみたいのになぁ……

あっ、確かバステア商会の支店があると、セイが言っていたんだよね。場所の確認も兼《か》ねて滞在中に行ってみたいな。王都でもヤハトゥールの食材が手に入るなら、学園に入学してからも安心だ。

「クリステア様、お疲れでしょうから、お早くお休みくださいませ。湯あみの支度はできているそうですよ」

「ありがとう。そうね、昨日今日と移動で疲れたから、ゆっくり湯に浸《つ》かりたいわ」

そう、領地にも王都の屋敷にもお風呂があるのだ。それだけで貴族でよかったと思う。クリア魔法で簡単にきれいになるとはいえ、やはり元日本人としてはゆっくり湯船《バスタブ》に浸《つ》かって温まりたい。

私はウキウキしつつ、お風呂へ向かった。

個人的には一人で気がねなく入りたいけれど、使用人に仕事をさせないとダメらしい。近頃は諦《あきら》めもついたというか慣れてきたので、髪や身体を洗われる間は、心を無にしてなすがままになっている。

ただ、ゆっくり湯船に浸《つ》かって温まる時だけは一人にしてもらっていた。それでも扉を隔《へだ》てた向こうに、人が控《ひか》えていると思うと若干落ち着かないけれど……

「……はあ、生きかえるぅ……」

香りのいいハーブを粗《あら》めの布袋に詰めて沈めているこの湯船は、リラックス効果抜群だ。

そういえば、記憶が戻ってから初めて入ったお風呂で思わず「極楽、極楽……」と呟《つぶや》き、ミリアに「ゴクラクゴクラク？　なにかのおまじないですか？」って聞かれたんだよね……

こちらの世界では、お湯に浸《つ》かる時に口をつく定番の言葉ってないのかなと聞いてみたものの、そもそもお風呂に入る習慣があまりないそうで。

普通クリア魔法を使うか、湯に浸《ひた》した布で拭《ぬぐ》う程度で、大量の湯を沸かして湯船に浸《つ》かるなんて贅沢《ぜいたく》は、貴族でもよほどお金持ちじゃないとしないらしい。

そっかぁ……確かに高価な魔石を使って生み出すか、大量の薪《まき》で沸かすしか、湯を手に入れる方法はないわけだものね。

そう考えると、これだけのお湯を使うなんて贅沢《ぜいたく》以外のなにものでもないわけで……

うん、やっぱり貴族でよかった。

貴族の子として生まれたことに感謝しつつ、しっかり温まってから湯船を出る。すると外で待ち構えていたミリアやメイドの皆さんによって拭き上げられ、風魔法で髪を乾《かわ》かされ、クリームやらなにやらを塗《ぬ》りたくられ、ナイトウェアを着せられた。ああ、こんなに至れり尽くせりでいいのだろうか……

「それではクリステア様、おやすみなさいませ」

「ありがとう。おやすみなさい」

メイドたちを下がらせてから寝室へ向かい、ほどよく温められたベッドの中へ潜《もぐ》り込む。それを確認したミリアは控《ひか》えの間に下がっていった。

寝室へは掃除の時を除いて、私の許可なくミリア以外の人間が入らないよう厳命している。

それというのも……

『やれやれ、やっとゆっくりできるな』

『やっと、くりすてあといっしょ！』

聖獣姿に戻ったみんながいるからだ。

真白と黒銀に与えられた部屋には認識阻害《そがい》の魔法をかけて誰も来ないようにし、二人は私の寝室へ転移してくるそうな。

そこまでしなくても自分の部屋で寝たらいいのに……と思わないでもないけれど、もふもふに囲まれてぬくぬくで寝られるのだからなにも言わずにそれを享受《きょうじゅ》する。

『ちょいと、邪魔だよ。もうちょっと詰めなよ』

グイグイと顔を押されたのでちょっとずれると、輝夜が掛け布団の中にするりと潜《もぐ》り込んだ。うん、あったかいもんね。はあ、今夜ももふもふであったかい。

……ふわぁ……おやすみなさい。

朝です。おはようございます。

私の朝は、ライトという生活魔法で天蓋《てんがい》つきベッドの中を照らすことからはじまる。ベッドは分厚い織物で覆《おお》われているので、外がどんなに明るかろうが中は薄暗い。

「ライト。……あれ？」

知らない天井だ……もとい、見慣れぬ天蓋《てんがい》を見て、王都に来たことを思い出す。冬ということもあり、外はまだ暗いらしい。使用人たちは活動しはじめているはずだけど、その喧騒《けんそう》は私たちの部屋までは聞こえない。いつも通りに目が覚めてしまったはいいが、起きるにはまだまだ早かった。普通の令嬢ならまだ夢の中だろう。

……おかしいな、私も普通のご令嬢なのに。

前世の記憶がある分、普通じゃないのは仕方ないよね、と無理矢理自分を納得させて、これからどうしようかとベッドの中で思案する。

暖炉の火が落ちているので、ベッドから出るととても寒い。

いつもなら気合を入れてエイヤッとベッドから抜け出し、動きやすい服に着替えて火魔法で暖炉に火を入れ、朝ヨガに勤《いそ》しむところだ。しかし勝手の違うこの屋敷では、そういうわけにもいかない。

きっと好き勝手にしても私が怒られることはないけれど、メイドさんたちは雇い主（の娘）に仕事をさせたと叱《しか》られる。

なのでその辺のところを、これからミリアと相談して決めていかなくては。

私が早く起きることでみんなにまで余計な早起きをさせるのはいやなので、領地ではお父様に頼み込んで自分で朝の仕度をしている。使用人たちには当初ものすご～く反対されたものの、今では適度に放置されて快適になっているのだ。

ここでもそんなふうにできたらいいのだけれど……

仕方がないので、私はミリアがやってくるまでぬくぬくとベッドの中で待つことにした。とはいえ、退屈だ。やることがなく暇《ひま》を持て余す。かといって、二度寝をするのも、ちょっとなぁ……

『んー……くりすてあ、おはよう？　おきる？』

「あら真白、おはよう。起こしちゃった？　今日はこのままミリアが来るまでここにいるわ」

『やったぁ。おうとにいるあいだはあんまりいっしょにいられないから、うれしいな』

私のお腹のあたりで寄り添《そ》うように寝ていた真白がモゾモゾと這い上がり、枕元に頭をポフッと乗せてきたので撫《な》でてやる。

「そうねぇ。起きてる間は人前であまりべったりもしていられないものね。ごめんね？」

『ううん、くりすてあをまもるためだから』

「一日中人型でいるのがつらかったら、部屋に鍵をかけて元の姿で休んでいいからね」

『だいじょうぶ。まいにちこうしてくりすてあをほきゅうするから』

『我も真白も無理などしておらぬ。我らは主《あるじ》と離れておるほうがいやなのでな』

足元で丸くなって寝ていた黒銀も、真白の反対側に寝そべり撫《な》でろとばかりに頭を枕に乗せる。よしよし。

『あーっ！　もう、狭《せま》っ苦しくて寝てらんないよ！　どきな！』

今度は布団の中から輝夜が、ぷはっと抜け出してくる。

「いやいや、まだ早いから。もうちょっとこうしてようよ」

布団から出ていこうとするのを引き止めると、彼女は私のお腹の上にどかっと乗っかり丸くなった。うぐっ。輝夜さんや、鳩尾《みぞおち》はやめてえぇ……

こうしてミリアが起こしに来るまで、私はもふもふを堪能《たんのう》したのであった。

うふふ、寝ても覚めても、もふもふがあるって幸せだねぇ……

第三章　転生令嬢は、王宮に招待される。

「ぐえっ……！　ぐるじい……」

「まだよ。ミリア、もう少し絞《しぼ》ってちょうだい」

「クリステア様、申し訳ございません。もう少しご辛抱くださいね」

ギュッギュッ、ギリギリ……と引き絞《しぼ》られる感覚に、息が、というか息の根が止まりそうになりながらも、私は必死に耐えていた。

ここは王都にあるエリスフィード公爵邸の、いくつもある応接間の一室。ただ今、広い室内に衝立《ついたて》を置いて、ドレスの試着と仮縫《ぬ》いの支度中である。そう、地獄のコルセットを装着しているところなのだ。

うう……普段こんなものつけないから苦しいよぅ。少しでも動いたら、内臓がはみ出すんじゃなかろうか……ぐえぇ。

「お、お母様……こ、これは締《し》めすぎなのでは……？　気が遠くなりそうです……」

「そうかしら？　こんなものだと思うわよ？」

「これでは、なにも食べられないではありませんかぁ……うぐっ！」

「パーティーやお茶会の場でみっともなくバクバクと食べるものじゃなくてよ。淑女《しゅくじょ》は小鳥がついばむようにいただくものです」

「そ、そんな……！」

王宮でのごちそうやお茶会でのスイーツを楽しみにしていたのに!?　楽しみがないばかりか苦行しかないなんて、どういうこと!?

貴族の女性はみんな悟りでも開こうとしているの!?　修行僧かなにかなの？　そんなの、絶望しかないじゃないか……！

ショックで打ちひしがれていると、ミリアがおずおずと発言した。

「あの……奥様？　クリステア様は以前よりぐっと細くおなりです。こんなに絞《しぼ》らなくても、他のご令嬢よりもほっそりとしていらっしゃいますし、十分ではありませんか。なにより、お顔が真っ青です。これでは大切な場で倒れてしまいかねません」

さすがミリア……ありがとう！　大好き！

そっか、少しは細くなったんだ！　朝ヨガ効果かな？

顔色が悪いのは、多分ショックを受けたせいだけどね！

「そうねぇ、エリスフィードのご令嬢は変なものばかり食べるからいつもお腹を下して領地から出られないのだ、なんて噂《うわさ》もあるもの。人前で倒れでもして、また変な話が広がったら困るし……いいわ、もう少し緩《ゆる》めてやってちょうだい」

「かしこまりました」

やったー！　ちょっとは楽になっ……いやちょ、ちょっと待って、なんですと？　今、聞き捨てならない発言が!?　悪食《あくじき》令嬢のみならず、そんな不名誉な噂《うわさ》まであるの!?　やだー！

……いかん。これはいかん。入学時にマイナスイメージからスタートなんてありえないでしょ……これは気を引き締《し》めてかからねば。

「クリステアちゃんは素敵なご令嬢☆　キラキラ学園生活！」計画のために！

……計画名は再考の余地ありだね。

ネーミングセンスはどこかに置き忘れてきたので、追及はしないでほしい。

とにかく入学前のこの期間にイメージアップを図らねば！　よし、作戦会議だ！

「お母様。私、少し用事を思い出しましたのでこれで失礼を……」

「なにを言っているの？　今日の予定はドレスの試着と仮縫《ぬ》いだと言っておいたでしょう？　逃がしませんよ？」

お母様に、呆《あき》れた様子で却下された。

うわあああん！　作戦会議ぃぃー！

あれから半日近く試着だの仮縫《ぬ》いだの、装飾《そうしょく》品はあーだこーだ、髪型はどーのこーのと、付き合わされました……疲れた。私のためなのはわかっているんだけど。

でも、ついでにお母様の分の生地選びとかもしてたよね？　……余計に疲れた。

社交界で頑張るお嬢様や奥様はいつもあんななの？　セレブこわい。

着心地優先のファストファッションを選んでいた前世の私とは真逆の世界だわ……

社交界デビューしたらこれが日常になるのかと戦々恐々だ。できる気がしない。

「クリステア様、お疲れ様でした」

苦笑しながらお茶を差し出すミリア。

「ええ、本当に疲れた……いかに領地でのんびり好きなように過ごさせてもらっていたのか痛感したわ」

お父様とお母様が今まで私を王都へ連れてこなかったのは、魔力をコントロールできるようになるまで無理はさせまいとの配慮《はいりょ》だったのは知っている。それでも、いずれ王都で過ごすことになった時のために、しっかりマナーを身につけさせてくれた。本当にありがたいと思う。それらはこの世界で、私の武器になるのだから。実践《じっせん》できるかはまだわからないけれども。

……しかし、前世の記憶が戻ってからの私は好き勝手しすぎたみたいね。不名誉な噂《うわさ》が飛び交っているようで、お父様たちに散々迷惑をかけているのだろう。

うん、ここはいっちょエリスフィード家のイメージアップに一役買わなくては！

「……というわけで、この期間に好印象を持たれる努力をしようと思って。どうしたらいいと思う？」

自室で真白や黒銀も交えての作戦会議だ。ミリアだけが相手では相談にしかならないので、作戦会議らしく頭数を揃《そろ》えてみた。

「ええと……おいしいおかしをつくる？」

真白がどら焼きを食べながら答える。

「そうね。それもありかもね」

お茶会で私のお菓子を振る舞うのは、いい手かもしれない。

「しかし、主《あるじ》は変なものを食べて腹を壊しているという噂《うわさ》が広まっているのだろう？

その当人が作ったという菓子を、はたして口にする者がいるだろうか？」

黒銀が冷静に突っ込む。

「うっ！　そ、それもそうね。どうしたらいいのかしら……」

でも私の取り柄って、今のところ料理くらいしかないような……うーん。

「主《あるじ》は主《あるじ》のままでよいと思うのだがな」

「うん。そのままのくりすてあがいいとおもう」

「黒銀、真白……」

嬉しいこと言ってくれるじゃないの。でもね、それじゃ噂《うわさ》は払拭《ふっしょく》できないわ。

このままじゃ悪役、いや悪食《あくじき》令嬢街道まっしぐらよ？

「あの、クリステア様。あまりよいほうに目立ちすぎますと、また婚約話が持ち上がるのでは……」

「はっ！　……それもあったわね」

ミリアは王太子殿下の婚約者候補にはなりたくないという私の気持ちを理解していて、至極もっともな意見を述べた。

そうよね、今後の自由な生活のためには、あまりイメージアップしすぎてもいけないわね……て、それじゃぼっち確定じゃない！　えええそれはいやだあああぁ！

「……ミリアは、どうしたらいいと思う？」

涙目になりつつ、ミリアに縋《すが》る。

「そうですねぇ……いきなりふっといなくなったり、かと思えば調理場でなにかしていたり、得体の知れないものを食べていたり……まあそれは結局美味《おい》しいものなのですけれど。そういったことを我慢なさればよろしいのではないでしょうか？」

にっこり笑って答えるミリア。もしかして、私の行動をいつもそんなふうに見ていたの？

思わずツッコミそうになったけれど、なんだかミリアの笑顔が怖いのでやめておいた。

……私はどうしたらいいんだろう？

気分転換でもしようと思い、屋敷の調理場に向かう。するとシンが、幾分《いくぶん》げっそりした様子で下ごしらえをしていた。着いて早々料理長から質問攻めにあったらしい。……なんか、すまんかった。

部屋で悶々《もんもん》と考えているよりなにかしようとここへ来た私は、手持ち無沙汰で彼を手伝おうとする。でも、「ここは領地の屋敷じゃないんだから怒られるだろ」って断られちゃった。ちえっ。

そんなわけで、作業をするシンの横で延々と愚痴《ぐち》を聞いてもらっている。

「結局ね？　会ったこともない人たちに噂《うわさ》されてるんだから、そんな人たちにいちいち訂正なんてしてられないじゃない？」

「……まあな。しかし放っておくわけにもいかないんじゃないのか？　いい噂《うわさ》じゃないんだろ？」

遮音《しゃおん》魔法をかけているので、私たちの会話の内容は周囲に漏《も》れない。

「まあそうなんだけど……。変に動くと逆に噂《うわさ》の信憑性《しんぴょうせい》が増すと思わない？」

「そういうこともあるかもな」

「でしょう？　だからね、なにもしないことにしたの」

……考えることを放棄《ほうき》したともいう。

「……大丈夫なのか？」

「わからないわ。ただ、いつもよりおとなしくお淑《しと》やかにしていようと思って」

手前味噌だけど、一応見た目はそれなりによいのだから、令嬢としての礼儀を弁《わきま》え、おとなしく過ごしていれば「おや？　思っていたのとは違う、なんと素晴らしい令嬢ではないか！」ってことになるんじゃないかなって。

だから、普段より猫を三十匹くらい被《かぶ》って頑張ることにしたよ。

「お嬢の場合、あっという間にボロが出そうだけどな」

「うっ……実は私もそう思う」

「ダメじゃねーか」

はは……淑女《しゅくじょ》教育を受けていても、ちゃんと実践《じっせん》できるかは別の話なのよね。

私、本番に強いタイプじゃないしなぁ……それに同年代の女の子と接する機会がなかったから、今どきのご令嬢トークというものがわからない。

セイと友達になって「やっと女友達ができたー！」と思ったのに、実は男の子だったし。

どうしよう、女子トークについていけなかったら……

つい、思考が負のスパイラルに陥《おちい》りそうになる。

「……まあ、お嬢は変だけど悪い奴じゃないってこと、俺たちはわかってるから。噂《うわさ》なんてすぐに消えるだろうさ。頑張んな」

こっちを見ないで励《はげ》ましてくれたシンは、照れているのか耳が赤い。ふふ。でも変ってのは余計だぞ!?

「ありがとう。頑張るね」

「……おお」

私は立ち上がり、遮音《しゃおん》魔法を解いて調理場を出ようとする。そこで、待ち構えていた料理長に捕まった。

「クリステア様！　レシピについて質問が！」

げげ、しまった……！

料理長は勤勉だ。この材料は他にどのような使い道が？　このレシピはこのように応用が利くのでは？　これが手に入らなければなにを代用すればよいでしょう？

等々……

本当に勉強熱心でなによりだけど、質問攻めはちょっと勘弁《かんべん》してほしい。

これは大変かもしれないな……シン、頑張ったんだね。

料理長の質問攻めに辟易《へきえき》しつつ、教える代わりにちゃっかり調理場の一角を使わせてもらうことを約束させた。ふふふ。まあ、危ないから料理長の監督のもと、という条件つきだけど。

……それ絶対作るところ見たいだけだよね？

料理長の質問攻めに疲れた私は適当なところで「そろそろ仕事に戻ってくださいね？」と追い返し、自室へ戻ったのだった。

王都に到着して数日後。学園の寮《りょう》に入っていたお兄様が冬期休暇に入り、屋敷に帰ってきた。

「やあ、ただいま。元気にしていたかい？」

「お兄様、おかえりなさいませ！　ええ、お兄様もお元気そうでなによりですわ」

実に夏期休暇ぶりの再会だ。話したいことも聞きたいこともたくさんある。

「ひ、久しぶりだな、クリステア嬢！　元気だったか？」

……なのに、何故お前がここにいる!?

お兄様の後ろからひょこっと顔を見せたのは、王太子殿下だった。

「……レイモンド殿下、お久しぶりでございます」

王太子殿下め……！　学園でいつもお兄様と一緒なんだから、久々に家族が揃《そろ》う時くらい遠慮《えんりょ》したらどうなの!?

お兄様、休暇中も殿下のお守《も》りをしないといけないなんて大変ね……後で労《ねぎら》わなくては！

「ごめんね。クリステアが王都に来てると知ったら殿下がついてくるって聞かなくて」

お兄様は困ったように苦笑しつつ私に謝る。

は？　私？　何故私がいるからって……はっ！　さては、お菓子目当てだな？

残念！　王都に来てからまだなにも作ってないから、王太子殿下に出せるお菓子などない！　ふはは！

インベントリに備蓄《びちく》はあるけど、いざという時のものだから出す気はないからね！

「まあ……そうでしたの。ちょうどお茶の時間ですし、料理長がなにか作っていると思いますので召し上がっていらしてくださいませ」

「えっ……なんだ。クリステア嬢が作ったのではないのか……」

あからさまにがっかりする王太子殿下。やっぱりね。

「殿下。妹は昨日王都に着いたばかりですよ。そんな暇《ひま》があるわけないでしょう」

にっこりと、でも冷ややかに笑うお兄様。あれ？　暖房が効いているはずなんだけど、底冷えがするよ……？

「うん？　あ、そ、そうだな……すまん。夏に食べた料理も土産《みやげ》の菓子も美味《うま》かったから、つい」

そういえば、前に王太子殿下がやってきた時、いくつかお土産《みやげ》を渡したっけ。

この人、王妃様へのお土産《みやげ》まで食べたのか。一応、多めに作って渡しておいたけれど、まさか王妃様に渡す前に食べ尽くしてないでしょうね？

「殿下……王妃様へのお土産《みやげ》なのに食べてしまわれたんですか？」

お兄様も同じように思ったらしく、呆《あき》れたように王太子殿下を問いただしてくれる。

「いや、帰還してすぐに母上に届けたら、ちょうど茶会の最中でな。相伴《しょうばん》にあずかったんだ」

なぁんだ、つまみぐいじゃなかったのか。ならばよし。……というか、届いてすぐに召し上がられたのか。毒味とか大丈夫なんだろうか。いや変なものは入れてないけど。

「あ、あの……王妃様のお口に合いましたでしょうか？」

おずおずと聞いてみる。

「もちろんだ。母上は感動のあまりクリステア嬢に直接感想と礼を伝えたい、できるならエリスフィード領にできたてを食べに行きたい！　とまで言い出して、なだめるのが本当に大変だったんだぞ……」

遠い目をする王太子殿下。え、なにそれ。そんなの聞いてないよ？

「……殿下、それは初耳ですが？」

「公爵から聞いてないのか？　母上がエリスフィード家の転移部屋を使わせてくれと頼むと、娘は年末王都に来るので感想はその時お伝えください、と返答していたぞ」

聞いてないよー！　お父様ぁ⁉

「そんなわけで、ほら。母上から茶会の招待状だ。公爵夫人の分もあるぞ」

「えっ……？」

王都で初めてのお茶会が王妃様主催⁉　そんなの絶対無理無理無理無理無理っ！

「大丈夫《だーいじょーぶ》だって。私的な茶会だから他のゲストはいないってさ」

ニカッと笑って私の手に招待状を握らせる王太子殿下。そんなの余計に無理ーっ！

あれから王太子殿下は、お兄様と私の三人でティータイムを過ごし「また来る」と言って王宮へ帰っていった……来なくていいです、切実に。

お兄様は王太子殿下を見送った後は自室へ行き、私は例の招待状を手にお父様の執務室へ向かった。

「お父様！……ご説明いただけますわよね？」

招待状をヒラヒラさせながら、にっこり笑ってお父様に詰め寄る。

お兄様のように冷気が出せるといいのだけど……うーん、無理か。

「ああ、招待状が届いたのか」

お父様は私の手にしている招待状に目をやると、なにごともなかったように執務に戻ろうとした。

「届いたのか、じゃありませんわ！　何故教えてくださらなかったのです！」

こんなことになるなら……

「話せば其方《そなた》が王都行きを渋《しぶ》ると思ったのでな」

ぐっ、読まれている。

「そ、それでも！　いきなりでは心の準備というものがですね……」

「心の準備をしようがしなかろうが、妃殿下からの呼び出しだ。行かねばならんのだから結果は変わらんだろう」

いや、それでも事前に知っているのと知らないのとじゃ心構え的なものがね!?

「それにわざわざ内輪の席で、ということにしていただいたのだ。謁見《えっけん》の間で陛下共々正式に、というのを王太子殿下と一緒に止めたのだぞ」

ひえっ!?　なにそれ？　お菓子一つで謁見《えっけん》の間に呼び出されるとか意味がわかんないんですけど!?　……ていうか王太子殿下も止めてくれていたのか。

ありがたいけど、招待そのものを止めてほしかった！

「大方あのボンクラ陛下のことだ。殿下の婚約者候補として他の貴族どもに印象づけてやろうといった腹づもりだろう。はっ、誰がさせるか」

吐き捨てるように言い放つお父様。ちょ、陛下をボンクラ扱いって……

それにしても、そんな恐ろしい展開になるところだったのか。

「お父様、ありがとうございます」

「うむ。せめて対面だけでもさせねば、陛下まで一緒に我が領地にやってきかねんからな。ここが落としどころだろう」

「……はい」

「わかったのならば戻りなさい」

「……はい。失礼いたしました」

私はトボトボと執務室を出る。結局、お茶会は回避《かいひ》しようがないということだ。

風邪をひいたとかで欠席できないかな、はあ。

しょんぼりしながら、お母様の私室へ招待状を届けにいくのだった。


「あら、もう届いたのね」

お母様は私が差し出した招待状を平然と受け取った。

「お母様もご存じだったのですね？」

むむ……二人してひどい。

「当たり前でしょう。貴女《あなた》に話さないよう、あの人に進言したのは私よ？」

なんと、お母様の入れ知恵だったのか！　……ぐぬぬ。

「まったくもう。王太子妃候補に選ばれることがどれだけ名誉なのかわからないなんて。

教育を間違ったかしらねぇ……」

ため息をつきながらぼやくお母様。

「いくら名誉だろうと、私は王太子妃に相応《ふさわ》しくありません。私のような者に王太子妃などという重責が果たせるとは思えません」

そんなめんどくさい肩書き欲しくないやい。

「エリスフィード公爵家に生まれ、豊富な魔力と魔法の才能に恵まれ、貴族として最高の教育を受けた貴女《あなた》が相応《ふさわ》しくなかったら、他の貴族のご令嬢などそれこそ軒並《のきな》み失格でしょうね」

「お母様は買い被《かぶ》りすぎですわ」

他にも高位の貴族のご令嬢はいるんだから、その中でなりたい人がなればいいよ。

上辺はともかく根っこが庶民の私には無理無理無理無理ィ！

「まあいいわ、急ぐ話ではないのだし。とにかく、仮病なんて許しませんよ」

うう、お父様といい、お母様といい、どうして私の行動を先読みするの。

「はい……」

「後でミリアをよこしてちょうだい。着ていくドレスや小物の打ち合わせをするから」

「はい……」

またしてもトボトボと部屋を立ち去るしかない私なのだった。

王妃様とのお茶会を回避《かいひ》できないことが確定してしまい、よろよろと自室に戻る。

「まあ、クリステア様、どうなさったのです？　そんな浮かない顔をなさって」

どんよりとした私の様子を見て心配そうなミリアに、招待状を渡した。

「え、拝見してもよろしいのですか？　……まあ！　王妃様からのお茶会の招待状!?　すごいじゃないですか！」

頬《ほお》を紅潮《こうちょう》させて我がことのように喜ぶミリア。

「……ミリアは知らなかったの？」

「え？　なにがですか？」

きょとんとする彼女を見てホッとした。

彼女にまで内緒にされていたのだとしたら、どうしようかと思ったよ……

「お父様とお母様は、このことを前からご存じだったのに、教えてくれなかったのよ」

むくれながら答える私に、ミリアはまあ！　と驚く。

「お館様も奥様も、こんな素敵なことを内緒にするだなんて、意地悪ですね！　いくらクリステア様をびっくりさせたいからって、もっと早く知ったほうが嬉しいに決まってますのに、ねぇ？」

……あ、怒る方向はそっちなんだ。

確かに王宮のお茶会、しかも王妃様に招かれるなんて本来なら誉《ほま》れだものね。普通ならそういう反応になるのかぁ。

この様子だと、ミリアが知ったら私に筒抜けになると考えて、お母様は言わなかったんだろうなぁ。策士だわ。

「ミリア、この件でお母様がドレスや装飾品《そうしょく》について相談したいと呼んでいるわ」

「かしこまりました。では、奥様のお部屋に伺《うかが》います。お茶の支度をさせましょうか？」

「いいわ、さっきまでお兄様たちといただいていたから」

メイドを呼ぼうとするミリアを止め、お母様のもとへ急がせる。

「わかりました。すぐ戻ってまいりますね」

「ゆっくりで大丈夫よ。夕食まで部屋にいるわね」

彼女を見送り、ソファにだらしなく寝そべる。

「はあ。親睦《しんぼく》パーティーだけ出席して、後はどうにかやり過ごそうと思っていたのになぁ……」

王太子殿下だけならともかく、他の王族に会うのはできることなら避けたかった。

王族と会って気に入られでもしたら、王太子妃候補にと目をつけられてしまうかもしれないではないか。

王太子殿下は大抵お兄様と一緒にいるから、なにか頼まれてもお兄様の援護《えんご》でやんわり、時にはきっぱり、断れる。けれど、陛下や王妃様はそういうわけにはいかないだろうし、ましてや今回は王妃様主催の私的なお茶会。そして付き添《そ》いはお母様。

……ダメだ詰んだ。お父様がいればまだどうにかなりそうだけど、お母様はむしろ向こうの味方だ。援護《えんご》は期待できないよねぇ……はあ。

「くりすてあ、だいじょうぶ？　ぐあいわるい？」

私が一人でいるのに気づいたのか、転移してきた人型の真白が心配そうにしゃがみながら私の様子を窺《うかが》う。

「大丈夫。病気とかじゃないから」

むしろ病気になりたい。その日限定で風邪とかひきたい。すっかり健康優良児になった我が身が憎い。

「しかし……浮かぬ顔をしているが、なにかあったのか？」

同じく転移してきた人型の黒銀はソファのそばで跪《ひざまず》いて、私の髪を梳《す》く。

「んー……王妃様のお茶会に招待されたんだけど、行きたくないなーって」

『いいじゃないか別に。王妃とちょっとお茶して帰ってくりゃいいんだろ？』

暖炉のそばでぬくぬくと寝ていた輝夜は、くわぁ……とあくびをしつつ、つまらなそうに言う。輝夜め、人ごとだと思って。それだけで済むならいいんだけどね。

「王宮か……我らは、彼処《あそこ》へは行かぬほうがよいのだろう？」

「そうね、黒銀たちが聖獣だとバレたら大変だもの」

王宮に入ろうとした途端、結界や探知機みたいな仕掛けで聖獣だとバレた日には、面倒なことになること請け合いだ。

「そばで護《まも》れないのは心配だが……」

「大丈夫よ。いざとなれば念話も転移もあるもの」

「なにかあればすぐに呼ぶがいい。なにがあろうと駆《か》けつける」

「そうだよ！　すぐにいくよ！」

「ありがとう。でも大丈夫よ。王宮で危険なことはないと思うし」

ダメだなぁ。真白と黒銀に心配させちゃった。私がしっかりしないと！

「当たり障《さわ》りなくお話しして帰ってくるわ」

うん、頑張ってのらりくらりと婚約話はどうにか回避《かいひ》してこよう。

それに、純粋にお礼を言いたいだけかもしれないし……それはないか。

「そういえば、王妃様はできたてのお菓子を領地まで食べに行きたいとか、おっしゃってたそうよね？　手土産《てみやげ》にお菓子でも持参するべきかしら？」

手土産《てみやげ》の一つも用意するのは、元社会人として当然の嗜《たしな》みよね。

招待状には、お茶会は明後日《あさって》とあった。となると、今日明日で準備しないと。

インベントリに備蓄《びちく》しているお菓子は、どら焼きなど素朴系の和菓子ばかりだ。

うーん、さすがにどら焼きはなぁ。とはいえ、私は基本的に素朴なものが好きなので、派手で華やかなお菓子ってちょっと思いつかないんだよねぇ。

フルーツたっぷりのタルトなんかはきれいだろうけど、土台のタルト台を作る型が間に合わない……パイならいけるかな？

うん、型なしで作るアップルパイにしよう！

そうと決まれば、善は急げとばかりに、私はパイ生地を作りに調理場へ向かった。

「急げ！　グズグズしてると素材が台無しだ！」

「おいそこっ！　ソースの準備はできたのか⁉」

調理場に入る前から料理長の怒声が聞こえる。出入り口からそおっと中を覗《のぞ》くと、戦場のような慌《あわ》ただしさだった。

……えーと、そうか。夕食の準備に忙しい時間帯だったね。

この中でのんびりパイ生地を作るなんて空気を読まないことはできない。

仕方ない、夕食後に使わせてもらおうっと。

回れ右、と部屋へ戻ろうとしたところで料理長に見つかる。

「クリステア様、いかがなさいました？　申し訳ありませんがこの有様でして……」

私の前へ駆《か》け寄り謝罪しながらも、彼の視線は料理人たちの動きや手元を追っている。

おお、仕事しているところを初めて見たけど、料理中は真剣なんだね。

さすが王都で料理長として腕を振るうだけはあるな。

「いいえ、急ぎの用事ではないのよ。忙しい時間にごめんなさい。夕食の後に少しだけ場所を借りてもいいかしら？」

「もちろんですとも！　私が助手を務めます！　なにか準備するものがございますか？」

嬉しそうに助手に名乗りを上げる料理長。ご、豪華《ごうか》な助手だな……

「あ、ありがとう。では……」

パイ生地作りに必要な材料と、酸っぱいりんごをリクエストする。

「酸っぱいりんご……ですか？」

「ええ。あればでよいのだけれど」

料理長は、わざわざ酸味の強いりんごを欲しがるなんて変わってるなぁと思ったのだろう。一瞬怪訝《けげん》な顔をしたものの、私が一体どんなものを作るのか興味津々《きょうみしんしん》で承諾してくれた。

「それじゃ、お願いね」

　けれど、私が調理場を去ると、にこやかな顔から一変、鬼の料理長に早変わり。料理人たちに発破《はっぱ》をかける。

私は自室に戻り、アップルパイ作りの計画を立てのんびり夕食を待つことにした。

ふむ。生地作りは夕食の後でいいとして、中に入れるりんご煮をどうしようかな。

シンプルにはちみつとシナモンでいくか、ワインでちょっぴり大人向けにするか。

型がないからどんな形にして焼こうかなぁ……あれこれと考えていると、あっという間に夕食の時間になった。


王都に来て驚いたのは、こちらでも私の作ったレシピが領地と変わらぬ味で出されることだ。領地の館と王都とで、レシピの共有が徹底されたそうで。実に素晴らしい。

メイドから聞くところによると、それぞれの館の料理長は兄弟弟子の間柄なんだそうだ。

王都の館の料理長が兄弟子で、領地の館の料理長が弟弟子。

お父様から、どちらかは領地へ行ってほしいと打診された時、弟弟子のほうが名乗りを上げ、赴《おもむ》いたのだそう。

王都は流行の発信地。故《ゆえ》に料理の最先端も王都から。そこで数年前までは兄弟子が最新のレシピを領地へ送っていたという。

だけど、ある時を境にそれが逆転した。私のレシピが流行《はや》り、料理の最先端は王都とは限らなくなったのだ。

エリスフィード家の威信《いしん》にかけて、王都でも流行の料理を作れなければいけない。そう考えた弟弟子は、領地で私が書いたレシピにちょっとしたコツまで書き加え、売られているレシピより詳細なものを王都へ送っていたのだった。

領地の料理長がいつも私の料理過程をガン見していたのは、そういう理由があったのか。兄弟子にしっかりレシピを伝えるためだったとは……素晴らしい兄弟弟子の絆《きずな》。

後日、シンにその話をすると全否定された。

「いいや、違うね。あれは、自分は最先端の料理が誕生する瞬間に立ち会っているのだ！　羨《うらや》ましかろう！　と自慢してるんだ。実際に手紙にそう書いているのを見たことがある」

……私の感動を返せ。

それはともかく、今日の夕食はオムライスにサラダ。ケチャップもデミグラスソースもある。

卵のふわとろ加減もばっちり。うん、これは文句なく美味《おい》しい。

領地の料理長が詳細に、コツまで書き加えていたレシピのおかげか、ここでも美味《おい》しいごはんがいただけて幸せです。

欲を言えば、自分のレシピ以外の最先端の美食を味わいたいな……

贅沢《ぜいたく》を言っているってことはわかってる。でも、せっかくの王都なんだもの。いつもと違う、美味《おい》しいものを食べたいって思うのが人情ってものじゃないか。

今の気持ちを前世でたとえるなら、海外旅行先で現地ならではの美味《おい》しい料理を食べたいと思っていたのに「ニホンの味が恋しいデショ?」と和食のお店に連れていかれたようなものだ。その気遣《きづか》いは嬉しくても……

そうはいっても美味《おい》しいごはんは正義なので、しっかり味わった。

夕食後、少し間を置いて調理場へ向かう。料理人たちはすでにまかないを食べ終え、後片づけも済ませたようだ。整然と片づいた空間には、料理長とシンが残っていた。

「クリステア様！　お待ちしておりました！」

待ちきれない様子の料理長。シンはやれやれといった顔で後ろに控《ひか》えている。

「お待たせしてごめんなさいね。せっかくきれいにしているのに使わせてもらうのは気がひけるけれど……」

「いえそんな！　クリステア様手ずから調理なさるのを間近で拝見する機会が、こんなに早く訪れるとは思いませんでした！」

キラキラと期待を込めた瞳《ひとみ》で見つめられると……うう、今日はパイ生地を作るだけで、完成しないんだよと言ったらがっかりするかもしれないな。

「そ、そう。今日はパイ生地を作るだけで残りは明日にしようと思うのだけど」

若干の罪悪感を覚えながら、私はそう告げる。

「パイ生地？　新しいレシピですか？」

初めて聞く名前に嬉しそうな料理長。あ、そっちに食いつくのね。

「新しいレシピというか……色々と使い道があるから、覚えて損はないと思うわ」

「わかりました！　ご教授のほどよろしくお願いいたします！」

え、いつから私が料理長に教えることになっていたのだろう……？

腑《ふ》に落ちないながらもパイ生地作りをはじめることにした。

小麦粉とバターと冷水と塩。使うのはそれだけ。

前世では強力粉多めで薄力粉を混ぜて使うことが多かったのだけど、この世界では小麦粉をそこまで使い分けない。基本は全粒粉で、貴族のために真っ白な小麦粉が用意されるくらいだ。

全粒粉は好きなので普段はそれでもいいものの、今回は王妃様への手土産《てみやげ》だからね。見た目が美しいほうがよいので、真っ白な小麦粉を使う。

冷やしておいたバターを小さくカットして、粉と合わせる。練らずにあくまで潰《つぶ》すように合わせていく。次に冷水と塩を入れてヘラでザッと混ぜる。水は入れすぎず、粉っぽいくらいでいい。手でまとめた時に粉もバターの粒も残っている状態で大丈夫。

それから、一センチ程度の厚みに平たくしてから、冷蔵庫……じゃない、冷蔵室に入れて一刻以上冷やす。とりあえず、今日はここまで。

寝かせ終わるのを待っていると夜中になっちゃうからね。

明日の朝、麺棒《めんぼう》でのばしてたたんでのばして……を繰《く》り返す折り込みをすれば、パイシートの完成だ。

「え？　これだけですか？」

ちょっと拍子抜けしたような様子の料理長。

「パイ生地の下準備としては、ですね。明日の朝、続きをします」

「はいっ！　よろしくお願いいたします！」

明日も続きがあると知って喜ぶ料理長。うーむ、尻尾を振っているかのような喜びようだ。もう少しなにかしたほうがよいかな？

「そういえば、りんごはありましたか？」

「はいっ！　ジャムにしてみようかと試作用に取り寄せておいたものがございました」

おお、りんごジャムか！　いいねぇ。そういえば保存食としてジャムのレシピも書いたような……その時はりんごの旬にはまだ早かったから作らなかったけど、りんごで作ってもいいのよと領地の料理長に説明した記憶がある。それを試してみる予定だったようだ。ふむ、りんご煮の試作と並行してジャムも作っていいかな。

うん、就寝まではまだ時間があるから、りんご煮は作っておこう。

「では、次にりんご煮を作ります」

続きがあると知り、喜色満面の料理長。

い、いやぁ……そんなに喜ばれてもりんごを煮るだけだよ？

りんごは皮を剥《む》いて芯《しん》をとり、薄めのくし切りに。それとは別に、粗《あら》みじん切りに近いくらいにカットしたのとすりおろしたものを用意する。これはジャム用。

別々の鍋にそれぞれ切り方を変えたりんごを入れ、はちみつと砂糖、それからレモンなどの柑橘《かんきつ》系の果汁を加えて煮る。シナモンをパウダー状にしたものは途中で入れよう。シナモンの香りは好みが分かれるところだけれど、私は入れる派だ。

今回食べるのは大人だし、大丈夫だろう。おっと、りんごの皮も忘れず入れなくちゃ。皮と一緒に煮ると、ほんのりきれいなピンク色になる。それに、皮にはポリフェノールをはじめとした栄養がたっぷりだからね。皮ごとスライスしてもいいし、食感がいやなら後で取り除けばいい。この世界の果物は無農薬だから気にせず使えるのがいいよねぇ。

りんご煮は、弱火でじっくり煮て、透き通ってきたら出来上がり。火が強すぎると焦げちゃうから、目を離さないこと。

ジャムはコトコト、焦がさないよう木べらで混ぜながら煮ていく。混ぜるのは料理長とシンが交代でやってくれた。交代するほどのものでもないんだけど……まあ、いいか。

その間、手持ち無沙汰になった私は、余った皮と芯《しん》でアップルティーを淹《い》れてみる。

木べらでかき混ぜる傍《かたわ》ら、アップルティーを飲む三人。

「おお……これはりんごの香りが爽《さわ》やかですね。捨てるだけの皮と芯《しん》でこんな……」

「……本当だ。いつもの紅茶なのに、こんなことで印象が変わるんだな」

「二人ともアップルティーが気に入ったようだ。

「おかわりはいかが？」

「「いただきます」」

私は新たにアップルティーを淹《い》れた。

今度はシナモンスティックも一緒に。

「……これは⁉　先ほどとは味も香りも違うように思いますが」

「シナモンスティックを入れたの。面白い味でしょ？」

「シナモン……薬を紅茶に入れるのですか？　ああ、身体が温まりますね……」

薬？　……ああ、この世界では食材より薬としてのイメージが強いのかな。確かに薬草を扱うお店で売っていた気がする。生姜《しょうが》同様、いやそれ以上に身体を温めてくれるものね。

「シナモンはお菓子に使っても美味《おい》しいの。この鍋にも、粉にしたものを入れたでしょう？」

「ああ……あれはこの粉でしたか」

「シナモンの味は好みが分かれるけど、私は入っているほうが好きよ」

「そうですか！　覚えておきますね」

嬉しそうに笑う料理長なのだった。

「……うん、もういい頃合いね」

しっかり煮込み、りんごジャムの完成だ。長期保存するなら、ジャムが熱いうちに煮《しゃ》沸《ふっ》消毒をした保存瓶《びん》に入れてフタをして、上下さかさまに置いて冷ましておく。

今回は試作程度にしか作らなかったので、明日の朝食の時に出してもらうことにした。私たち家族と屋敷のみんなで食べたらあっという間になくなる程度の量だもの。

「えっ、使用人もいただいてよいのですか？」

「ええ、せっかく作ったのだし、みんなにも食べてもらいたいわ。感想を聞かせてね」

「ありがとうございます。みんなにはしっかりと感謝していただくよう、申し伝えます！」

いや、味わってはほしいけどそこまでしなくていいから……シンをチラッと見るとコクリと頷《うなず》く。きっと後で料理長に上手く言ってくれるだろう。

「……とりあえず、試食しましょうか？」

「ぜひ！」

私たちは余っていたパンを薄くスライスし、表面がカリッとなる程度にフライパンで軽く焼いて、その上にジャムをのせた。

「さあ、いただきましょう」

「「いただきます!!」」

サクッ。パンのサクサクの食感に、甘酸っぱいりんごジャムがたまらない。シナモンの香りもほどよいアクセントになっている。食感が残るよう、りんごは粗《あら》くカットしたので、時折り歯ごたえが変化して食べ飽きない。

「ああ……これはいい。酸っぱいりんごがこんなに奥行きのある味わいになるなんて」

うん、シナモンがいい仕事したかな？

「生クリームを泡立てたものと一緒にパンケーキにのせても美味《おい》しいわよ」

「ああ！　それは美味《おい》しそうだ！　明日の朝食はパンケーキにしましょう！」

嬉しそうに頷《うなず》く料理長。朝食がりんごジャムだけではさみしいから、後でミリアに頼んで、ベーコンを渡しておいてもらおうっと。

今日の作業はこれでおしまい。後片づけを手伝おうとしたものの、きっぱりと断られてしまったので、二人に任せて私は調理場を後にしたのだった。


おはようございます。

いつもの時間に目が覚めた私は、もそもそと動きやすい服に着替えた。

ミリアに頼み朝食前のこの時間は人払いしてもらうことにしたため、安心して朝ヨガに集中できる。

暖炉の火はすでに落ちているので、自分で薪《まき》を組み、焚《た》きつけ用の乾《かわ》いた樹皮と小枝に魔法で火をつける。一応、火打石のような魔石を利用した道具があるけど、私の場合、火魔法のほうが早いから使わない。

パチパチ……と薪《まき》が燃えはじめ、揺らめく炎が立ち上がるのを見つめる。

前世では、暖炉のある家っていいよねぇ……なんて憧れてたっけ。でも実際に使うとなると大変だ。薪《まき》を準備するだけでも一苦労だもの。

私はすでに使いやすいサイズになった薪《まき》を組むだけだから、そこまで大変じゃないとはいえ、その薪《まき》は、木こりが木を切り出して、枝葉を落として使いやすい長さに切り分けた丸太を屋敷まで運び、さらに使用人が使いやすいように薪《まき》割りをして、メイドさんがここまで運び込み……と、色んな人の手を経てここにある。灰や煤《すす》の始末だってしなければならない。

そのことに感謝して、無駄《むだ》に薪《まき》を使わないように節約しなくちゃ！　と思ったけれど、貴族がこういうところでちゃんとお金を使わないと、それで生計を立てている人たちの生活が成り立たなくなると諭《さと》されてしまった。

じゃあ、高く買ってあげたらいいのでは？　と一度は考えたのだが、それだと薪《まき》の値段が跳ね上がる。そしたら平民が手に入れられなくなるからダメなのだそう。うーん、難しい。

そう、平民はもっと大変だ。一冬越せるだけの薪《まき》を秋までに準備しておかないと命に関わる。薪《まき》を安くたくさん手に入れ、さらに節約して使わなくてはならない。でないと部屋の中で凍える羽目になるそうだ。

そういえば、シンはご両親が存命の時には、暖をとるために一つの布団に包《くる》まって寝ていたと言っていた。

「狭《せま》苦しかったし父さんのいびきがうるさくて大変だった」と笑っていたのを、ちょっと羨《うらや》ましいなと思ったのは内緒だ。いや、いびきは羨《うらや》ましくないけども。

私の場合、いつも部屋は暖かくて、家族みんなで寝たことはないからな。

貴族はそういうところが残念だなあって思うんだ。でも、お父様にそんな話をしたら嬉々として家族みんなで一緒に寝よう！　なんて言いかねない。

今はもふもふ天国で幸せなので、謹《つつし》んでご辞退申し上げますわ。ほほ。

朝ヨガを終えた私は自分にクリア魔法をかけ、着替えて朝食の席に向かう。

今朝は料理長の宣言通り、パンケーキだ。りんごジャムの他にも生クリームやバター、ベーコンエッグなど、好きに選べるようになっていた。

「ん、これは？　ジャムか？」

見慣れぬりんごジャムにいち早く気づいたお父様。さすが目敏《めざと》い。

「ええ。りんごで作りましたの」

「ほう？　それは初めてだな……」

早速試そうとするお父様。

「お好みで生クリームを添《そ》えても美味《おい》しいですわ」

「ふむ」

もったりするまで泡立てた生クリームとりんごジャムを添《そ》えて、口へ運ぶ。

「……む、甘すぎなくて食べやすいな。それになんだ？　独特の香りが……」

「シナモンですわ。粉にしたシナモンを入れております」

「シナモン……？　薬ではないか。何故そんなものを？」

薬が入っていると知り、若干顔をしかめるお父様。

「シナモンは身体を温めるといわれていますわ。寒いこの季節にはぴったりですし、この独特の風味はまさに大人の味わいです」

「……うわ、本当だ。独特の香りだね。僕はそんなに入れなくてもいいかな」

お兄様はシナモンの香りが苦手みたい。慣れたらクセになるいい香りなんだけどな。

「クセはあるがなかなか芳醇《ほうじゅん》で、よい風味だ」

「ええ、それになんだか落ち着く気がするわ」

お父様とお母様には好評なので、王妃様にも安心してシナモン入りを渡せそうだ。

午後からお父様は王宮へ。お母様は、お父様の派閥に身を置く貴族の奥様が主催するお茶会に招待されている。

よーし自由時間だ！　と思ったのも束の間、「午前中は靴やアクセサリーなど、装飾《そうしょく》品を選びますからね？」とお母様から念を押されたので……逃げられなかった。

「クリステア、参りますよ」

「……はい、お母様」

気分はドナドナである。


その後、やっと午前中の苦行を終え、軽く昼食を摂《と》った私は調理場へ向かった。

「ああ、クリステア様！　お待ちしておりました！　昨日のパイ生地とやらを出してまいりますね」

料理長はそう言って、いそいそと冷蔵室へ行く。

その間、シンに頼んで麺棒《めんぼう》など必要な道具を揃《そろ》えてもらった。

幼い頃から色々なところで働いてきたシンは、早くも道具の場所や頼み事をする人を把握しているようで、テキパキと手際よく準備を進めていった。

「では、これから仕上げにかかります」

「はい！」

「まずはパイ生地。台に打ち粉をしてパイ生地をのせ、麺棒《めんぼう》でのばしていきます」

この作業はシンのほうがウーロン……もとい、うどん作りで慣れているので任せることにした。

彼は麺棒《めんぼう》で手際よくパイ生地をのばしていく。厚さ五ミリ程度になったところで一旦《いったん》止め、三つ折りにしてまたのばす。もう一度同じ作業をしてからまた冷蔵室で寝かした。およそ一刻程度かな。

ベンチタイムの間は、料理長がまたりんごジャムを作るという。使用人たちにも好評だったみたい。

私は皮とりんごのスライスを少し分けてもらい、アップルティーを淹《い》れながら付き合うことにした。

料理長は昨夜一回通しで作っていることもあり、手際よくジャムを作っていく。あの後書き上げたのだろうレシピらしきメモがそばにあった。……このレシピも領地に送るのかな？

そんなベンチタイムを挟《はさ》んで、折り込み作業をさっきと同様に二回ほど繰《く》り返すとパイ生地の完成だ。

その合間にカスタードクリームも作っておく。興味津々《きょうみしんしん》の料理長に試食させると、「これは……濃厚《のうこう》で、お菓子の幅がまた広がりますね！」と感動していた。

「さてと、仕上げにかかりますか」

鉄板に厚さ三ミリ程度にのばしたパイシートを敷き、その上にカスタードクリームをのせ、昨日のりんご煮を並べていく。切れ目を入れたシートをその上にのせ、フォークで端をグッグッと押さえて閉じてから、卵黄を溶いたものをハケで表面に塗《ぬ》った。

おっと、試食用に小さいのも作っておかないとね。

その前に、魔石で温度の調節ができるという最新の魔導オーブンの予熱を忘れないこと。準備ができたらまずは試食用のパイをオーブンに入れて、と。後は焼き上がりを待つだけだ。

……でもまだパイ生地とりんご煮が少しだけ残っているんだよね。

ちょっと試しにやってみようかな。

浅めの小皿にパイシートを敷き、余分なところをカットする。その上にカスタードクリームをのせて、りんご煮を小さなものを中心にくるくると巻くように並べていった。シートの端をシュウマイのようにヒダを寄せて固定し、サイドに卵黄を塗《ぬ》る。

バラのような花の形をしたミニパイに仕立ててみた。

ちょっと不格好だけど、私にそういう繊細《せんさい》な造形力は期待しないでいただきたい。

とりあえず数個作ってみたので、最後のほうはましな出来になった……はず。

「これは美しい。可憐《かれん》な花の形のお菓子になさるとは……」

うああ、こんな拙《つたな》いものをそんなに褒《ほ》められたらいたたまれなくなるからやめて。

「こういうのは料理長のほうがお上手だと思います。盛りつけがとても美しかったもの」

「ご謙遜《けんそん》を。クリステア様には私たちにはない発想力がございます。私たちは、レシピを忠実に再現することはできますが、こうした遊び心がございません。素晴らしい才能です」

「そ、そう。ありがとう」

発想力……そう言われるとますます身の置きどころがなくなるよ。だって、前世で知ったことをどうにかしてこの世界で再現できないか試行錯誤しているだけだもの。

「私もいっぱしの料理人としてこのままではいられません！　クリステア様を唸《うな》らせる料理をきっと作ってみせます！」

鼻息も荒く決意表明する料理長。

今でも十分すごいと思うのだけど……私のレシピをきっかけに美味《おい》しいレシピが生ま

れるならいい、かな？　たとえ私の食い意地が発端だとしても、結果オーライだよね。

そうこうしているうちにアップルパイが焼き上がったみたいだ。

オーブンの扉を開けると、温かな空気とともに、アップルパイのいい匂いがほわあっと広がる。

うわあぁ……いい匂い！

なんとも言えない幸せを感じるよね！

「おお、これは……なんと芳醇《ほうじゅん》な香り……」

うっとりする料理長とシン。

「これは試食用だから、三人でいただきましょう」

「いいのですか⁉」

「ええ、もちろんよ。はじめからそのつもりで作ったもの。アップルティーを淹《い》れ直しましょうか」

「はい！　ありがとうございます‼」

続いて本番用のパイをオーブンに入れてから、お楽しみの試食タイムだ。

「「いただきます」」

焼きたて熱々のアップルパイにはバニラアイスを添《そ》えたいところなんだけど、王宮でインベントリを使うわけにはいかない。なので試食である今回も、同じようにいただくことにする。料理長には、アイスや生クリームを添《そ》えるともっと美味《おい》しいのだと伝えると、メモにせっせと書き加えていた。

さて、フォークで一口サイズに切り分け、パクリといただく。

口の中でりんごの甘酸っぱさと、カスタードクリームのクリーミーな甘さがふわりと溶け合い、なんとも言えぬ美味《おい》しさが広がった。

うん、シナモンがアクセントになって、味わいに深みが増している。

「……美味《おい》しい。これは素晴らしいですよ！　あの酸っぱいだけのりんごが、こんなに味わい深いお菓子に変わるだなんて！　ジャムでその美味《おい》しさはわかっていたつもりでしたが、このカスタードクリームを合わせることでより甘酸っぱさが際立ち、それでいて、調和している。お菓子は、ただ甘ければいいもんじゃない。それをこのアップルパイは教えてくれました……」

瞳《ひとみ》を閉じて、滔々《とうとう》と語る料理長。

お、おぉ……大絶賛ですね。そこまで感動しなくてもいいんだけど。

「それに、このパイ……ですか。サクサクとしていて、しかしクリームのあたりはしっとりと……りんごの食感と相まって、味だけでなく口当たりも楽しめるとは！」

感動しながらも流れるような食レポが止まらない。なんだろう、この世界の人たちは美味《おい》しいものを食べたら食レポしないではいられないの？

とにかく、アップルパイは大成功のようなので、明日のお土産《みやげ》は心配なさそうだね。


「……というわけで、これがさっき焼いたアップルパイです。王妃様に渡すものとは少し形が違うけれど、試しに作ってみたの」

自室にお兄様を呼んで、先ほど最後に作ったミニアップルパイを振る舞う。もちろん真白と黒銀、輝夜、それからミリアも一緒だ。

可愛いけれど小さすぎるし、ちょっと……いやかなり不格好なので王妃様にお出しすることはできないものの、お兄様やみんなにも食べてもらいたかったのだ。

「へぇ、花の形をしたお菓子か。すごいね」

「不格好なので恥ずかしいのですけれど、味は保証しますわ」

お兄様に褒《ほ》められてちょっと照れてしまう。えへへ。

「おはなかわいいね！　たべてもいい？」

真白がキラキラした瞳《ひとみ》でミニアップルパイを見つめる。真白のほうが可愛いよ！

「ええ、どうぞ食べて。りんごの香りをつけたアップルティーもどうぞ」

ミリアにもアップルティーの淹《い》れ方を教えて用意してもらった。

「ほう。このアップルティーとやらはこの菓子とよく合うな」

黒銀がアップルティーを飲んで感心したように呟《つぶや》く。

「りんごの皮と芯《しん》を茶葉と一緒に淹《い》れたの。同じりんごだから、合うのは当然ね」

『ふーん……上のしっとりしたのと、下のサクサクしたのが面白いね』

輝夜は真っ黒な顔のあちこちにカスタードクリームやパイのかけらをくっつけながらハグハグと食べている。あ、アップルティーは少しぬるめに平皿で出しましたよ。

「ミリアも早く食べてみて?」

「え? あの……よろしいのですか?」

「もちろん! 食べた感想も教えてほしいな」

「は、はい。では……んく、……ん。お、美味《おい》しいです! とっても!」

食べはじめてすぐに、ほわっと笑み崩《くず》れて、なにも言わなくても美味《おい》しい! って表情でわかったよ。ふふ。

よおし、とにかく明日はこの手土産《てみやげ》持参で乗りきるぞ!

……完全にノープランだけどね!

美味《おい》しいお菓子の話と、いかに領地が素敵で大好きで離れたくないかを猛《もう》アピール……で乗りきれないかな？　うう。

第四章　転生令嬢は、王妃様とお茶をする。

翌日。王妃様に招かれたお茶会のために、私はおめかしの真っ最中です。

「もっと締《し》めてちょうだい。……もっとよ」

「お……お母様。あまり……ぐっ、し、締《し》めないでもいいって……先日、おっしゃったでは……あり、ませんか……ぐえっ！」

おめかしというより、ただの苦行です……ぐえぇ……

「みっともない声を上げるのはおよしなさい。他の茶会ならいざ知らず、私的なとはいえ王宮へ行くのです。美しく着飾《きかざ》らないわけにはいかないでしょう」

「お母様……私がいくら着飾《きかざ》った、とこ、ろで大して、変わり、ま、せんわ」

子供の私が着飾《きかざ》っても、背伸びしているようにしか見えないだろう。微笑《ほほえ》ましく見えるか、小賢《こざか》しく見えるかのどちらかに違いない。

歳相応のほうが当たり障《さわ》りなくていいのでは？　そう思った私は反論する。

「そうかしら？　貴女《あなた》は同じ年頃の娘たちより言動がずっと大人びているから、むしろ歳相応の姿でいるほうが小生意気に見えるのではなくて？」

ファッ!?　そうなの？　同年代の子と接する機会がないから違いがよくわからない。

チラッとミリアを見ると、彼女はコクリと頷《うなず》く。え？　本当に？

「たまにクリステア様が九歳であることを忘れてしまいます」

……マジか。

だって前世で九歳だった頃なんてはるか昔のことで、どんなだったか覚えてないし、スパルタなマナー学のおかげもあって、貴族の令嬢たるものこれくらい当たり前なのかと思うじゃない!?

「そういうことだから、諦《あきら》めなさいな。ミリア、あともう少し絞《しぼ》りなさい」

「はい……」

申し訳なさそうにコルセットの紐《ひも》を引く手に力を込めるミリア。うぐぅ……これ以上締《し》め上げられたらつらい……はっ、そうだ！

「そ、そうそう、お母様？　私、本日のために王妃様へのお土産《みやげ》として新作のお菓子を作りましたの」

「……新作のお菓子ですって？」

ギラリとお母様の目が光る。よし、食いついた！

「ええ。りんごを使った新作のお菓子です。王妃様にお渡ししたらきっと、すぐにいただきましょう！　という流れになるでしょうね」

「……そうかも、しれないわね」

新作と聞いてそわそわしはじめるお母様。どんなお菓子だろうと気になっているに違いない。

「ですが、私もお母様もこれだけ締《し》め上げたらきっと一口も食べられませんわ。ですから、そのお土産《みやげ》は帰る間際に王妃様にお渡ししようと思います」

「なっ!?」

お母様はガタッと立ち上がり、驚愕《きょうがく》の眼差《まなざ》しを私に向ける。ニヤリ。

「食べられないのに目の前にあるなんて、悲しいじゃありませんか。お母様だっておいやでしょう？　ですから、残念ですけれど……そういたしますわね。それに、これからしばらくは忙しくて、ゆっくりお菓子なんて作れそうにありませんし。見てるだけなんて、生殺しのようなものですから」

残念そうにそう告げると、お母様が苦虫を噛《か》み潰《つぶ》したような顔で私を見る。

「……ミリア。やっぱり少し緩《ゆる》めてあげなさい。あと、私のも少し緩《ゆる》めるのを手伝ってちょうだい」

「……かしこまりました」

ミリアは苦笑しつつ、私のコルセットを緩《ゆる》めてくれた。

やったー！　この調子で乗りきるぞぉ！　おー！


お母様から勝利をもぎ取った私は今、馬車に揺られております。

うん。貴族が王宮まで歩くはずもなかったね。

そして、近いと思っていた王宮までの道のりが意外と遠かった件。

エリスフィード公爵邸は他の貴族の邸宅《ていたく》と比べると王宮に近いほうだけど、それでも遠い。馬車に乗ったらすぐに到着すると思っていた私が甘かった。

王都へ到着した時は、遠目にも大きいなぁ、と思っていたお城は、城壁を越えてからが遠い。めっちゃ遠い。王宮に近づくにつれ、どんどん圧迫感を増してきた。なんだこれ。なんでお城がこんなに大きいの？　小山くらいあるんじゃない？　そう思ってしまうほどだ。

馬車の窓から無意識にぽか～んと口を開けて見上げていると、お母様に扇《おうぎ》であごを軽く叩《たた》かれた。地味に痛いです、お母様……

お母様から聞くところによれば、お城の敷地内には王族が住まう区域の他に、魔法省などの行政機関があるのだそう。これから私たちが向かうのは、王族のプライベートゾーンの一角で、敷地の中央にそびえる塔のてっぺんらしい。城壁の外から見えたお城の姿は、この部分のようだ。なんとまあ……

うーむ、王宮の隅《すみ》から隅《すみ》まで知っている人っているのだろうか。

方向音痴《おんち》の人は遭難《そうなん》するんじゃないの？　定期的に捜索隊《そうさくたい》が出たりするんじゃない？

お母様が言うには、王宮内の各所には転移陣が配置されているのだそう。離れた区画へ赴《おもむ》く場合はその転移陣を使用し、ショートカットするらしい。な、なるほど便利……ただし、近場なら歩いていくし、外周をぐるりと周回する馬車の定期便もあるという。

ど、どんだけ広いのさ。

警備するのも大変だね……

ははは……と乾《かわ》いた笑みを浮かべて、馬車の中に目を向ける。

お母様は慣れたもので余裕の表情だ。御付きの侍女も普段と変わりない。

その反面、私付きの侍女として同行したミリアはガチガチに緊張《きんちょう》している。そりゃそうだよね。田舎《いなか》で私とのびのび過ごしていたのに、いきなり王宮だもの。

「ミリアは控《ひか》え室で待機のはずだから、気にせずのんびり待ってたらいいわ」と告げると、彼女は「いいえ！　その間も私たち侍女の行動が主人の評価に繋《つな》がります。気を抜くわけにはまいりません！」と、逆にフンッと気合を入れていた。

いや、いいよ……私の評判なんてすでにアレだし。ほら、悪食《あくじき》令嬢。

「私の評価なんて関係ないわ。ミリアはそのままで十分素晴らしい侍女なんだから。普段通りで、ね？」

私の励《はげ》ましに、ミリアは「ありがとうございます」と言って自信なさげに笑う。

その時、ギギーッ……と、馬車がスピードを緩《ゆる》め、じきに止まった。

「王宮に到着いたしました」

御者《ぎょしゃ》が厳《おごそ》かに告げる。

さて、いよいよだ。いざ、敵陣（？）へ！

馬車から降り、お母様の後について進む。入り口となる扉には、近衛《このえ》騎士と、案内役だろう、いかにもベテラン！　というオーラを纏《まと》った侍女長らしき年配の女性が立っていた。

「エリスフィード公爵夫人アンリエッタ様、ご息女クリステア様。ようこそいらっしゃいました」

「久しぶりね、ヘレナ。案内を頼みます」

お母様がすました顔で告げると、ヘレナと呼ばれた女性が恭《うやうや》しく頭を下げる。

「かしこまりました。どうぞこちらへ……」

そして、優雅《ゆうが》な所作《しょさ》で私たちを誘導《ゆうどう》しはじめた。

王族のプライベートゾーンで働くには高位貴族の紹介がないとならないので、彼女は身分もそれなりのはず。立ち回りがここまで洗練されていないと、上り詰められないいんだろうなぁ。

近衛《このえ》騎士もビシッとしていてかっこいい。あれだ、イギリスのバッキンガム宮殿の近《この》衛《え》兵！　あんなふうに微動《びどう》だにしない。素晴らしい。

「クリステア、なにをしているの？　早くいらっしゃい」

ボーッと見惚《みと》れていた私は、お母様に呼ばれて、慌《あわ》てて中へ入る。

「わ……」

おわぁ……て、天井が高い！　ここは、我が家の玄関ホールに相当するところだろうと思うけど、聖堂かなにかですか？　ってレベルで広いし、装飾《そうしょく》の煌《きら》めきがハンパない。

え、玄関でこれって……奥へ進むとどうなるんだろう……

壺《つぼ》だの置物だの、あるもの全てが高価な品なんだろうな。

豪華《ごうか》極まりない調度の数々に、私は怖気《おじけ》づく。うっかり壊しでもしたら、と思うと気が気じゃないので、お母様の後ろにぴったりついていくことにした。

仕方ないじゃないか、根っこが小市民なんだから。

広いホールの壁には数多くのドアが据《す》えられている。その最奥《さいおう》の部屋に入ると、そこは小さな転移部屋だった。

ホールに並んでいた他の部屋も全て転移部屋だそうなのだが、刻まれた転移陣はそれぞれ違うみたい。

……行く階が決められたエレベーターのようなものかな?

部屋が小さいのは、運ぶ人数が少ないほうが魔力の消費量が少なくて済むということに加え、万一敵に乗り込まれても大人数が入れないようにするためだろう。もちろん転移部屋とは別に階段もあるものの、使用人が移動に使う、すれ違うのが精一杯の幅《はば》のものなんだって。

王族の完全なプライベートフロアに行けば、広々とした階段もあるらしい。

それはともかく、ヘレナが転移陣に魔力を流すと、視界がぐにゃりと歪《ゆが》んで、景色が一変した。

一見先ほどの転移部屋に似ているけれど、よく見ると周囲の風景が少しずつ違うみたい。

「こちらへ」

ヘレナがドアを開け、私たちを部屋の外へ誘導《ゆうどう》する。

部屋を出るとそこもホールだった。

さっきのホールはキンキラで、王家の威信《いしん》を見せつけるかのように豪華絢爛《ごうかけんらん》だったのに対し、ここは木目を基調とした落ち着いた雰囲気の空間になっている。

細部に至るまでこだわりを感じる家具の彫刻《ちょうこく》や金具の細工は一流の職人の仕事だとわかるものだ。

地味に見えて、贅《ぜい》を尽くされた逸品《いっぴん》てやつですね？　いい仕事してますねぇ。

正面には、左右から弧《こ》を描くように造られたサーキュラー階段があり、私たちは、優美な作りの手摺《てす》りを横目に、それを上っていった。

この手摺《てす》り、滑《すべ》りやすそうだなぁ。王太子殿下は小さい頃ここを滑《すべ》り下りたりしていそう。私だったら滑《すべ》ってみたいもの。

そんなことを思いながら階段を上がりきり廊下《ろうか》を進むと、庭園へ通じる扉にたどり着いた。

我が家の侍女たちとはここで一旦《いったん》別れる。ミリアに運んでもらっていたアップルパイの入ったケースを受け取り、私はお母様と一緒に庭園に設《しつら》えられたガゼボ――西洋風のあずまやへ案内された。

「間もなく妃殿下がいらっしゃいます。今しばらくお待ちくださいませ」

ヘレナはそう告げると、流れるような所作《しょさ》で去っていった。

ええと……どうしたらいいのかな？　座って待っていたらいい？　チラッとお母様を見ると、姿勢よく立ったまま。……王妃様が来るまでは、このまま待機か。

アップルパイはヘレナに預けておけばよかったかな。仕方がないのでケースを持った状態で待つことしばし、ヘレナを伴《ともな》った女性がこちらへ向かってきた。

あの方が王妃様？　遠目に見た彼女はとても小柄《こがら》で、可愛らしい印象の方だ。え、ほんとに？　若くない？

とてもじゃないけど、王太子殿下のような大きな息子がいるようには見えない。

ヘレナとにこやかに話しながらこちらへ向かってきた王妃様は、ガゼボにいる私たちの姿を見つけるやいなや、ヘレナの制止を振りきって駆《か》け寄ってきた。

「アン！　アーーーンッ！　久しぶりね、元気だった⁉」

ドレスの裾《すそ》の乱れも気にせず駆《か》けてきた彼女は、お母様にそのままの勢いで抱きつく。

ていうか体当たりした。はあああああ？

「お久しぶりです、リリアーナ様。ご機嫌麗《きげんうるわ》しいようでなによりですわ」

ズドーンッ!!　という擬音《ぎおん》がつきそうな勢いで王妃様に抱きつかれたにもかかわらず、お母様は狼狽《うろた》えることなくがっしり受け止め、冷静に挨拶《あいさつ》する。お母様、強い！

「いやだ、もう！　プライベートではリリーって呼んでって言ってるのに！」

ぷー！　とむくれる王妃様を呆《あき》れたように見つめるお母様。

「今日は娘の付き添《そ》いだから、プライベートではないと思うのだけど？」

そう言われて初めて私の存在に気づいたようにこちらに目を向けた王妃様は、真っ赤になって飛《と》び退《の》いた。

「あ……あらやだ。久しぶりにアンと会えたものだから嬉しくて、つい……」

スカートを撫《な》でつけつつ、てへ？　とでも言わんばかりな王妃様。

「ですから、先ほども落ち着いて行動なさってくださいとあれほど……」

ハア……とため息をつき、ヘレナが言う。

「……だってぇ。今日はとっても楽しみにしていたんだもの。いいじゃない、久々にお友達とのプライベートなお茶会なんだから」

不貞腐《ふてくさ》れるように言い返す王妃様。……ん？　今なんと？　……お友達？

お母様を見ると、少し気まずそうだ。

「私と妃殿下……リリアーナは学園で同級生《クラスメイト》だったのよ」

え？　えええ？　お母様と王妃様が同級生？　同い歳⁉　……に見えない。いや、お母様が老けているというわけではない。むしろ最近は食改善による美肌効果で若返ったと感じるくらいだ。それ以上に……王妃様が恐ろしいほどに若々しいのだ。

「……クリステア。貴女《あなた》なにか言いたいことでもありそうね？」

「……いえ、そんなことは……」

お母様から目をそらすと、その先にいた王妃様とバッチリ目があった。

「うふふ、貴女《あなた》がクリステアね。初めまして、私はリリアーナ。リリーって呼んで？」

いやいやいやいやいや。無理です！　いくらお母様が同級生でお友達だからって私が王妃様をリリー様なんて呼べるわけないじゃないか！

ハッ！　呆気《あっけ》にとられて、挨拶《あいさつ》するのを忘れてた！

「は……初めてお目にかかります。エリスフィード公爵が娘、クリステアでございます。妃殿下、このたびはお招きいただき、ありがとうございます」

鍛《きた》えに鍛《きた》えた、精一杯の美しいお辞儀《カーテシー》を披露《ひろう》。よし、完璧《かんぺき》。

「……リリーよ」

……え？

「リリーって呼んでって、言ったでしょう？」

ええええ？　どうしよう、呼ばなきゃダメなの!?　不敬にならない？

むくれる王妃様を見ながらオロオロするしかない私。

「……リリー、無茶を言うものではないわ。見なさい、娘が困ってるじゃないの」

お母様が助け船を出してくれる。

「親友であるアンの娘に他人行儀《たにんぎょうぎ》にされるなんて、さみしいじゃない……私だって、娘が欲しかったのに……」

しょぼんとへこみまくる王妃様。えええ……どうしたらいいんだこれ。

「……はぁ。仕方ないわね。クリステア、私的な場ではリリーと呼んで差し上げなさい」

ええええええーっ！　お母様からまさかの許可が下りた……だと？　どうしよう……チラリと王妃様を見ると、期待を込めた瞳《ひとみ》で見つめている。ううう……

「はい、リ、リリー様……？」

パアァ……！　と花がほころぶような笑みを浮かべる王妃様。

「様もいらないわ！　リリーって呼んで？」

いやいや、それは無茶振りでんがな……

「リリー？」

お母様がにっこり笑って王妃様を見つめる。笑顔が怖いです、お母様……

「う……わかったわよぉ……」

しょんぼりする王妃様の頭をよしよしと撫《な》でるお母様。

お母様……こういうことは来る前に教えといてくださああぁい！

「さあさあ、いつまでも立ち話はなんでしょうから。お座りになってくださいな」

ヘレナが呆《あき》れた様子で着席を促《うなが》す。

「あら、そうね。座って待っていてもよかったのに」

ヘレナの言葉で王妃さ……いやリリー様は私たちをガゼボへ誘《いざな》った。

「いやよ。座って待っていたら、貴女《あなた》があの勢いのまま直撃《ちょくげき》してきて痛い思いをすることになるじゃないの」

なるほど、立ったまま受け止めることで、あの勢いを受け流そうと……いや、受け流してなかったよね？　ダイレクトに受け止めていましたよね？　お母様……？

「さすがにガゼボの中まで飛び込んだりしないわよぉ」

リリー様はうふふと笑うけど、あの勢いがガゼボの直前で殺せるとは思えないよ!?

「リリー様にはもっと落ち着いて行動していただきたいものですわね」

優雅《ゆうが》な手つきで紅茶を淹《い》れるヘレナは、しかめ面でリリー様に注意する。けれど、当の本人はどこ吹く風だ。

「公務の時はちゃんとしてますぅ。こんな時に気を抜かなくてどうするの」

「貴女《あなた》の行動一つで全てが台無しになることだってあるのだから、気をつけなさいな」

「……はぁい」

お母様の注意には素直？　に答えるのね。

それはともかく、私はヘレナが淹《い》れてくれた紅茶を見て、手土産《てみやげ》のことを思い出した。

「あ、あの……実は、お菓子を焼いてきたのですけれど……」

そう言ってアップルパイの入ったケースを差し出す。紙箱なんてないから、フタつきの木箱に皿ごと入れてきたのだ。

「まあっ、お菓子を？　嬉しい！　前にレイモンドが持ち帰ってくれたお菓子も、とっても美味《おい》しかったわ。ヘレナ、せっかくだからこちらをいただきましょう！」

「リリー様……はあ。かしこまりました」

困った人だこと、と言わんばかりにため息をつきながら、ヘレナは木箱を受け取り、背後のワゴンへ移動する。そこには、これから出す予定だった軽食が用意されているようだ。しまった……出すタイミングが早すぎた？

お茶請《ちゃう》けがなんだったのか気になるよぅ。後で出てくるかな？

ヘレナは木箱を開け「まあ……これは？」と中をまじまじと見ていた。

はっ！　説明しなければ！

「りんごを甘く煮たものをパイという生地で包んで焼いた、新作のお菓子です」

「『新作⁉』」

リリー様とヘレナが同時に食いつく。お母様は事前に聞いていたので余裕の表情だ。

「ええ、娘が作った新作よ。私だってまだ食べてないんだから」

ふふん、とドヤ顔をするお母様。

いや、お母様もまだ食べていないのに、ドヤ顔されても……

「私たちが最初にいただくのね！　ヘレナ、早く切り分けてちょうだい！」

嬉しそうに催促《さいそく》するリリー様。すみません。うちの料理人と聖獣たちが先にいただいています……けど、黙《だま》っておいたほうが幸せなことだってあるよね、うん。

ヘレナはまず、小さく切り分けたものを皿にのせ「失礼いたします」と断ってから一口食べた。あっ……毒味か！　そっか、そうだよね。外から持ち込まれた食べ物が安全かどうかなんてわからないもの。しまったなぁ。私が毒味役を申し出ればよかった。

ヘレナは瞳《ひとみ》を閉じて、静かに咀嚼《そしゃく》している。毒なんて入れていないけれど、ついドキドキして反応を待った。

しばらくして、すうっと瞳《ひとみ》を開けたヘレナは、なにも言わずにそのまま残りを口にする。……あれ？

モグモグモグモグ……。彼女の言葉を待つ私たち。静かに時間が流れていく。

「ねえ……ヘレナ？　どうなの？」

待ちきれなくなったのか、リリー様が恐る恐る尋《たず》ねた。

「リリー様。これは……いけません」

「えっ！」

なに？　どうしたの？　なにかまずいものでも入っていたの？　そんな馬鹿な！

私ったらなにかやらかしちゃった？　私、罰《ばっ》せられちゃうの!?　どうしよう！

「え……？　ヘレナ、まさか……！」

リリー様がハッとした表情で聞き返す。え、まさかって……？　なに？

「ええ。これは……素晴らしいです。毒味であるにもかかわらず、つい食べすぎてしまいました。以前いただいたお菓子に勝るとも劣《おと》らない……いいえ、どちらもそれぞれに異なる魅力《みりょく》を持つもの。比べた私が愚《おろ》かでしたね」

……は？

「ねえヘレナ！　もういいでしょう？　形式だとはいえ、いつもいつも毒味と称して先に味見しちゃうんだから、ずるいわ！　アンの娘が私に毒を盛るわけないじゃないの、もう！　早く私たちにも食べさせてちょうだい！」

プンプンしながら待ちきれない様子のリリー様。

ど、毒味じゃなくて味見ぃ⁉　唖然《あぜん》とした私をよそに、リリー様は早く早くとヘレナを急《せ》かす。お母様は慣れっこなのか、どこ吹く風で紅茶をいただいていた。

……うう、なにかやらかしちゃったかとドキドキしたのに。

「はいはい。すぐに切り分けますからね」

「あっ！　たくさん食べたいわ！　大きめに切ってね！」

「いけません。前の時も食べすぎて晩餐《ばんさん》に出られなくなり、陛下に心配をかけてしまったではありませんか」

「うっ……仕方ないじゃない、美味《おい》しかったんだもの」

聞き分けのない子供を諭《さと》すようにリリー様をいなしつつ、アップルパイを切り分けていくヘレナ。なんだかリリー様のお母さんみたい。

「お待たせいたしました」

そして、切り分けられたアップルパイが私たちの前にサーブされた。

「わあ……美味《おい》しそうね！　うふふ、いただくわね、クリステアちゃん！」

ちゃ……ちゃん？

「……は、はい。お口に合うとよいのですが……」

リリー様はうきうきとした様子でアップルパイを一口分に切り分けると、あーんと口へ入れた。

モグモグモグ……静かに咀嚼《そしゃく》するのを見つめて、感想を待つ私。

「～～～っ！」

声にならないのか、足をジタバタさせはじめるリリー様。

「……っ美味《おい》しいわ！　前のも美味《おい》しかったけど、これもまた格別ね！」

彼女は、すぐにパアッと笑顔になる。よ、よかったぁ……

お母様も、しっかり味わって食べているみたいだ。

「そうね、りんごはすごく甘いか酸っぱいか、どちらかだと思っていたのだけれど。ジャムと同様に、お砂糖とはちみつで煮たのかしら？　とても甘酸っぱくて、下にある濃厚《のうこう》なクリームと一緒にいただくと、なんとも味わい深いわね。それにこの、りんごを包んだサクサクとした……これがパイというの？　香ばしい風味で、食感が面白いわ。りんご煮やクリームと接している部分はしっとりとしていて……」

お……おお？　お母様がそこまで語るなんて珍《めずら》しい。いつもはお父様の食レポにうんうんと頷《うなず》いているばかりなのに。

……お父様が語りすぎてて、口を挟《はさ》めないだけだったのかな。

「んもう。夫婦揃《そろ》ってそうなんだから。美味《おい》しいものは美味《おい》しい！　でいいでしょうに」

「美味《おい》しい料理に対して、正しく賛辞の言葉を贈《おく》りたいだけよ」

シンプルに表現するリリー様に対して、お母様はいかに味わったかを語るのか。対照的な二人だなあ。

「「もう一ついただける？」」

はやっ！　話しながらも手と口を休めることなく二人して食べ続けていたので、あっという間に食べ尽くしたようだ。

「……また晩餐《ばんさん》が召し上がれなくなりますよ？」

呆《あき》れた様子のヘレナ。気持ちはわかる。

「甘いものと美味《おい》しいものは別腹よ！　どちらも兼《か》ね備えているならなおさらだわ。ねえ、ヘレナも食べていいから！」

力説するリリー様にうんうんと頷《うなず》くお母様。仲良いですね。

「……ほんの少しだけですよ？」

あ、折れた……というか、ヘレナももっと食べたかったのだろう。窘《たしな》めているようで、頬《ほお》が緩《ゆる》んでいるのが見えた。

……ねえお母様、淑女《しゅくじょ》は小鳥のように、ついばむように食べるんじゃなかったの……？

「……というわけなのよ！」

きゃっ！　とリリー様が頬《ほお》に手を当て、照れながら話している。

……ここは、ドリスタン王国の王宮内、王都を見渡せる空中庭園の一角に設《しつら》えられたガゼボである。

冬に屋外でお茶会なんて寒いと思いきや、庭園の外周をぐるりと取り囲む結界石と魔法陣が外からの攻撃を防ぎ、なおかつ気温を一定に保っているので、一年中快適なのだそうだ。なにそれ、めっちゃ便利じゃないですかー！

そしてなにが「というわけ」なのかというと、国王陛下と王妃であるリリー様、そしてお父様とお母様の馴《な》れ初《そ》めの話である。

実は、元々陛下と婚約していたのはお母様だったのだ。しかし、陛下は子爵家出身のリリー様と学園で出会い、大恋愛の末に結ばれたのだとか。

それで終わってしまうとお母様がひたすらかわいそうなんだけど、婚約破棄自体は円満なものだったそうだ。それもそのはず元々お母様は幼馴染《おさななじみ》であるお父様が好きで、お父様も実はお母様のことを……ということだったらしい。浮いた噂《うわさ》も婚約者もいなかったお父様と、婚約破棄され傷心中という建前のお母様は、これまた丸く収まってめでたしめでたし、となった。

しかも、リリー様は王家に嫁ぐにあたり「子爵の出では少々釣り合いがとれぬ」と、お母様の実家である侯爵家の養女となったので、お母様とは義理の姉妹になるという。

な、なにそれ。なんというラノベ的な婚約破棄ストーリー！

しかも、バッドエンドなしの円満解決って！　聞いてない、聞いてないよ！

え、もうこれストーリー的に完結していない？　私そんなラノベや乙女ゲームの完結後の世界に転生したとか、そういうアレなの？　それとも次世代編とか？

……いや、ラノベや乙女ゲームの世界に転生したとは限らないから考えても仕方ないか。

ラノベとかでよくある、神様による転生時の説明、みたいなのも記憶にないわけだし。

ぐるぐると悩みながらリリー様のお話を聞いていたので、少し不審《ふしん》な態度だったのかもしれない。リリー様が心配そうに私を見た。

「……だからね、クリステアちゃん？　昔、陛下が貴女《あなた》をレイモンドの婚約者に、なんて言っていたけれど、無理に婚約させる気はないから安心してね。好きな人がいるのなら、その人と一緒になるのが一番だもの」

……へ？　どういうこと？

「リリー、貴女《あなた》なにを言っているの？」

私がきょとんとしていると、お母様がリリー様を咎《とが》める。

「だって！　あの当時は貴女《あなた》だって色々言われて大変だったじゃない！　婚約破棄された惨《みじ》めな令嬢だって。私なんかのせいで……」

くしゃりと可愛らしい顔を歪《ゆが》めて、泣きそうになるリリー様。

「いいのよ。私だって好きな人と一緒になれたのだから」

「〜〜っ！　アン〜〜〜！」

お母様は、瞳《ひとみ》を潤《うる》ませ抱きついてきたリリー様の頭をよしよしと撫《な》でる。

「だけどね、リリー。私たちの過去がどうであれ、いつまでも王太子殿下を婚約者不在の状態にしておけないのはわかるでしょう？　私たちには王族として、貴族としての義務があるのよ」

「……うぅ……」

諭《さと》すようなお母様の言葉に、反論できないリリー様。

……やばい。なんだかまずい展開のような気がする。

「クリステア」

「ひゃいっ⁉」

「なんですか、その返事は。貴女《あなた》、レイモンド殿下のことはどう思って？」

「へっ？　どうって……？」

「そうよね！　お互い好きなら問題ないもの。ねえクリステアちゃん、うちの息子どうかしら？」

キラキラした目で私を見つめるリリー様。

しまった。お母様たちの馴《な》れ初《そ》め話やなんやかやで油断していた……これ、どうやって乗りきればいいの〜っ⁉

「ね？　どう？　夏にお邪魔した時に、彼なら婚約者になってもいいかなぁ……なんて思ったりしなかった？」

「そ、それは……」

無茶振りというものです、リリー様。

視察（という名目）で我が領地へ（遊びに）来た王太子殿下に対して「この人なら婚約者になってもいいかな？」なんて、どんだけ上から目線ですか。

とても悪役令嬢的な発言ではあるけれども。

それにね、考えてもみて？　今の年齢（九歳）プラス前世の年齢（ゲフンゴフン）って、お母様やリリー様より歳上なんだよ？

……うわ、改めて考えたら、なんておっそろしい事実なの。へこむわぁ……じゃなくて。

その私が、現世の私より歳上とはいえ、成人もしていない子供との婚約だの結婚だのを考えるとか、ないわー、マジでないわー。

成人年齢が十五歳というこの世界で、嫁き遅《い》れ《おく》になりかねない考えとはいえ、少なくとも成人まであと約五年はあるわけでしょう？　まだ時間はあるもの。

もう少し成長してからなら考えられるかもしれないけれど、今は無理無理無理ィ！

それまでに、王太子殿下にも好きな人ができるかもしれないし。

うむ、当たり障《さわ》りなく断わろう。

「私はやっと魔力が安定して、人前に出ても大丈夫なようになったばかりですから。学園に入って色んな人と出会い、色んなことを学びたいのです。今はまだ未熟すぎて、そういったことは考えられません」

よし、これでどうだ。

「クリステア、貴女《あなた》なにを言っているの？　本来、貴女《あなた》の立場なら本人の意思など関係なく相手が決まっていてもおかしくないのよ？」

ご、ごもっとも。ひぃ！　お母様の声が低い……怖いよぅ！

「アンったら。いいじゃない、子供に押しつけはしたくないわ。ごめんなさいね？　私がついつい調子に乗っちゃったものだから」

慌《あわ》ててリリー様がフォローに入ってくださった。ええ人やー！

「リリー？　王妃たる貴女《あなた》が、そんなに簡単に謝るものではないわ」

お母様はリリー様を咎《とが》める。

「いいえ。私は王妃になっても私。貴女《あなた》の友人のリリアーナのままよ。王妃になったからといって、謝りもしない愚《おろ》かな人間になりたくないわ」

「リリー……まったく、貴女《あなた》って人は……」

きっぱりと告げるリリー様に苦笑するお母様。うん？　これは、いい感じに話がそれたかな？

「まあいいわ。まだ時間はあるのだし。確かに学園での人脈作りは必要ね」

「そうそう！　それに、二人はまだ出会ったばかりなんだし、これからよね？」

ハァとため息まじりのお母様と、ね？　とにこやかに私に笑いかけるリリー様。

……微妙《びみょう》に終わってなかったー！　これからって？　これからなんてあるんです？

もしかして今後も、なにかあるたびにこうして聞かれたりするんですか？　やだー！

「さあさあ、皆様。お茶がすっかり冷めてしまいましたよ。淹《い》れ直しましょう」

ヘレナが場の空気を変えようと、お茶を淹《い》れ直してくれた。はぁ、緊張《きんちょう》したから喉《のど》渇《かわ》いちゃった。ほっとした分、余計にお茶が美味《おい》しく感じられるよ……

「そういえば。レイモンドったら、出会い頭《がしら》にとんでもないことを貴女《あなた》に言ったそうじゃない。母親として謝らなくちゃと思っていたのにすっかり忘れていたわ。息子が本当にごめんなさいね」

とんでもないこと？　なんだっけ。ああ……あれか、悪食令嬢《あくじき》。

夏に我が家を訪れた王太子殿下は、私を見るなり開口一番その不名誉な二つ名を口にしたんだよね。

確かに、初対面でそんなこと言う⁉　とは思ったけれど、人から聞いた噂《うわさ》を持ち出しただけで本人の言葉ではない。

その後の彼の食べっぷりを見て……ねえ？　「アンタ他人のこと言えないやないかーい！」って、毒気を抜かれたというか。

それに、まあ……その、あれだ。意趣返《いしゅがえ》しもさせていただいたことだし？

視察のお土産《みやげ》にと梅干しもいただいたりしたし。

基本悪い人じゃないんだよね。ちょっぴり迂闊《うかつ》な人だなぁ、とは思うけれど。

実のところ、王太子殿下に対して思うところはないのだ。彼にそういう悪い噂《うわさ》を吹き込む人たちは意地が悪いなぁ、と思う程度で。

とにかく私は、今やりたいことをやるだけで精一杯だし、婚約だの結婚だの、そんな未来のことまで考えていられないわよ。

「いいえ。レイモンド殿下は、そう噂《うわさ》されていると教えてくださっただけですわ」

「そうだとしても、レディに対して言うことじゃないわ。本人も反省していたから、許してやってちょうだいね？」

「許すもなにも、気にしていませんから……」

「噂《うわさ》を流した人たちについては、貴女《あなた》のお父様がしらみつぶしに探して制裁《せいさい》していたようだから、大丈夫だと思うわ」

うふふと笑いながら言うリリー様。お……お父様が？

一体なにをしているのよ、お父様ったら……その気持ちはありがたいけれど、その後は私がヘイトを一身に受けるだけなんじゃないかなそれ!?

ハハ……と乾《かわ》いた笑いを浮かべる私にリリー様がさらに言う。

「そうそう。夏にレイモンドがクリステアちゃんからのお土産《みやげ》を持ち帰った時、ちょうどその噂《うわさ》を流していた方々とお茶会をしていたの。せっかくだから、彼女たちの目の前で食べて、とっても美味《おい》しいからぜひに、と彼女らにも振る舞ったのよ～」

「え？」

「つい今しがたまで悪食《あくじき》令嬢と噂《うわさ》していた人の作ったお菓子を食べるなんて……と躊躇《ちゅうちょ》していたけれど、私が勧《すす》めた手前食べないわけにもいかないでしょう？　でも渋々《しぶしぶ》食べた瞬間に驚きの表情を浮かべて、それからは夢中になって黙々《もくもく》と食べ続ける彼女たちの姿がおかしくって。もっと食べたそうだったけれど、もちろんあげなかったわ」

ころころと笑うリリー様。

「それで、先ほどまでのお話ってなんでしたかしら？　って聞くとみんな黙《だま》り込んじゃったのよね。せっかくのお菓子がもったいなかったとはいえ、せいせいしたわ～」

「リリー、よくやったわ」

「うふふ、どういたしまして！」

ええぇ、リリー様？　貴女《あなた》までなにしちゃってるんですかぁっ!?

それって絶対、偶然《ぐうぜん》居合わせたんじゃなくて狙《ねら》ってましたよね？　お母様も褒《ほ》めたらダメでしょ！　そこは「臣下のことで貴女《あなた》が動く必要はない」とか諫《いさ》めるとこ！

人の噂《うわさ》も七十五日と言うし、お願いだから、みんなそっとしておいてくれないかなぁ!?

「……た、ただいま戻りました……」

屋敷に戻った私は、まさにぐったり、といった表現がぴったりだった。

あれからどうなったかというと、リリー様とお母様の近況話や社交界の噂《うわさ》などで盛り上がり、あっという間に時間が過ぎて、お開きとなったのだ。

辞去《じきょ》する際に、リリー様から「また遊びに来てちょうだいね。待ってるわ～」とお声をかけられたけれど、しばらくは遠慮《えんりょ》させていただきたいです。色々と疲れました。

……主に、気疲れってやつです。

「はあ……」

「クリステア？」

「はひっ⁉」

「またそんな気の抜けた返事をして。淑女《しゅくじょ》たるもの、どんな時も気を抜くものではありませんよ」

「は、はい」

「婚約については、貴女《あなた》の将来のことなのですから、真剣に考えておきなさいね」

「はい……」

お母様に釘《くぎ》を刺された後、ぐったりしたまま自室へ戻る。

「お疲れ様でした。クリステア様。お茶でも淹《い》れましょうか？」

「いえ、いいわ。お母様たちがお話ししている間、ずっとお茶を飲んでいたせいで、お腹いっぱいなの。ミリアも疲れたでしょう？　休んでいていいわ」

実際歩いていてもお腹の中でチャポチャポしているのがわかるくらいだよ。間が持たないからって、ヘレナに勧《すす》められるままにおかわりしまくるんじゃなかった……

ソファにもたれかかってへばっていると、輝夜がお腹の上に飛び乗ってきた。

うぐえっ！　今そこに乗るのは危険だからやめて……っ！

『やーっと帰ってきた。アンタが王宮に行ってる間、あいつらが鬱陶《うっとう》しいことこの上なかったよ！』

「あいつら……？」

「くりすてあー！　おかえりっ！」

ばぁん！　と勢いよくドアが開いたと思うと、人型の真白がずどーん！　と飛び込んできた。うぐうっ……！　だから今圧迫されるとつらいんだってば……！

「主《あるじ》よ！　無事戻ったか！」

同じく飛び込んできた黒銀が、真白を避けて私のお腹から下りた輝夜をポイッと投げ飛ばす。私の隣に座り、無事を確認した。

「やぁねぇ、無事に決まってるでしょう？　ただのお茶会だもの」

「しかし、主《あるじ》は浮かぬ顔をしているではないか。なにかいやなことをされたのではないのか？　我がその場にいれば、そんな輩《やから》は蹴散《けち》らしてやったものを！」

ギリ……、と牙を軋《きし》ませる黒銀。ちょ、人型で牙とか怖いから、引っ込めて！

いやいや、今浮かぬ顔をしているのは、お腹いっぱいでつらいからだよ。輝夜と真白にダブルアタックされたからだよ……なんて言えない。お留守番を頑張った真白にどいてくれとも言えず、よしよしと頭を撫《な》でながら、苦笑する。

「大丈夫よ。案の定、婚約の話は出たけれど、なんとか回避《かいひ》できたし」

保留になっただけのような気もするけれども。

「……そうか？　ならばよいが……なにかあれば必ず我らを呼ぶのだぞ？」

「ありがとう、黒銀。でも大丈夫よ」

とりあえず、今のところはね。王妃様が強引な方じゃなくてよかったよ。

それがわかったことが、今回のお茶会の最大の収穫だよね。悪食《あくじき》令嬢の噂《うわさ》に関しても何故か動いてくださっていたみたいだし、いい人だったなぁ。むしろ、敵は身内にいたというね……

お母様に関しては、王妃様が上手く抑止力《ストッパー》になってくれると嬉しいのだけれど。

定期的に賄賂《わいろ》をお届けするべきだろうか。しかし、これ以上気に入られるのもちょっとなぁ。

むーん……と私が悩んでいるのを、真白と黒銀と輝夜はまたよからぬことを考えていそうだなぁとでも思ったのか、不安そうに見守るのだった。

第五章　転生令嬢は、雪遊びする。

翌朝。私はいつもの日課を済まし、暖炉の前のソファに腰掛ける。そのまま、ぱちぱちとはぜる炎を眺《なが》めつつ、真白たちとまったりと過ごしていた。

朝食にはまだ早く、庭で魔法の練習でも……と思い窓の外を見る。けれどちらほらと雪が舞いはじめていたので、断念した。

道理で、起きた時に底冷えすると思ったはずだ。

「雪、積もるかなぁ……」

雪が降ると電車が遅延《ちえん》して通勤が大変だったため、前世ではただただ憂鬱《ゆううつ》でしかなかったけれど、今は単純に楽しみだ。

積もったら雪だるまや雪うさぎ、それにかまくらも作りたいなぁ。そういえば、前世の北の大地で毎年開催されていた雪像のお祭りみたいなのは、この世界にはないのかな？

『くりすてあは、ゆきいっぱいつもったらうれしい？』

真白が私の膝《ひざ》に上半身を預けながら聞いてきた。私はもふもふを堪能《たんのう》しつつ答える。

「そうねぇ。一面真っ白な雪景色はきれいでしょうけど、あんまり積もると新年のパーティーで王宮に行くのが大変になっちゃうから、困るわねぇ」

数日後には年が明け、王宮で新年の祝賀会が行われる。お父様やお母様のような大人たちは、謁見《えっけん》の間で陛下から新年を寿《ことほ》ぐお言葉をいただいた後催《もよお》される、盛大なパーティーへ招待されているのだ。

私たち子供はというと、学園入学前の子と、すでに学園に通う生徒たちを集めて、別のホールで開かれる交流会と称したささやかなパーティーに参加する。そこで春に入学を控《ひか》えた貴族の子女は先輩たちのアドバイスを受けたり、お互いの顔と名前、爵位を覚えたり、と入学後のトラブルを避けるための下準備をするのだ。私のようにずっと領地に引きこもっていた人間には大事な機会である。

大抵の子供は、毎年の社交シーズンのたびに、親が開くお茶会などで歳と爵位の近い子供たちと引き合わされていることが多い。

けれども辺境の領地の子供は、移動が大変なせいでなかなか気軽に王都へ来られない。

故《ゆえ》に、貴族の子女が一堂に集まるこの機会が、貴重な交流の場になるのだ。

パーティーで女の子のお友達ができたらいいなぁ、と私は密《ひそ》かに考えている。

そこに真白が話しかけてきた。

『つもったら、たいへん？　ぱーてぃーいけなくなる？　ゆきいっぱいふらせようか？』

こらこら真白さん？　不穏《ふおん》な発言が出ましたよ？　それやったらダメなやつだから。

「たくさん積もっちゃったら、みんなが困るわ。もちろん私もね」

『……くりすてあがこまるなら、やめとく。ざんねん』

しょんぼりと俯《うつむ》く真白。……真白さんや？　やめとくって、どういうことかな？

まさかこの雪、真白が降らせているの？　そして自由に降雪量をコントロールできるよ！　とか、そういうことなの？　……聞くのが怖い。

「……お庭の広いところだけにたくさん積もったら嬉しいなぁ、とは思うよ？」

『ほんと？　おにわにたくさんつもったら、うれしい？』

「ええ、真白たちと雪だるまや雪うさぎを作りたいな」

『？　ゆきだ……るま？　は、わかんないけど、ゆきうさぎはりょうりするの？　とってこようか？』

……ん？　りょうり？　とる？

『真白は、雪うさぎを料理に使うなら狩ってこようかと聞いている。なんなら、今から我が数羽狩ってきてもよいが……』

あっ、雪うさぎって生き物がいるのね？　狩るって……ジビエでうさぎ食べたことあるな……そっか、その雪うさぎも食べられるのか。

『くりすてあ、ゆきうさぎたべる？』

「また今度ね。私が言ってるのは、雪でうさぎの形を作ったりする雪遊びのことよ」

『なぁんだ、そっかぁ』

「そうよ。積もったら遊びましょうね」

『うん！　ひろいおにわだね？』

「そうね。広いお庭でね？」

……朝食後、さほど降っていなかったはずの雪が何故か我が家の庭限定で局地的に大雪となった。気づけば、見事な雪景色が広がっている。

……これ絶対、真白の仕業だぁ……

聞けば『ゆきのせいれいにちょっとおねがいしただけ』らしい。

……へ、へぇぇ。真白くんは雪の精霊さんとお話しできるんだねぇ……。

うん。聞かなかったことにしよう。

お父様やお母様のなにやら聞きたそうな視線を避けつつ、せっかくなので私は雪遊びをすることにした。……庭に避難《ひなん》したとも言う。

庭に移動した私たちは、各々《おのおの》雪で好きなものを作ろうということになった。

私はせっせと小さな雪だるまやかまくら、真白たちを模《も》した雪像を作りはじめる。雪遊びなんて、前世でもあまりしなかったからか、楽しくて仕方がない。

「くりすてあ、これなに？」

「え？　これ？　……って。真白を作ったつもりだったんだけど」

「……」

え、なに？　なんでショック受けているの？　ねぇ真白？

「……主《あるじ》。念のため聞くが、これは……？」

不安そうに黒銀が指す雪像は……

「黒銀に決まってるじゃない」

「……そうか。これは、我か……」

あれれ？　人型なのに尻尾がしょんぼり垂れ下がっているのが見えたような。せ、雪像なんて初めて作るんだから、ちょぉぉーっと似てなくたって仕方ないじゃない？　ねぇ？　それにほら、真白と黒銀が作った雪うさぎも大きすぎてぶさいくで可愛くないよ？　造形力については人のこと言えないと思うなぁ？

「あ、ゆきうさぎ」

「え？」

真白が指差した方向を見ると、真っ白なうさぎが！　お、大きい……!!　これが本物の雪うさぎ……ていうか、雪像にそっくりだね!?

唖然《あぜん》としていると、黒銀が即座に駆《か》け出し、あっという間に雪うさぎを仕留めた。

「少し小型だな」

「だね」

へぇ。この雪うさぎはシチューにしようかな。

私は少しでも真白と黒銀に似せるために、再び雪像作りに着手するのであった。

「はあ……夢中になって遊んでたら疲れちゃった」

こんなに雪遊びに没頭《ぼっとう》したのなんて何年ぶり……いや何十年ぶり……げふんごふん！

前世の子供時代は雪の少ない地方に住んでいたので、雪遊びはほとんどできなかったんだよね。雪だるまだって、こんなに真っ白できれいなのは作れなかったもんなぁ。雪像はともかく、雪だるまのでき栄えには満足だ。うん。

一通り遊んだので、私たちはかまくらで一息ついて、おやつを食べることにした。

すると、お兄様が現れる。

「クリステア？　そろそろ中に入って温まらないと風邪をひく……なにしてるんだい？」

「あら、お兄様もいかがですか？」

かまくらの中には、座れるように段差をつけて、敷物を敷いてみた。真ん中に火鉢《ひばち》を置いているので、なかなかに快適な空間だ。

そして火鉢《ひばち》の中には五徳《ごとく》を据《す》え、鍋を置いていた。

「いかが……って、それは……？」

お兄様が怪訝《けげん》そうに鍋の中を見る。

「温まりますよ。どうぞ？」

私は木のお椀《わん》によそったそれを、木さじと一緒にお兄様に手渡した。

「なんだい、これ？　豆のスープかな？　すごい色だね……ん？　甘い匂いが……」

見慣れない色に戸惑《とまど》ったようだけど、甘い匂いが気になったのか、お兄様は木さじでほんの少しだけすくい取り、口へ運ぶ。

「……！　美味《おい》しい。豆の味と甘さが絶妙だ。うん、それにこの白い、もちもちした丸いのも食感が面白くていいね」

「お兄様のお口に合ったようでよかったですわ」

そう、私たちがおやつに食べたのは、ぜんざいだ。領地を出る前にこっそり仕込んで、鍋ごとインベントリにしまっておいたのである。

お兄様の言う「白いもちもちした丸いの」は白玉だ。

洗って乾燥させたもち米を粉にしたもち粉で作った。ぜんざいには焼いたお餅を使いたいところだけど、時間も材料のもち米も足りなくて断念せざるを得なかったのだ。

お餅は新年までお預けだね。

真白と黒銀にもぜんざいをよそって渡して、と。さて、私もいただきますか。まずは、一口……うん。柔《やわ》らかく煮た小豆《あずき》独特の風味が口の中にふわっと広がって、温かさと一緒にするりと喉《のど》を通っていく。

ふはぁ……美味《おい》しい。あったまるぅ……

熱々のぜんざいを一口、二口と食べ進むにつれて胃の腑《ふ》から温かさがじんわりと広がっていくようだ。次は、一口大の白玉をぱくり。

ああ……これこれ、この弾力！　もちもちしてて、でもお餅ほどもっちりしていないから食べやすい。夏に宇治金時のかき氷を作れたらぜひ添《そ》えよう。

そんなことを考えながら食べると、あっという間に食べきってしまった。

「はあ……美味《おい》しかった」

寒い中で、はふはふとあったかいものをいただくのって、どうしてこんなにも幸せなんだろうね。

『うん。おいしかったー！』

『うむ。豆の汁がこんなに美味《うま》いとはな』

「そうだね。見た目はともかく、こんな甘くて美味《おい》しいスープは食べたことないな」

……そうか。私はスイーツのつもりでいるけれど、ぜんざいを知らないみんなからしたら、甘い豆のスープになるんだね……

「おかわりします？」

「「「する」」」

ま、いいか。スイーツだろうが、スープだろうが、みんなと美味《おい》しく食べられて、幸せな気持ちになれたら、それが一番だもんね。

「はいはい。さあ、どうぞ」

私はみんなと楽しい時間を共有できる幸せを噛《か》みしめつつ、おかわりをよそった。

第六章　転生令嬢は、新年を寿《ことほ》ぐ。

「新年おめでとうございます」

「あなたに祝福が訪れますように」

あけましておめでとうございます、クリステアです。

こちらの世界では「あけましておめでとう」なんて挨拶《あいさつ》はないのだけれど、なんとなく心の中であけましておめでとうございますと唱えてしまう私なのだった。

この世界では「あなたが新年を無事迎えたこと、誠に嬉しく思います。おめでとうございます。この記念すべき佳《よ》き日、あなたに祝福が訪れますよう祈念《きねん》いたします」というのが正式な挨拶《あいさつ》である。

要は「無事年越せてよかったね、おめでとう！　いいことあるといいね！」とまあ、そんな内容なのだけど、長ったらしいので一般的にはアレンジしたり、簡略化した挨拶《あいさつ》が交わされている。

そしてこの日、国民は一斉に歳をとる。いわゆる「かぞえ歳」というやつだ。これで私は十歳になったことになる。もちろん各家庭で誕生日を祝う風習はあるけれど、それは無事に成長したことを喜び、ちょっとだけごはんが豪華《ごうか》になるといったものらしい。基本的には、みんなこうして新年にまとめて盛大に祝うのだそう。

クリスマスもないため、ホールケーキにろうそくを立てて祝うようなイベントがないことが判明し、私は非常にがっかりしたものだ。

それはさておき。前世でいうところの大晦日《おおみそか》にあたる昨夜は、私の独断で年越しそばならぬ年越しうどんをいただいた。

この世界にもそば粉は存在しているものの、我が家ではあまり使われることがなく、調理場に小麦粉しかなかったのだ。確認して取り寄せておけばよかったと深く反省。

料理長も「新作を作る場に居合わせる幸運を逃すとは、なんたる不運……！」と後悔していた。

……うん、あの様子なら近々そば粉が手に入るでしょうね。

うどん打ち担当のシンにせめてもと、いつもより細い麺《めん》にしてもらって、ちょっとだけそば気分だ。トッピングは悩んだ結果、小エビのかき揚《あ》げにした。

領地に流れる小川で採取し、水の入った桶《おけ》に入れて泥抜きをした後、サッと茹《ゆ》でておいた小エビをストックしていたのだ。インベントリには生き物が入れられないからね。

かき揚《あ》げは前世でも作るのは苦手だったけれど、どうにか作れたよ！

……なんてね、嘘《うそ》です。シンが揚《あ》げてくれました。

揚《あ》げ物は危ないからって、なかなか自分でさせてもらえないのよね……ぐぬぬ。

仕方がないのでシンに大体の手順を教えて、私は少し離れて監督していたのだ。遠くから指示を出すのはなかなかもどかしい、と思いきや、そこはさすがのシン。最初の数回はバラバラ……と崩《くず》れてしまったものの、コツを掴《つか》んでからはサクサクと揚《あ》げていったのだった。

くっ、負けた……

そんなこんなで、かき揚《あ》げをのせた年越しうどんは好評だった。来年はシンにそば打ちができるようになってもらって、年越しそばが食べられるようになりたいものだわね。

そして今日の朝食はお雑煮《ぞうに》。材料が限られているので、シンプルにすまし汁にしている。小カブと人参は飾《かざ》り切りに、お餅は焼くかどうかで好みが分かれるところだけれど、今回は小餅を軽く焼いてから入れてみたよ。

「これは……美味《うま》い。シンプルだが、それがいい。中に入っている、餅……だったか？

これは腹持ちがよさそうだ」

うむ、と頷《うなず》きながら食べるお父様。

「このもちもちした食感がいいわね。でも、すぐにお腹いっぱいになってしまうわ」

ですよね～。でもお母様、あまり食べすぎると後で大変なことになりますから、それでいいと思います……

「野菜を花の形に細工するなんてすごいな。華やかで、新年の祝いに相応《ふさわ》しいよ」

お兄様、ありがとうございます。造形力はありませんが、飾《かざ》り切りだけは得意なんです。

……見よう見まねでやってくれたシンと料理長のほうが仕上がりがきれいだったのは内緒です。あ、それ多分、料理長作ですね。

こんなふうに新しい年がスタートしたのであった。

ちなみにお年玉はやっぱりというか、ありませんでした。……残念。

「さてと……王宮へ向かう支度はできたか？」

「ええ、あなた」

「はい。クリステアは大丈夫かい？」

「……はい」

……大丈夫じゃない。欲を言えばもう少しコルセットを緩《ゆる》めてほしかった……

こっそりミリアに目配《めくば》せして気づかれない程度には緩《ゆる》めてもらったけど。お母様ったら、前に話したことなんて忘れているよね？　わざと忘れているふりしてますよね⁉

恨《うら》みがましい目でお母様を見ると、にっこり笑ってお父様のエスコートで馬車に乗り込んでいった。ぐぬぬ……

「さあ、行こうか」

「はい……」

お兄様が差し出した手をとり、私も馬車に乗り込む。

「主《あるじ》、なにかあればすぐに呼ぶのだぞ？　跳《と》んでいくからな」

見送りに来た黒銀が言う。

文字通り転移で跳躍《ちょうやく》してくる気だね？　いやいや、それダメだから。

「くりすてあ、きをつけてね？」

真白も心配そうに口を開いた。うん、なにに気をつけたらいいのかさっぱりわからないけど頑張るよ。

「ありがとう。行ってくるわね」

心配そうな二人に手を振っているうちに、お父様の合図で馬車が王宮へ向けて走り出した。うっすらと積もっていたはずの王宮までの道の雪は、馬車が通りやすいよう火魔法ですっかり溶かされている。うーむ、お見事。

馬車は数日前に訪れた王宮への道のりを再びたどる。

前回の王妃様……リリー様とのお茶会も緊張《きんちょう》したけれど、今回は大勢の子供たちが相手だ。大人相手は慣れているとはいえ、子供は勝手がわからないのでどうしたものやら。貴族の子女だから多少大人びているかもしれないものの、所詮お子様なので対応に困るのよねぇ。

若干不安ながらも、私は王宮へ向かうのであった。

「ノーマン。クリステア。我らは祝賀の言葉を賜《たまわ》りに向かうが、其方《そなた》たちだけで会場の広間に向かえるな？」

「はい。大丈夫です、父上。それでは……さ、クリステア。こっちだよ」

王宮へ到着すると、大人たちは陛下から新年のお言葉を賜《たまわ》るために謁見《えっけん》の間へ向かい、私たち子供は別の広間へ誘導《ゆうどう》された。

子供たちのパーティーって、要は親のパーティー会場に隣接《りんせつ》された託児所《たくじしょ》みたいなもんだよね、と思いつつお父様たちと別れ、お兄様にエスコートされて会場へ向かう。

「うわぁ……」

広間の中は子供、子供、子供……貴族のご子息とご令嬢方が勢揃《せいぞろ》いしている。これほどの人数の子供を見たのなんて前世ぶりかもしれない。

しかし……なんというか、派手だなぁ。ふんだんに使われたレースに、金糸や銀糸で彩《いろど》られたドレス、ジュストコールがまばゆい……。七五三の子供写真館も真っ青のキラキラっぷりだわ。

実のところ、私のドレスもそうなる予定だった。でもそんなドレスを着るのは真っ平御免なので「ゴテゴテと飾り立てるよりも、見る人が見ればよい品とわかるものをさりげなく身につけるほうが、真の美しさが引き立つと思いませんか？」とお母様を上手く誘導《ゆうどう》して、できるだけシンプルになるように仕向けたのだ。

お金のかかったドレスで差をつけたい貴族には基本的にそういう考えはないらしく、渋《しぶ》るお母様を説得するのは大変だった。加えて仕立て屋には無理をさせたけれど、シンプルになった分、腕の見せどころだとかえって頑張ってくれたようだ。ありがたや。

そして代わりに、というか説得の内容通り、使われたレースや生地は最高品質のものだそうで。袖《そで》や裾《すそ》から覗《のぞ》くレースの繊細《せんさい》さといったら……ため息ものである。

普段動き回って粗相《そそう》をしがちな子供には使うことのない、最高級の素材だという。そう仕立て屋が得意げに話すのを聞いて、自分で言ったことを後悔したのはいうまでもない。

うっかりソースでもつけて汚したらとんでもないことになりそうなので、気軽に料理を楽しめない。そうぼやくと、お母様は「あら、そんな効果もあったのね」と気をよくしていた。うぐぅ……

そんなことを思い出しているうちに、周囲のざわめきが大きくなった。……ん？

どうやらみんながお兄様を見ている。

「まあ、ノーマン様のエスコートだなんて……」

「ノーマン様は今まで誰もエスコートなんてしなかったのに、どうして……？」

「ねえ、ノーマン様と一緒にいる娘は、一体どなた？」

……妹ですが、なにか？

「なにかしら、あれ。なんてみすぼらしいドレスなの。あれでノーマン様の隣にいるのが恥ずかしいと思わないのかしら？」

「そうよ、あんな貧相で地味なドレス、恥ずかしくてエスコートしていただくなんてできないはずですわ！」

……貧相で悪うございましたね。そっちはふんだんに盛り込まれたレースやフリルに埋《う》もれて体型すらわからないじゃないかーっ！　ぐぬぬ。

ひそひそひそ……

ささやくような小さな声だけど、あちこちから私をこき下ろす言葉が聞こえる。

お兄様ったらモテモテですね!?　私、お兄様に想いを寄せているであろうお嬢様方からのヘイトを一身に受けておりますよ……ひぃ！

「チッ。後で徹底的に調べ上げるか」

……え、お兄様が舌打ち？　調べ上げるってなにを？　……空耳かな。

「……ねぇちょっとお待ちになって？　確か今年、学園にノーマン様の妹君が入学されるという噂《うわさ》がありましたわよね？」

「えっ!?　ということは、あの方は妹君のクリステア様？」

「きっとそうよ！　そうでもない限り、あのノーマン様がエスコートしたりなんて」

「まあ……あの方が？」

ホッ……よかった。気づいてくれたみたい。

そうです！　妹のクリステアですよーっ！　誤解なきようお願いしますねっ！

「では、あの方がレイモンド殿下の婚約者候補の？」

「昔から婚約者の筆頭候補として噂《うわさ》されておりますわよね？」

ち、ちちち違あぁぁう！　それも大いなる誤解ですっ！

その誤解も解かなくちゃいけないのか。これは大変だ！

「でも、噂《うわさ》とは随分様子が違わなくて？」

……へ？

「ええ、そうよね？　悪食《あくじき》がすぎてまん丸に肥え太って、人前に出られない姿になってしまったと聞いていたのに」

……え？

「あら、その情報はもう古くてよ。それから変なものを食べすぎてお腹を壊して、一気にやせ細ってしまったそうですわ」

……は？

「ああ、それであんなに細くていらっしゃるのね」

なんですとー!?　この体型は毎朝頑張っている朝ヨガとコルセットのおかげだっ！

ななな……なんてことだ！　不名誉な噂《うわさ》がここまで蔓延《まんえん》し、炎上しているじゃないの！

これは、なんとしても汚名返上すべく頑張らねば！

とりあえず、イメージアップのためにも無愛想ではいけない。

たとえ不名誉な噂《うわさ》が聞こえていようと、にこやかに。頑張れ、私の表情筋！

にっこりと、艶《あで》やかに、こちらを見ているご令嬢方の不興を買わないように笑いかけると、みんな赤くなって黙《だま》り込んだ後、サーッと波が引くように去っていった。

……あれ？

遠くから声だけが聞こえる。

「ちょっと！　なんなんですの？　二目と見られない容姿だから引きこもってるのだとかいう噂《うわさ》ではなかったんですの!?」

「噂《うわさ》が色々ありすぎて、もうどれが本当だかわかりませんわね」

「んもう！　あれではケチのつけようがないじゃないの！　後は、あの貧相なドレスくらいしか」

「いいえ、使っているレースがかなり上質のものですわ。私も同じようなものをお母様におねだりしたのですけれど、子供の貴女《あなた》にはもったいないと怒られましたもの」

「くっ……控《ひか》えめに見せておいて、わかる人にはその価値に気づくと？」

「さすが公爵令嬢ですわね。よっぽどの自信がなければできないことですわ」

「……敵ながら天晴《あっぱ》れね。見てなさい。私だって負けませんわ。レイモンド殿下に選ばれるのは私よ！」

「そうですわよ！　応援いたしますわ！」

「ええ！　頑張りますわ！」

何故か私の知らぬ間に王太子殿下の婚約者候補として、とある令嬢からライバル認定されていた。

おっかしいなぁ……あれからずっと令嬢の皆さんから遠巻きにされている気がする。

とっつきにくさを排除した微笑《ほほえ》みは、会心の出来だったはずなんだけど。まさか、緊張《きんちょう》のあまり悪役令嬢っぽい怖い笑みになっていた……とか？

ううぅ、お兄様に「私の笑顔は怖いのですか？」なんて確認できないし。

「どうしたんだいクリステア？　元気がないようだけど」

お兄様が心配そうに私の顔を覗《のぞ》き込む。いけない、お兄様に心配させちゃった。

「いいえ、そんなことございませんわ。歳の近い方がこんなに大勢いるところは初めてなので、少しばかり緊張《きんちょう》しているだけです」

「そういえばそうだったね。これを機会に友人を作るといいよ」

「ええ、そうですわね……」

作れたらね。どうやら私は第一印象《ファーストインプレッション》作りにつまずいてしまった。それに、ここまで遠巻きにされると、まず接触するのが困難だ。

どうしたもんかと考えあぐねていると、再び令嬢方がざわめきはじめた。

「きゃあ！　レイモンド殿下よ！」

「まあ、いつ見ても凛々《りり》しくて素敵……！」

「さあ、新年のご挨拶《あいさつ》に伺《うかが》いましょう！」

「ええ！　さあ早く！」

陛下から祝賀のお言葉を賜《たまわ》った王太子殿下が広間へ入ってきたのに気づいた令嬢方が、身分差などお構いなしに、我先にと王太子殿下のもとへ向かっていったのだ。

その後にぽつんと残されるお兄様と私、そしておぼっちゃまたち。

……いやぁ小さくても女だねぇ。すごい勢いで王太子殿下に詰め寄るもんだから、男子たちが引いてるよ。

「……ええと、僕も殿下のところへ行かないと。あの人だかりをどうにかしないといけないんでね。クリステアは……後からゆっくり挨拶《あいさつ》するかい？」

お兄様も若干怯《ひる》んだ様子で私に提案する。確かに、あの中へ飛び込む勇気はない。

「そうですね。失礼かと存じますけれど、ご挨拶《あいさつ》は後ほどさせていただきますと、レイモンド殿下にお伝えくださいませ」

「わかった。それまでは……ああ、あそこに座れるところがあるから、ゆっくり休んでいるといい。変なのが近づいてきても、相手をするんじゃないよ？」

お兄様は、広間の隅《すみ》のほうにあるスペースにいるよう私に念押しした後、王太子殿下のもとへ向かった。

おお、お兄様が通ると人の壁がサーッと割れていく。さながらモーセの十戒のようだ。

ささやかにキャーッ！　という黄色い声も聞こえる。

お兄様が令嬢方の波に呑み込まれていくのを見守った後、私は椅子のあるスペースへ移動した。

……暇《ひま》だわ。

給仕から受け取った果実水をちびちび飲みつつ待っているのだけど、王太子殿下とお兄様を覆《おお》う厚い壁は崩《くず》れる気配を見せない。挨拶《あいさつ》が終わってもまだ足りないとばかりに、令嬢方が離れないのだ。

その熱狂ぶりに、おぼっちゃまたちはなかなか王太子殿下に挨拶《あいさつ》に向かえないようで、私の近くに佇《たたず》んでチラッチラッとこちらを見ている。

多分「なんでこいつは行かねぇの？」とか思っているんだろうな。

今日の王太子殿下は、王族だけに使用を許された紋章が刺繍《ししゅう》された礼服を着用していて、いつもよりキリッとして見える。確かに、令嬢方が騒ぐ気持ちはわからないでもない。

だからといって、（精神的に）大人の私は彼女たちのように群がったりしないのだよ、残念！

……いや、それより。まずい、果実水を飲みすぎたみたいだ。

テーブルには料理が並んでいるものの、ドレスのおかげで手をつけにくかったため、ずっと果実水を飲み続けている。それが仇《あだ》になってしまったようだ。

空いたグラスを片づけていたメイドに案内を頼み、私は用を済ませに一度退場した。

そして、広間へ戻ろうとした……のだけれど。

「ここ、どこ？」

……やばい、迷子になってしまったかも。

忙しそうだからと、メイドを帰すんじゃなかった。

「……まいったなぁ。どこで間違えちゃったんだろ」

ため息まじりにぼやきつつ、周囲を見渡す。

うん、誰もいない。名実ともに迷子だ。……うう。

同じような廊下《ろうか》を右へ左へと曲がったので、きっとどこかで曲がるところを間違えたのだろう。どこの角を間違えたのかわからず、下手に引き返すとさらに迷うかもしれない。

迷子になった時の鉄則は「その場から動かない」なんだけど、このまま突っ立っているのもなぁ。その場から動かないのは、探しに来てくれる人がいるのが前提だものね。

メイドか誰か通りかかるのを待つしかないのかなぁ……どうしたもんかと廊下《ろうか》をきょ

ろきょろと見回していると、背後から声をかけられた。

「そこのお前。どうしてこんなところにいる？　……ん？　見慣れん顔だな？」

……やった、大人がいた！　広間への行き方を聞いてとっとと戻らねば！

バッと振り向くと、私のすぐ後ろに一人の男性が立っていた。

うおっとぉ？　……いつの間にこんな近くに⁉

背後にいたその人は、肩下まである金茶の無造作ヘアーに金色の瞳《ひとみ》、背は高く、鍛《きた》え上げられた身体の美丈夫《イケメン》で、その表情は私の存在に興味津々《きょうみしんしん》といった様子だ。

警備の人だろうか？　……にしてはお仕着せの服ではないし、かといって貴族にしては新年の晴れ着を着ていない。はて。……どちらさま？

「……交流パーティーに参加している者ですわ。身だしなみを整えに広間を離れたのですが、初めての参加故《ゆえ》、迷ってしまいましたの。申し訳ございませんが、広間までの行き方を教えていただけますか？」

「怪《あや》しい。お前ぐらいの歳であれば、すでに何度も参加していてもおかしくないはずだ。……さてはお前、間者《かんじゃ》だな？」

「えっ、ご、誤解です！　私は……っ」

ぐーきゅるる……

静かな廊下《ろうか》で盛大に腹の虫が鳴く。

「ぶはっ！」

「……！　し、失礼いたしました」

は、恥ずかしい……っ！　うう、顔から火が出そう……

いくら果実水しか口にしていないからって、こんな時くらい空気読め！　私の腹の虫！

はじめこそ噴き出したものの、今や笑うのを我慢して震えているその人は、私を愉快《ゆかい》そうに見つめた。ぐぬぅ……笑いたきゃ笑えっ！

「……笑っていただいても構いませんが、私は間者《かんじゃ》ではございませんので」

「……ぶふっ、ああ……悪い悪い。揶揄《からか》っただけだから気にするな」

「……？　揶揄《からか》っ……!?」

なななんだって!?　盛大に恥をかいた挙句《あげく》ドッキリだとぉ？

うぐぐ、これは早いとこ退散するに限る！　せ、戦略的撤退《てったい》だっ！

「あの、広間への行き方を……おわあっ!?」

「腹が減ってるんだろう？　美味《うま》いものを食わせてやる」

突然彼が、私の腰を掴《つか》み、かかえ上げた。

「ちょ、ちょっと!?　下ろしてくださいませっ！」

「まあまあ。ガキが腹空かしてるなんてダメだろ～？」

見知らぬ美丈夫《イケメン》に抱きかかえられ、そのまま来たほうとは逆の方向へ連れていかれる。

ちょ、これ、どういうこと？　もしかしたらヤバイんじゃない!?

どーしよーっ!?

第七章　転生令嬢は、餌付《えづ》けされる。

私は今、迷子になって出会った美丈夫《イケメン》に連れていかれた先で、何故かごはんをいただいています。……解せぬ。

なんとインベントリ持ちだった彼は、豪華《ごうか》な部屋で私を下ろし、できたて熱々の料理を次々と出しては「ほら、じゃんじゃん食え。ガキを腹空かせたまんまで帰せねぇよ」と勧《すす》めてきたのだ。

腹の虫が盛大に空腹を訴えた後だった私は、今さら気取っても仕方ないと思い、恐る恐る手をつけたのだけど……

「……美味《おい》しい」

振る舞われたのは宮廷料理ではなく、おそらくは街の屋台で買ったのだろうと思われる品々だ。串焼きの肉や、だんごのようなものだったり揚《あ》げパンだったり……シンプルな味つけが、食べやすくて美味《おい》しい。

ぐぬぅ……こんな時に美味《おい》しい王都メシに出会えるとは！　どこで手に入れたのか聞きたいのに聞けないじゃないか！　うぐぐ……

「だろ？　さあもっと食いな。子供が遠慮《えんりょ》なんかするもんじゃないぜ？」

彼の出してきた料理はどれも美味《おい》しいのが業腹《ごうはら》だ。こうなったら遠慮《えんりょ》なくいただくことにしよう。

「お前、いい食いっぷりだなぁ。リリーもよく食うが、そういう奴は嫌いじゃない」

ああそうですか。……て、リリーって……リリー様？

え？　王妃様を呼び捨てって……この人、一体なにもの？

「お！　リリーで思い出した。あいつがこの前美味《うま》い菓子を手に入れてたから、分けてもらったんだ。これも食うといい」

戸惑《とまど》う私をよそに、マイペースな美丈夫《イケメン》がさらにインベントリから取り出したもの。

それは、アップルパイだった。

「えっ？　そ、それは……」

どうしてそれがここに？　リリー様からもらったって……本当にこの人なにもの!?

「ん？　これを知ってるのか？」

知ってるもなにも、私が作ったんだもの。

「こいつは『さる公爵家の令嬢が作った新作のお菓子なのよ！』ってリリーが自慢げに話してたんだが……まさか？」

しまった、反応しなきゃよかった。この流れでは名乗らざるを得ないじゃないの。

「……申し遅れましたが、私、エリスフィード公爵が娘、クリステアでございます。不調法《ぶちょうほう》をお詫《わ》びいたしますわ」

「やっぱりな。なるほど、スチュワードの娘か。交流会が初めてというのは方便じゃなかったわけだ」

「はい……。あの、父をご存じなのですか？」

まさか、陛下とか言わないよね？

お父様と同い歳にしては若すぎるし……でもリリー様も若く見えたからその可能性がないわけじゃない。こんなことならちゃんと絵姿を見て確認しておくんだった！

「ああ。あいつならガキの頃から知ってる。昔から小生意気な奴だった」

「そうなのですか。存じ上げず、失礼いたしました」

「なんだ、あいつは俺のことを教えてないのか？」

「ええ、まあ……」

え、まさか本当に陛下だったり……？　そうだとしたら不敬もいいとこじゃないの！

「仕方のない奴だなぁ。俺は――」

「レオ！　ちょっと頼みが……って、クリステア嬢!?」

「レイモンド殿下!?」

その時、息《いき》急《せ》き切って部屋へ駆《か》け込んできたのは、王太子殿下だった。

どうして王太子殿下がここに？

「おいレオ！　お前がクリステア嬢を連れ回してたのか!?　彼女が消えたから、ノーマンと俺で探してたんだぞ！」

レオって、この人のこと？　呼び捨てってことは陛下ではないのね？　よかった……じゃない。それじゃあこの人は一体なにものなの？

「俺のせいじゃねえよ。こいつが迷ってたから保護しただけだ」

えっ、ちょっと待て、ここへ拉致《らち》したのはそっちでしょうが！　と反論したいけど、目の前に広げられた食べ物の山にもてなされた側としては言いづらい。

「クリステア嬢、本当か？」

「……ええ、迷っていたところに偶然《ぐうぜん》この方が通りかかりまして……」

「通りかかった？」

「ああ。美味《うま》そうな魔力の気配を感じたんでな。ついふらふらと……」

……ん？　美味《うま》そうな魔力の気配？　……って。まさか。

聞き覚えのあるフレーズに、思わず美丈夫《イケメン》を見る。

レオと呼ばれた彼は、ニッと笑い言った。

「こっちも名乗りが遅れたな。俺はレオン。この国を統《す》べる者を護《まも》る聖獣だ」

……そのまさかだった。

「聖獣様とは露《つゆ》知らず、大変失礼をいたしました」

私は深々と頭を下げ、謝罪する。

ドリスタン王国には、建国時からずっと王族と契約し、護《まも》り続ける聖獣がいると聞いていた。

通常の聖獣契約は契約者が亡くなった時点で終わる、基本的に一代限りのものだ。

しかし、初代国王との結びつきが強かった聖獣様がいて、彼は初代国王と似た魔力を纏《まと》う王族をそのまま護《まも》り続けると誓ったそうだ。その誓いは今も守られ、その聖獣様が王族を、そしてこの国を護《まも》っていると……

そんな彼を称《たた》えて、ドリスタン王国の紋章は、その聖獣をモチーフとしている。

その聖獣とは、立派なたてがみを持つ百獣の王、ライオンだ。前世で見たことのあるライオンよりも数倍大きな姿らしいけれど。

そんな生きた伝説《リビングレジェンド》ともいえる聖獣様が、この人なの？

「知らなかったんなら仕方ねぇだろ？　ま、気にすんな」

わっしわっしと彼に頭を撫《な》でられる。

ぐわあっ！　セットが乱れるからやめてぇっ！

まったくもう、伝説の聖獣様がこんなに粗野《そや》だなんて思いもよらないじゃないか！

ん？　ちょっと待って？　そういえば、某神獣様に似たようなのがいたな。長生きすればするほど振る舞いが雑になるんだろうか。

「俺が聖獣とわかっても、あまり驚かないんだな？」

ピタリと撫《な》でる手を止め、にやりと笑う聖獣様《レオン》。

「！」

そういえばそうだ。聖獣なんてそうそう出会えるもんじゃないので、驚いて大騒ぎするとか、固まるとか、なにかしらリアクションすべきだった！

真白や黒銀が常にそばにいるし、白虎様たちも知っているせいか、私のリアクションは薄すぎた。こ、これってやばい？

「あ、あの……驚きすぎてしまって……えっ？」

しどろもどろになる私を引き寄せ、聖獣様《レオン》が、くんくんと匂いを嗅《か》ぐ。

「……なっ！　なにを⁉」

「こらーっ！　レオ！　なにしてる⁉」

「美味《うま》そうな魔力だが、なにやら犬臭い。……覚えのある匂いだ。それに、他の獣の匂いもする」

動揺する私の耳もとで聖獣様《レオン》がささやく。

「……っ！」

「おっと、レディに対して失礼だったな。悪い悪い」

パッと離れた聖獣様《レオン》はへらへらと笑いながら私を見た。犬臭いって……え、まさか、黒銀のこと？　覚えがあるってなに？　まさか、黒銀たちのことを勘づかれた？

「そうだぞ、レオ！　まったく、クリステア嬢に失礼だろう！」

真っ赤になって抗議する王太子殿下とは反対に青ざめる私。

ど、どうしよう……契約者なのがバレちゃった？

しかも複数契約者だなんてバレたら……ひいぃ！

「だーから悪かったたって。また今度美味《うま》いもの食わせてやっから許せ。な？」

ニヤッと笑って立ち上がった聖獣様《レオン》は、ひらひらと手を振って部屋を出ていこうとする。

「あっ！　あのっ！」

もしかして、このまま陛下にご報告!?　焦《あせ》って引き止めようとするものの、王太子殿下の前では下手なことも言えなくて口ごもる。ああ……万事休すか。

「安心しな。迷子になったこととか、色々と黙《だま》っててやっから」

「え？」

黙《だま》ってて……って。どういうこと？

「じゃ、またな？」

立ち去る聖獣様《レオン》をぽかんと見送る私なのだった。

「無事に見つかったからよかったものの、これからは、黙《だま》って離れてはいけないよ？」

「はい……ご心配おかけして申し訳ございませんでした」

その後、王太子殿下に連れられて広間に戻った私は、お兄様に懇々《こんこん》と説教されていた。

……は、恥ずかしい。

もしかして、今日からは「王宮で迷子になった公爵令嬢」って噂《うわさ》になるんじゃ……

遠巻きに私たちを見ているご令嬢方も「あの歳で迷子だなんていやぁね、恥ずかしいったらないわ」なんて噂《うわさ》しているに違いない……

ひそひそと会話している周囲のご令嬢方の声が気になって、思わず耳をすませてみる。

聞こえるのは……

「いいわねぇ、私もノーマン様に心配されたいわぁ……」

「ああ……私もノーマン様に叱《しか》られたい」

「私も。ああ、羨《うらや》ましい……」

「優しく、諭《さと》されるように叱《しか》られたいわ」

「あら、冷たく怜悧《れいり》な表情で怒られるのもゾクゾクしてよくありませんこと?」

……あれ？　なんだか思ってたのと違ったような。ていうか、最後のはちょっとやばくないかな!?

「まあ無事だったんだし、いいじゃないか。どうもレオが連れていったみたいだし」

そう！　そうなの！　仕方なかったの。王太子殿下わかっていらっしゃる～！

「そういうわけにはいきません。クリステアが黙《だま》ってここを離れたのが原因ですから」

そうはおっしゃいますが、お兄様。生理現象には抗《あらが》えないわけで……

「止むを得ず離れるにしても、メイドや近衛《このえ》に伝言を頼むなりできただろう？　ふと気づいたらどこにも姿が見えないので、どうしようかと思ったよ。気配を探ろうにもあの方の魔力が強すぎて、クリステアがそばにいるなんてわからなかったし」

あ、そうか。お兄様は魔力の気配をたどって私の居場所を探せるんだった。それなのに、聖獣《レオン》様の魔力にかき消されてわからなかった、と。それはさぞかし焦《あせ》っただろうなぁ。

申し訳ないことをしてしまった。

「聞いてるの？　クリステア」

「は、はいっ！」

「もうじき陛下とリリアーナ様が、我々に祝賀のお言葉を下さるためにいらっしゃるからね。広間から離れちゃいけないよ？」

「はい……えっ？」

国王夫妻がこの広間へ？

「皆、静かに！　間もなく陛下がいらっしゃるので失礼のないように！」

心の準備もできないうちにお父様がやってきて、よく通る声で注意した。

一瞬だけざわっとした後、みんながサーッと跪《ひざまず》いていくので、私もそれに倣《なら》う。

「ああ、そんなに畏《かしこ》まらなくてよい。皆、楽にしなさい」

陛下らしき方が広間へいらっしゃり、すぐさま声をかけていただけたので、みんなは顔を上げて次々と立つ。

「今年もつつがなく新年を迎えられたことを嬉しく思う。これも国民の皆一人一人が……」

大きくはないけれどよく通る張りのある声で、祝賀のお言葉がはじまった。

あの方が陛下なのね。傍《かたわ》らにはリリー様がにこやかな笑顔で控《ひか》えている。

王太子殿下はお父さん似かぁ。歳をとったら王太子殿下もあんな感じになるのかな？

陛下の後ろに控《ひか》えているのはお父様だ。

……いつにも増して眉間《みけん》のシワが深いけど、どうしたんだろう？

あ、お父様がこっちに気づいた。え、私を見るなりため息って……いやな予感。

陛下のお言葉は、考えごとをしているうちに終わった。

子供たちはさすがに陛下に群がることはない。挨拶《あいさつ》は当然、身分が高い者からしていく。

「さあ、クリステア。陛下にご挨拶《あいさつ》しないとね」

そう促《うなが》され、お兄様のエスコートで私は陛下の前へ向かう。

ですよねー！　我がエリスフィード家は公爵の位だもんね！

私たちがトップバッターのようです……心の準備ができてないのに！

「陛下、新年を無事に迎えられたこと、誠に嬉しく思います。おめでとうございます。この記念すべき佳《よ》き日、陛下に祝福が訪れますよう祈念《きねん》いたします」

お兄様に合わせて陛下に礼をする。

「うむ。其方《そなた》たちにも祝福を」

……見られてる見られてる！　ガン見されてるよー！

「陛下、紹介が遅くなり申し訳ございません。娘のクリステアです」

お父様が陛下に私を紹介する。あああ……お父様の眉間《みけん》のシワがさらに深くなっている……っ!?

なにに怒ってるのかさっぱりわからないけれど、失礼のないようにしなくちゃ！

「お初にお目にかかります。クリステアでございます」

私は渾身《こんしん》のお辞儀《カーテシー》を披露《ひろう》した。うむ、完璧《かんぺき》のはずだ。

「ふむ。其方《そなた》とは赤子の頃に会って以来か。健《すこ》やかに成長したようでなによりだ」

「ありがとうございます」

にこにこと嬉しそうに私を見る陛下とは裏腹に、ますます苦々しい表情のお父様。

……一体なんなの？

「先日はリリーの相手をしてくれたそうだな。私もいる時にまた遊びに来るといい」

「そうね。またいらっしゃい」

夫婦揃《そろ》ってにこにこだ。……けれど、できることならお断りさせてください。

聖獣様《レオン》にまた会いそうだし。うう、早く帰って黒銀たちに相談しないと。

「陛下。娘はまだ幼く、不調法《ぶちょうほう》でして。そのような晴れがましい場には出せません」

お父様がやんわりと断ろうとしている。お父様、ナイスアシストっ！

「……ならば、またアンリエッタ夫人と一緒に来るといい。保護者同伴ならよかろう。リリーも喜ぶ」

うっ、お母様か……搦《から》め手できましたね。お母様なら私に縄をつけてでも連れてきそうだもの。昔馴染《なじ》みともなると攻略法もよくご存じで。

「……保護者同伴ならば、私でもいいわけですな？」

え、お父様が？　お父様が同伴のお茶会って……どうなの？

「……其方《そなた》は仕事があるだろう」

「陛下がお休みの時くらいは、私もゆっくりしたいものですな」

「「……」」

ゴゴゴゴゴ……となにやら不穏な雰囲気を醸《かも》し出しつつ、笑顔で睨《にら》み合う陛下とお父様。

な、なんなの？　この空気は……

「あの、陛下？　他の者も待っていることですし、僕たちは失礼しますね」

そこへ冷ややかな笑顔でお兄様が割って入る。

「あ……ああ、そうだな。皆を待たせてはいかん」

ハッと我に返ったのか、陛下はコホンと咳払《せきばら》いする。お父様も気を取り直したのか、笑顔で私たちを見送ってくれた。……お兄様つおい。

「お兄様、ありがとうございました。私、どうしようかと思いましたわ」

「まったく、あの二人には困ったものだね。クリステアに会わせろ会わせないで散々揉《も》めていたから」

苦笑しつつ答えるお兄様。

「え？　そうなのですか？」

「ああ。先日の妃殿下とのお茶会の時も、陛下が政務を抜けて乱入を目論《もくろ》んでいたのを阻止《そし》してやった、って。父上が自慢げに話していたよ」

……いい大人がなにしてるんだ。しかし、お父様が裏で攻防戦《そんなこと》を繰《く》り広げていたとは。よっぽど私を陛下と会わせたくなかったんだなぁ。

……今後のお父様の頑張りに期待しよう。

陛下にご挨拶《あいさつ》した後はなにごともなく、無事（？）に交流会は終了した。

そう、終了してしまった……同年代の女の子と全く交流できないまま。

なんということだ。このままだと入学時にぼっちの可能性が濃厚《のうこう》……うわぁ。

第一印象《ファーストインプレッション》で失敗し、途中迷子になり、お兄様のお説教で遠巻きにされ……その後は陛下へのご挨拶《あいさつ》でそれどころじゃなかったんだもの……はあ。

広間を離れ、お兄様の強制連行《エスコート》で馬車の待つ出口へ向かう。

これ以上ここに留まったところで、みんな親御さんと合流して帰っていくだけだし、諦《あきら》めるしかないかぁ……。

「クリステア。父上はまだ残るそうだから、母上と一緒に屋敷に戻るように、だって」

「まあ……お父様ったら、新年早々お忙しいのですね」

「うーん……あれは、陛下とさっきの件で話し合いをするんじゃないかな？」

さっきの件？　ああ、お父様同伴のことか。

……できれば、しっかりはっきりお断りしていただきたい。

あっ！　そういえば聖獣様《レオン》のことも相談しないとだった。

その時、どこかから声が聞こえた。

「あの、クリステア様っ」

ん？　今誰か私のことを呼んだ？　……いや、まさかね。

だって誰とも知り合っていないし……泣いてないんだからねっ！

「……あのぅ、クリステア様……？」

ん？　気のせいじゃない？

背後から聞こえる声は、間違いなくクリステアと呼んだ。

同名の子がいない限りは私のことのはずだ。でも、一体誰が……？

心当たりは全くないものの、振り向く。するとそこには、同い歳くらいの可愛らしい女の子がいた。

ふんわりと波打つ柔《やわ》らかそうな茶色の髪に、明るい緑の瞳《ひとみ》。子リスを連想させる雰囲気の子だ。

私を呼び止めたのはこの子？

「なにかご用かしら？」

努めて、優しく、柔《やわ》らかく……怖がられないように、にっこりと微笑《ほほえ》んで尋《たず》ねてみる。

「あのぅ……これ、落とされました」

そう言って彼女が差し出したのは、今日髪に結んでいたリボンだった。

「あれ、本当だ。いつの間にか緩《ゆる》んで落ちたのかな？」

お兄様が私の後ろを見て、リボンがないことを確認する。

「まあ……拾っていただいて、ありがとうございます」

にっこり笑ってリボンを受け取ろうとした私の手は、そこでふと止まった。

……ちょっと待って？　これってお友達を作るチャンスなんじゃない？

思わずリボンを差し出す彼女の手を、がっちり握って確保する。

「!?　え、あの？」

「ありがとうございます。このお礼に、我が家へご招待したいのですけれど！」

「ええっ!?　そんな、私、ただリボンを拾っただけですから……っ」

驚いて固辞《こじ》しようとする子リスちゃん（仮）……けど、逃がしませんよ！

「貴女《あなた》の善意にお礼をしたいのです。美味《おい》しいお茶とお菓子をご用意しますから、ぜひ遊びにいらして？」

「お菓子……？　クリステア様の？」

「ええ！」

「……お菓子……あのクリステア様の……」

ぽつりと呟《つぶや》く彼女を見ると、んん？　口元にかすかに涎《よだれ》が……気のせいかな？

「あの……？」

「……ハッ！　はい、あの、わ、私、クリステア様のレシピのファンなんです！」

お、好感触？　よかった、悪食《あくじき》令嬢の用意するお菓子なんて怖くて食べられません！

とか言われなくて。売り出したレシピも好評のようでなによりだ。

「まあ、嬉しい。招待状を送りますわ。お名前を伺《うかが》っても？」

帰宅後すぐに、いや急《せ》いては事を仕損じるというから焦《あせ》らず……でも近日中に招待するんだ！

「ああっ！　失礼いたしました！　あ、あの……私、メイヤー男爵が娘で、マリエルと申します……」

最後のほうは消え入りそうに小さな声だった。

メイヤー男爵のとこのマリエルちゃんね。可愛い名前で似合ってる。うん、覚えた！

「マリエル様ですね？　招待状をお届けしますから、ぜひ！　いらして。ね？」

「あの、私、男爵家の身分でありながら弁《わきま》えずに申し訳ございません。私ごときがご招待いただくわけには……」

あっ、なるほど。身分差が気になって尻込みしていると。ふむふむ。

……しかし、ここで逃がしてなるものか！

「私、今まで領地に引きこもっていたでしょう？　歳の近いお友達が欲しかったの。ぜひ、マリエル様にお友達になっていただきたいのだけれど……おいやかしら？」

私がしょんぼりして見せると、マリエルちゃんは、慌《あわ》てて否定する。

「いえっ！　そんな、いやだなんて……あの、私なんかでよろしければ……」

いよっしゃあああああ！　お友達（予定）とのお茶会！　頑張るぞー！

内心浮かれている私とは対照的に、マリエルちゃんは緊張《きんちょう》している様子。

そんなに身構えることないのに。大丈夫、ワタシ、怖クナイヨ？

するとマリエルちゃんはなにかを決心したかのような表情で私を見つめ、小さな声で言った。

「クリステア様、あの、私……クリステア様のレシピの秘密を知っている、かも……」

「え？」

聞き返そうとする私の声に、お兄様の声が重なる。

「クリステア、母上が呼んでるからもう行かないと。おしゃべりなら今度招待する時にゆっくりとね。マリエル嬢、申し訳ないが我々はこれで失礼するよ」

「はっ、はひ！　こちらこそ引き止めてしまい、申し訳ございませんでした！」

「マリエル様、ごめんなさいね。お茶会楽しみにしてますわ。ごきげんよう」

お兄様に促《うなが》され、取り急ぎマリエルちゃんの都合のいい日を確認した私は、お母様の待つ馬車へ向かった。

それにしてもマリエルちゃんは、なにを言おうとしていたんだろう？

別れ際のもの言いたげな様子が気になる。私のレシピの秘密ってなんのこと？

特に難しいレシピなんてない……前世で食べ慣れていた料理の中でも作りやすいものばかりのはず……ん？　前世……って、いやいや、まさかね。

私が転生者だということは、誰も知らないのだから。

でも……ううん、きっと気のせいに違いない。

なにはともあれ、このチャンスを逃すわけにはいかなかった。なんたって、初めての女友達ができるかもしれないんだ！

私は馬車に乗り込むと、招待状やお茶、お菓子についてあれこれと考えはじめた。

「……楽しそうだね」

「え？　ええ！　だって初めて女の子のお友達ができたんですもの！」

私の勢いにお兄様は若干引き気味だけど、気にしない。

「え？　領地のバステア商会に仲のいい女の子がいるのではなかったの？」

「え……あ。ええ、あの、王都に来て初めてという意味ですわ！　だって、これから学園に入学するにあたって身近にお友達がいるのといないのとでは違いますもの」

「ああ……確かに。近くに友人がいると心強いだろうね」

納得したとばかりに、にこりと微笑《ほほえ》むお兄様。

……あ、危なかった。セイが男の娘……もとい、男の子だということは家族には内緒にしていたんだった。浮かれすぎだな、うん。反省。

「まあクリステア。貴女《あなた》、お友達ができたの？」

静かに私たちのやりとりを聞いていたお母様が尋《たず》ねる。

「ええ！　……あ、いえ。まだお友達未満と申しますか」

「どういうこと？」

私はお母様にざっくりと、リボンを拾ってもらったことと、そのお礼にお茶会にご招待することを説明した。

「まあ……そうなの。よかったわね。しっかりとお礼なさい」

「はい！」

「その令嬢のお名前は？」

「メイヤー男爵家のご息女で、マリエル様ですわ」

「メイヤー男爵……ああ、新興貴族の一人ね。確か大きな商会を営《いとな》んでいたはずだわ」

「そうなのですか」

大きな商会の子かぁ……それじゃ、流行にも敏感なはず。下手なものは出せないから、よぉく考えないとだね。

「いいわねぇ。私の学生時代は王太子……ああ、今の陛下の婚約者だったから、リボンなんて落とそうものならネズミの死骸《しがい》に結びつけて送られてきたものだわ」

えっ、なにそれ⁉　こわっ！　怖あぁ！

お母様、それって、フッ……とアンニュイに外を眺《なが》めて言うセリフじゃないよ⁉

「でも、いつもあの人が助けてくれたから、つらくはなかったのよね……」

あの人……って、お父様？　そしてお母様がそっぽ向いてるのは、もしや照れてる？

幼馴染《おさななじみ》だった二人は小さな頃からずっと、お互いのことが好きだったんだものね。ふふ。

「クリステアは心配しなくていいよ？　僕がちゃんと守ってあげる」

「お兄様……ありがとうございます。心強いですわ」

「うん、任せて」

お兄様ったら、本当に優しくて頼りになるぅ！

……でも、あまりのシスコンっぷりに妹としてはちょっと心配になるよ……？

それにむしろ私の場合、いざとなれば真白と黒銀が黙《だま》ってないだろうから、そっちを抑えるのが大変かもね。

ハハ……と乾《かわ》いた笑いをこぼす私を乗せ、馬車はゆっくりと屋敷へ向かった。


「……やなにおいがする」

屋敷の自室に戻るなり飛び込んできた真白が、顔をしかめてそう言った。

えっ、なに？　私臭いの？

慌《あわ》ててくんくんと自分の身体を嗅《か》いでいると、黒銀も同じく顔をしかめる。

「……確かに。いやな匂いがするな。……この匂いは覚えがある」

ええっ！　黒銀まで!?　私って、そんなに臭い!?

「……主《あるじ》よ、奴に会ったか？」

「奴って？　……あ」

もしかして、いや、もしかしなくても聖獣様《レオン》のこと？

「ミリア、悪いけどお茶を淹《い》れてくれる？　アップルティーが飲みたいから調理場でりんごを分けてもらって。ついでだから、他の侍女たちも淹《い》れられるよう、教えてあげてちょうだい。時間がかかってもいいから」

ミリアに目配《めくば》せで頼む。

「……かしこまりました。少々お時間をいただきます」

ミリアはそう言って退室していった。

察しのいい彼女のことだ。しばらくこの部屋には誰も近づかないようにしてくれるだろう。

さてと、結界……はお兄様に勘づかれるから……遮音《しゃおん》魔法でいいか。……よし。

「……黒銀が言う奴って、聖獣《レオン》様のこと？」

「名なぞ知らんが、獅子《しし》の聖獣だ」

「……すごくじこしゅちょうのつよいやつのけはいがする。やなかんじ」

「うむ。我ら契約獣がいると知りながら、わざと気配を残すとは、不敵な奴め……」

ギリィッと歯を食いしばり、悔しそうな黒銀。

「ちょ、ちょっと待って？　他の聖獣が接触したって、そんなに簡単にわかるもの？」

そういえば、聖獣《レオン》様も匂いがどうとか言っていたよね？

「当たり前だ。それに、主《あるじ》には我らの主人であるという印をしっかりつけている」

「くりすてあは、おれたちのしゅじんだって、しゅちょうするのは、とうぜん！」

ええ？　なにそれ、知らなかった。聞いてないよー……。

いつの間にやらマーキングされていたとは。

「それって、他の聖獣や魔獣たちにはわかるってことよね？」

「うむ」

「じゃないといみない」

うわぁ、それって契約者や契約獣が学園内にいたら、入学後、即バレってこと？

そうじゃなくても、召喚の授業で聖獣や魔物が現れたら、その時にバレる可能性だってあるのよね？　学園に入ったらすぐバレるってそういうこと？

「……にもかかわらず、このように自らの存在を誇示するとは」

「やなやつ！」

二人とも不快な表情を浮かべる。

「レオン様……あ、その獅子《しし》の聖獣様ね？　その方も覚えのある匂いがするって言っていたわ。それに、他の獣の匂いもするって……」

「ならば、これは我を挑発してのことであろうな。……相変わらず不遜《ふそん》な奴め」

……ん？　相変わらず？

「黒銀は、レオン様と会ったことがあるの？」

「レオンか某《なにがし》かは知らぬが、ここいらを縄張りとする獅子《しし》とは、昔やりあったことがある」

まさかの知り合い。というか、敵同士？

「やりあったって……どうして？」

「大昔のことだがな。ここらを根城にしていた頃、奴の契約者が我を排除しようと奴をけしかけおったのよ。互いに力が拮抗《きっこう》しておったので、決着がつかなんだ」

……黒銀のやんちゃ時代の話かな？

「それで、どうなったの？」

「面倒になったので、この地には手を出さぬと話をつけて手打ちとした。命を賭《と》すほど、この地に執着《しゅうちゃく》してはおらなんだからな」

話し合いで片がつくならはじめからそうしたらいいのに。聖獣って血の気が多いんだろうか。

「その後ほどなくこの地に街ができたのを見るに、おそらく奴の契約者が周囲に棲《す》む脅《きょう》威《い》を排除して回っていたのだろう」

契約者って……初代国王のことかな？

一体何百年前なんだろう。

……というか、その話ってなんだか聞き覚えがあるような。

ドリスタン王国の建国にまつわるおとぎ話で、初代国王様と聖獣様《レオン》が魔獣などを蹴散《けち》らし、安全になったこの地を王都としたっていうのがある。確かその中にフェンリルと闘い、退《しりぞ》けたというくだりがあったんだよね……まさか、黒銀のこと？

「しかし、奴がまだこの地におったとは……だが、あの時とは違う。我の主《あるじ》に手を出すつもりならば容赦《ようしゃ》はせん」

ちょ、ちょっと、黒銀!? 妖怪、もとい聖獣大戦争とか、怖すぎるからやめてよね!? このままでは黒銀がレオン様と戦うことになってしまいそうだ。えらいこっちゃ！

「あ、あのね、レオン様はこの国の王族を護《まも》る聖獣様なのよ？　だから私にちょっかい出したりなんて、するわけがないでしょう？」

「しかし、現に……」

「わざと気配を残したのは、黒銀の気配に気づいて、私を通じて牽制《けんせい》したのでは？」

「牽制《けんせい》だと？」

何故そんなことを？　とでも言いたげな表情になる黒銀。

「そう。きっと、昔の約束を違《たが》えるなと警告したのよ」

約束さえ守れば、ことを荒立てるつもりはない、と。だからあの時、色々と黙《だま》っていてくれると言ったのだろう……多分。

「今の我は、あの時の我とは違う。契約によって主《あるじ》を得て、護《まも》る者ができた。主《あるじ》が困るとわかっていて無闇《むやみ》に暴れたりなぞせぬ。主《あるじ》に手出しするならば別だが」

「そうね。でも今の黒銀の心境の変化は、レオン様にはわからないことだもの。国の脅威《きょうい》となる貴方が王都にいて、しかも王族に近づける立場の私からその気配がしたら、警戒しても仕方がないわ。私が貴方たちのことを報告しないのがいけないのだけど」

「……」

「だから、手出しはダメ。じゃないと私たちは、逆賊《ぎゃくぞく》として排除されるわ」

「馬鹿な。これは我ら聖獣の問題であって、主《あるじ》には関係ないのに、何故主《あるじ》まで！」

納得がいかないのか、黒銀は声を荒らげる。

「関係あるわ。契約とはそういうことよ。貴方たちの行動は契約者である私が責任を負うの」

「……むう」

「今の私たちにできるのは、王家に仇《あだ》なす気はないとレオン様にしっかり理解していただくことよ。だから、ケンカはしちゃダメ」

「……主《あるじ》がそういうなら」

「真白もね？」

「……わかった」

二人とも渋々《しぶしぶ》といった様子で承諾《しょうだく》する。

「ありがとう。後はレオン様にそれをどうやって伝えるか、だけれど」

「このまま放っておけばよいではないか」

むっつりとふて腐《くさ》れた顔の黒銀。

「くりすてあがそいつとあわなかったらいいんじゃない？」

「うむ。奴と会う必要などない」

真白たちはどうしてもレオン様と私を会わせたくないみたい。

「そういうわけにはいかないわよ。このままだと、私たちに敵対する気はないことが、向こうに伝わらないじゃない」

「しかし……」

「こういうことはハッキリさせておかないと、余計な憶測《おくそく》を呼ぶものよ」

それに、レオン様がごちそうしてくださった料理の数々は、どう見ても宮廷料理ではなかった。あの方は多分……いや、絶対に街をうろついているに違いない。

私だって王都にいる間は街をうろつく気満々なので、どこかできっとばったり出会うと思う。その時に誤解されたままだと即戦闘《バトル》！　ということになりかねない。そんな一《いっ》触即発《しょくそくはつ》の状態でいるわけにはいかないのだ。

「……わかった。しかし、会うにしても最小限にしてほしい。我々は主《あるじ》が他の聖獣と接触していると思うと、気が気ではないからな」

「うん。しんぱいだから……おねがい」

「ええ、わかったわ」

うーむ……だけどレオン様に直接お会いする方法ってどうしたらいいんだろう？

やっぱり、王宮へ行くしかないのかなぁ……

レオン様にお会いする方法を、私なりに色々と考えてみる。
一、リリー様のお茶会に出席してレオン様を紹介していただく。
……理由を聞かれそうだからダメ。
二、王太子殿下に交流会の時のお礼がしたいからと面会の繋《つな》ぎをお願いする。
……王太子殿下はともかく、陛下に面会のことをうっかり知られようものなら、面倒なことになりそうだからダメ。
三、手紙で用件を伝える。
……その手紙が万が一、他者の目に触れることがあれば、万事休すだからダメ。

等々……

「うーん、どうしたって私がレオン様に会うこと自体が不自然なのよね」

はあ……とため息をつきながら、ベッドにボフン！　と倒れ込む私。

どうすればレオン様と直接お会いしてお話しできるのかな？

いっそ市場や屋台で見張っていれば捕まえられるかも……いや、現実的じゃないか。

とりあえず、無駄《むだ》な戦闘をさせたくないから、黒銀たちにはおとなしくしているよう説得した。

できる限り早く、王家に叛《そむ》くつもりなどないことを伝えると同時に、レオン様が何故黒銀たちのことを黙《だま》っていてくれたのか、理由を知りたい。

私が聖獣と契約していることを陛下に報告しない理由はないはずだ。

主《あるじ》への報告の義務を怠《おこた》っている上に、私が契約している聖獣が、かつて自分と闘い引き分けるほど拮抗《きっこう》した力を持つフェンリルだとわかっているのに。

普通なら「謀反《むほん》を企《くわだ》ててるんじゃね？」とか勘ぐると思う。

しかも複数の聖獣の存在を察知したとなればなおさらだ。

私には謀反《むほん》なんて気はこれっぽっちもないけれど。

……もしかして、私をよからぬことを企《くわだ》てている一味だと仮定して、黒幕を捕まえるために泳がせている……とか？

いやいや。たかが十歳になったばかりの子供にそこまでする？

うーむ、全く真意がわからない。

仕方ない、怒られるの覚悟でお父様に相談することにしよう。

今日はもう遅いからまた明日……うん。人はそれを現実逃避《とうひ》と呼ぶ。

ちなみに、迷子になったことについては警備にあたっていた者がこっそりお父様に知らせていたそうで、夕食の席で「其方《そなた》は迂闊《うかつ》すぎる！」と叱《しか》られた。

そんなわけなので、今日はもうこれ以上のお説教は勘弁《かんべん》してほしいのですよ。

明日もまたお説教か、と深いため息をついてベッドに潜《もぐ》り込み、私は瞼《まぶた》を閉じるのだった。


翌日。いつもより早く目覚めた私は、朝ヨガもそこそこに調理場へ向かった。

お父様に相談するにあたり、美味《おい》しいご飯で少しでも機嫌を取っておこうという作戦だ。

調理場の出入り口から、そ～っと中の様子を窺《うかが》う。

まだ仕込みには入っていないようだけど、料理人たちは揃《そろ》っていて、料理長を中心にミーティングをしているらしかった。今日のメニューの確認かな？

いつ声をかけたものかと躊躇《ちゅうちょ》していると、料理長がこちらに気づいて飛んでくる。

「おはようございます、クリステア様！　まだお起きになるにはお早いのでは？」

「え……ええ。ちょっと今朝はお米が食べたくて……」

その答えに、料理長は申し訳なさそうに告げる。

「ご飯ですか？　……その、これからだと時間がかかりますが……」

うん、そうだよね。浸水《しんすい》させないといけないから、ご飯を炊《た》くなら前もって言わないといけないのはわかっているのよ。

「ああ、いいの。今朝はおかゆにしようと思っているから」

「おかゆ……ですか？　お身体の具合でもよろしくないので？」

「いいえ、そんなことないわよ。シンに言って土鍋とお米を用意してもらえる？」

「はあ……」

おかゆは消化がいいので、我が家では体調の悪い者が食べることが多い。領地の料理長からそのことを聞いていたのだろう、こちらの料理長は体調不良でもないのにわざわざおかゆにするのが不思議なようだ。

「家族の分だけ作るから、他のみんなの分は予定通りでいいわ」

「かしこまりました。……そばで見ていても？」

「いいけど……別に大したことはしないわよ？」

「構いません！　ぜひ後学のために！」

……そんな大層なことはしないって言ってるのに。……まあいいか。

私はシンに用意してもらったお米を計量し、洗米する。真冬の水は冷たいけれど、美味《おい》しいご飯のためだ。手早くお米を研《と》いだ後は、土鍋にお米とその五倍の水を入れ、強火で一気に沸かした。沸騰《ふっとう》するのを待ち軽くかき混ぜ、フタを取ったままとろ火でコトコト。

お米が土鍋にくっつかないように、たまにかき混ぜつつ四半刻くらい。その間にお味噌汁や出汁《だし》巻き卵、秘蔵の梅干しを叩《たた》いたのも準備する。

あ、シャーケンの塩焼きのほぐし身もインベントリに保存しておいたのがあるね。それもつけよう。

「……クリステア様は手際がよろしいですね。動きに無駄《むだ》がない」

「そうかしら？　料理長に褒《ほ》めていただくなんて光栄だわ」

「ご謙遜《けんそん》を」

というか、前世で日常的にやっていたことだから、できて当たり前というか。

一人暮らしをはじめた当初は、美味《おい》しいものが好きなように食べられる！　と喜んでいたけれど、毎日食べたい料理って、なんてことない普通のメニューなんだよね、結局。

そうなると、自分好みの味を食べるために自炊するしかないわけで。

何故なら、自分の味覚のルーツって、母だったり、その親である祖母だったりする。特に、祖母の作った漬物や常備菜は絶品だった。

小さな頃は食卓が全体的に茶色いおかずで埋《う》め尽くされていて、ビジュアル的に可愛くないなぁ、と不満だった色合いに既視感を覚えて、苦笑したものだ。

今や世界を超えても同じことをしているのだから、面白いよねぇ。

そんなことをつらつらと考えながら、私は朝食の支度を完了した。

さあ、お父様に賄賂《わいろ》、いや貢《みつ》ぎ物、いやええと、なんだ。

喜んでいただくために頑張りました！

これでお説教が少しは緩和《かんわ》されるといいなと願いつつ、朝食の席へ向かった。

「今朝の朝食は、おかゆをメインにご用意しましたわ」

「ほう、其方《そなた》の手料理か。久々だな」

嬉しそうなお父様。よーしよし、掴《つか》みはオッケー！

「年末からずっとパーティーが続きお疲れかと思いまして、お身体を労《いた》わるため、おかゆにいたしました。特にお父様は連日お仕事でいらっしゃいましたし、お酒を飲む場も多かったでしょう？」

本当は七草粥《がゆ》を作りたかったけれど、この屋敷の周囲で採取したことないし、そもそも七草に相当するものがあるかどうかもわからない。なので、せめて胃に優しいおかゆで労《ねぎら》おうという目論見《もくろみ》だ。

「クリステア、其方《そなた》、私の身体のことを気遣《きづか》ってくれるのか……」

「お父様はいつも私たちのため、民のために日々粉骨砕身《ふんこつさいしん》していらっしゃるのですもの。せめて娘の私くらいは、こうしてお父様のお身体を労《いた》わって差し上げないと」

「クリステア……」

ああ、娘がいてよかった……！　と感極まっているお父様。

……よし、この流れならいける。後でお父様にさりげなく話を持ちかけることにして、今は朝食をいただこう。

「おかゆはシンプルに塩のみでもよいですが、梅干しやシャーケンのほぐし身もご用意しております。お好みで召し上がってくださいね」

「うむ。では私はシャーケンのほぐし身をいただこう」

お父様はシャーケンのほぐし身が盛られた小鉢を手に取り、おかゆに盛る。

「そうねぇ、私は梅干しでいただこうかしら？」

お母様は梅干しの叩《たた》いたのを少量おかゆにのせ、軽く混ぜていた。

「うーん……僕はまず塩でいただいてからにしようかな」

あら意外。お兄様はシンプル派ですか。

お兄様の場合、一杯では足りず、色んな味で楽しもうというところ？

さて、私はというと。うーむ、シャーケンも捨てがたいけれど、まずは梅干しかな？

梅干しの酸味で食欲を呼び覚ましてからの、シャーケンのほぐし身。よし、この流れでいこう。

お母様と同じく梅干しをチョイスし、同様に軽く混ぜ合わせてから一すくい。

ぱくりと口に含むと、お米の甘さと時折感じる梅の酸味がふわりと口の中に広がる。

……ああ、優しい味だ。沁《し》みるわぁ……。

胃腸は疲れていないものの、連日の気疲れが癒《いや》されるようだ。クエン酸万歳！

あっという間に一杯を食べ終え、食べ盛りな私としては当然、おかわり。塩分過多かもと思いつつ、シャーケンのほぐし身をたっぷりと山盛りで。

……はぁ。間違いない味だね。

真白がたくさん捕ってきてくれたおかげでシャーケンの在庫はたんまりとあり、贅沢《ぜいたく》に使えるのが嬉しい。

たまに梅干しを加えて味の変化をつけつつ、二杯目もペロリと完食してしまった。

お父様はシャーケン、梅干し、シャーケンと梅、そしてまたシャーケン、と三度もおかわり。

胃腸を労《いた》わるためのおかゆなのに、そんなに食べたら意味ないのでは？

ま、まあ喜んでもらえたならよしとしよう。

……後は、お父様にレオン様のことを相談するタイミングだよねぇ。

朝食が終わり、新年が明けて二日目の今日。

さて、お父様の政務はお休みとのことで、お父様は今、私たちと一緒に食後のお茶を楽しんでいる。

私は膝《ひざ》に乗せた輝夜を撫《な》でつつ、レオン様の話題を切り出すタイミングが掴《つか》めず、お父様の様子を窺《うかが》っていた。

この後お父様は執務室に行くだろうから、そこで尋《たず》ねればいいかな。

はあ、なんと切り出すべきか。報告するなら朝食効果で機嫌がいい今のうちなのに。

『……っ!?』

ところが急に輝夜が毛を逆立てたかと思うと、私の膝《ひざ》から飛び下りソファの下に隠れた。

「えっ、なに？　輝夜、どうしたの？」

「主《あるじ》！」

「くりすてあー！」

それからはほぼ間を置かず黒銀と真白がいきなり転移で現れた。

「わっ⁉　あなたたち、一体どうしたの？」

家族しかいないからって、屋敷内でも転移はダメでしょ！　後で叱《しか》っておかなきゃ。

「主《あるじ》、奴が来た」

「あいつがここにくるまえにどっかにいこう？」

「え、なに？　奴って……」

いやぁな予感がしたと同時に、家令のギルバートが慌《あわ》てた様子で駆《か》け込んでくる。

「お館様。お客様がいらっしゃいましたが、いかがいたしましょう」

「客？　今日は誰とも面会予定はなかったはずだが」

「それが、その……」

ちらっと周囲を見回すと、お父様に耳打ちするギルバート。

「……なに？　何故彼《あ》の方が我が家に……いや、この気配は確かに」

お父様はわずかに目を見開いて驚くと、即座に立ち上がりドアへ向かった。

「それで、彼《あ》の方はどの応接間に？」

「英雄の間にお通ししております」

「わかった、すぐ向かう。もてなしの準備を」

「すでに命じております」

「うむ」

慌《あわ》ただしくお父様とギルバートが出ていくのを、私はぽかんと見送った。

……ええと、輝夜が慌《あわ》てて隠れて、黒銀と真白が「奴が来た」と言い、お父様が「彼《あ》の方」と。陛下、じゃないのは間違いない。てことは……も、もしかしてレオン様⁉　我が家になんのご用ですかぁ⁉

「うーん、魔力は抑えてはいるけれど……これは、レオン様がいらっしゃったのかな？　でもなんのご用だろう？」

魔力で人を見分けるのが得意なお兄様は、すぐに来訪者が誰かわかったようだ。

うっ……今後のために私も魔力を見分ける方法をもっと練習しないといけないな。

「あの、お兄様、レオン様がいらっしゃったのですか？」

あえて白々しく尋《たず》ねてみる。

「うん、そうみたいだ」

「レオン様は、こんなふうに臣下の家の訪問をよくなさるのでしょうか」

「いや？　ふらりと街へ繰《く》り出すことはたびたびあると聞いているけれど、個人の屋敷を訪ねるなんてことはなかったはずだ。少なくとも、僕が王都へ来てから我が家を訪れたのは初めてだよ」

うわあ、いやな予感しかしない。レオン様が家《うち》に来たのって……

「クリステア様。お館様がお呼びです」

ギルバートが戻ってきて、私を呼んだ。やっぱり私が目的なんじゃないのーっ!!

せっかく「美味《お い》しい朝ごはんでお父様を陥落《かんらく》よ☆　可愛い娘のお願い聞いてほしいな？　お説教は控《ひか》えめでお願いね」作戦が台無しじゃないの！　もー！

「主《あるじ》、行くのか!?」

「くりすてあ、いまからどっかにいこう？」

『いいや、アンタが目的ならさっさと行きなよ！　そんで追い返しな！　どうせ取って食われたりはしないんだろ？　またあんなおっかないの呼び寄せるとか、アンタほんとに馬鹿なんじゃないの!?』

心配してくれる黒銀と真白に比べて、輝夜はちょっと冷たい。

呼び寄せたりなんてしてないやい！

「ギルバート、案内してくれる？　真白と黒銀は部屋で待っていて。大丈夫だから」

私は彼らに、にこ、と笑って伝える。大丈夫、うん……多分。

「……わかった」

「……主《あるじ》、なにかあればすぐに呼べ」

「ええ、わかったわ」

ギルバートの案内で、お父様とレオン様が待つ英雄の間と名付けられた応接間へ向かう。

その部屋は、英雄にまつわる絵画や彫刻《ちょうこく》を設《しつら》えられているので、そう呼ぶのだ。他にも聖女の間や乙女の間などがある。

はあ……せっかくお父様の機嫌がよかったところへこれだ。

……密《ひそ》かに考えた作戦名《ミッション》がいけなかったのかもしれない。

私は明後日《あさって》の方向に反省しながら、ギルバートの後についていく。

広くて長い我が家の廊下《ろうか》には、数多くの扉が並んでいる。ギルバートがその中の一つの前で立ち止まり、ノックをした後、中にいるお父様に声をかけた。

「お館様、クリステア様をお連れしました」

「うむ、入りなさい」

「失礼いたします」

ギルバートに扉を開けてもらい、恐る恐る中へ入る。

そこにいたのは、お父様と……

「いよぉ！　元気か？」

すっかり寛《くつろ》いだ様子で「よっ！」と手を上げるレオン様。

……やっぱり貴方でしたか。目眩《めまい》を起こしそうになりながらも、私は深々と礼をする。

「……レオン様、昨日は大変お世話になりました」

「私からも謝罪を。娘がとんだご迷惑をおかけしました」

お父様が私の礼に続いて謝罪する。ああ、これ後で絶対説教ロングコースだわ。

「あー、気にすんな。困ってる奴を助けるのも俺の仕事のうちだし」

ひらひらと手を振るレオン様。

「そう言っていただけるとこちらとしても助かりますが……本日は如何《いか》なるご用向きで我が家へ？」

お父様が来訪の理由を問う。

……やばい。真白と黒銀のことがバレているっぽいことをまだ伝えてないのに。

レオン様がズバッと核心をついてきた時は、お父様の機転に頼るしかない。

「用？　あー、そうそう。朝市で美味《うま》そうな串焼きがあったんで買ってきた。ほら」

レオン様は、なんだっけ？　みたいな顔をした後、思い出したようにインベントリから熱々の串焼きを取り出しお父様と私に手渡す。

……へ？　串焼き？　ぽかんとしたまま串焼きを受け取った私は、どうしたらよいものかわからずに固まってしまった。

「……レオン様、また下町へ行かれたのですか。お立場を考えて少しは控《ひか》えていただきたいものですな」

呆《あき》れたように串焼きを受け取るお父様。……受け取るんだ!?

「まあそう言うなって。お前ら貴族と違ってあいつらは休みなく働いてんだ。少しでも稼がせてやんねぇとな」

そう言うとレオン様はガブリと串焼きに齧《かじ》りつきながらワイルドに肉を引き抜き、咀嚼《そしゃく》する。

「ふぉら、あふいふひにふへっへ」

……レオン様。口いっぱいに頬《ほお》ばっているから、なにを言ってるのかわかりません。

「そうですな。クリステア、熱いうちにいただこう」

え、お父様わかったの？　びっくりしている私を尻目に、お父様も串焼きに齧《かじ》りつく。

「……ふむ。これはなかなか。味つけはシンプルだが、肉と焼き方がよいのか……」

しっかりと咀嚼《そしゃく》し味わってから感想を述べるお父様。

「おっ？　わかるか！　そうなんだよ、こいつはちょいと特別な肉でな。聞くところによると、肉を潰《つぶ》してすぐに食わず、しばらく置いとくらしい」

「……そんなことをしては、肉が腐《くさ》るのではありませんかな？」

食べたのが腐《くさ》った肉かもしれないと思ったようで、お父様は顔をしかめた。

「いやいや。それが違うんだよ。場所は秘密らしいんだが、とある洞穴《どうけつ》に吊るして保管しているそうだ。その洞穴《どうけつ》の中はひんやりとして風通しがよく、しばらくそこに置いておくと、肉の味に深みが増すって話だぞ」

チッチッとお父様のセリフを否定しながら、肉の秘密について説明するレオン様。

ああ……なるほど、熟成肉か。

前世と違って、この世界ではまだ生肉の長期にわたる保存方法がほとんど確立されていない。肉は潰《つぶ》してすぐ食べるか、塩漬けにするしかないんだよね。だから肉を熟成させるという概念がまだ存在しない。よくその方法を見つけたなぁ。

そしてこの串焼きのお肉がその熟成肉……となれば、食べない手はない。

いっただきます！　あぐっ。……ムグムグ。

　結構硬いけど、噛《か》めば噛《か》むほどお肉の旨味《うまみ》がはっきりしてくる。なるほど、これは美味《おい》しいわ。私が夢中になって串焼きを食べている最中、お父様はレオン様に疑問をぶつける。

「しかし肉を洞穴《どうけつ》の中に置いておくと、魔物や獣が寄ってくるのでは？」

　うん、確かに。

「いやそれがな。偶然《ぐうぜん》らしいんだが、ある時、狩りの最中に雪で道に迷ったハンターが小さな洞穴《どうけつ》に避難《ひなん》したそうだ。魔物や獣が寄りつかないよう出入り口に結界石を置き、獲《と》った獲物と一緒に雪がやむのを待った。だが、雪は何日も降り続き、ついに保存食も尽きた。そこでダメになっているかも知れないと思いながら食べた獲物の肉が……」

「美味《うま》かった、と？」

「その通り！　そしてどうにか生きのびたハンターは、その肉の味を忘れられなかったらしい。同じように結界を張った洞穴《どうけつ》に置いて、肉を美味《うま》くするこの方法を編み出したそうだ」

「ほう。それは興味深い」

「だろぉ？　しっかし詳しい保存方法は教えてもらえなかったんだよなぁ。まあ、知ったところでそう都合よく条件の合う洞穴《どうけつ》なんて見つけらんねぇだろうけど」

「そうかもしれませんな」

地下室や冷蔵室を使うとかなにかしら方法はあると思うけど、余計なことは言うまい。

物理的に口の中がお肉でいっぱいで喋《しゃべ》れないから仕方ない、うん。

ムグムグ……んまい。……あれ？　私はなんのためにここに来たんだっけ？

未だに熟成肉の美味《おい》しさについて語り合う二人を、串焼きを頬《ほお》ばりながら見つめる。

……うーむ、本当にレオン様の目的がわからない。

油断させていきなり黒銀たちの話題を出すつもりなんだろうか。

悶々《もんもん》と悩んでいる間に、串焼きを平らげてしまった。

はぁ……美味《おい》しかった。ごちそうさま。

これは我が家でも熟成肉の作り方を検討しなくちゃだわね。うん。

食べ終わるのを見計らったようにギルバートが串を回収して、濡《ぬ》らした布を手渡してくれる。さすが、できる男は違うね！　ソツがないわぁ。

国を象徴する聖獣様が来客だからか、ギルバートが全てのことに対応して他の使用人は下がらせているようだ。

おかげで、レオン様が爆弾を落としても被害は最小限で済む。

このまま生殺し状態でいるよりは、いっそこちらから本題を切り出すか、どうにか上手いことお帰り願うか……は無理か。ええい、ままよ。

私は思いきって、熟成肉の調理法について議論しはじめた二人に割り込んだ。

「あの、レオン様？」

「んあ？　なんだ？　……ああ、もう食い終わったのか。まだ食うか？」

もう一本串焼きを取り出そうとするレオン様を慌《あわ》てて止める。

「あっ、いえ違います！　串焼き、大変美味《おい》しゅうございました。朝食の後ですし、もうお腹いっぱいですので結構です」

「そっかあ？　じゃあ果物なら入るだろ？」

そう言ってレオン様がインベントリから取り出したのは……

「あ……りんご」

「昨日の菓子は結局俺が食ったんだが、ありゃあ本当に美味《うま》かった。中身はこいつなんだってな？　しっかし、このままだと酸っぱいんだよなぁ」

レオン様はそう言ってキュキュッとシャツの胸元でりんごを拭き、ガブッと齧《かじ》りつくと、その酸味に顔をしかめる。

いちいちやることがワイルドですね、レオン様。長年王宮で暮らしているんだから、マナーは身についていると思うんだけどなぁ。

「それはりんごを甘く煮つけたものを使っているからですわ。そのままで食べるのもよいですが、お菓子に使うなら、加工しなければ」

「そうか！　じゃあ、こいつでアレを作ってくれるか？」

レオン様は言うが早いか、インベントリからドサドサッとりんごを取り出した。

「……申し訳ないのですが、あのお菓子は外側の生地を作るのに手間がかかるので、今すぐには作れませんわ」

「なんだ、そうなのか……」

しょんぼりとするレオン様。そんなに食べたかったのかな。

「あの、少しお待ちいただければ、そのりんごで他のものをお作りいたしますが……」

「本当か⁉　じゃあ頼む」

ニカーッと笑ってりんごを差し出すレオン様。

「クリステア、大丈夫なのか？」

「ええ、すぐできますから。お父様も召し上がられますか？」

「無論だ」

「かしこまりました。ではこのりんご、少し分けていただきますね」

「いや、全部やる」

「……ありがとうございます。ギルバート、これを調理場に運んでちょうだい」

数個のりんごを手にした私は、残りをギルバートに運んでもらうよう頼み、調理場へ向かう。りんごを携《たずさ》え調理場にやってきた私を見つけるなり、料理長が駆《か》け寄ってきた。

「クリステア様、どうなさいましたか。またパイを作るのですか？」

「いいえ、このりんごはお客様からのお土産《みやげ》なの。これでちょっとしたデザートを作ろうと思って」

「お手伝いいたします！　なんなりとお申しつけください！」

……料理長、また作るところが見たいんだね？　でも今回はそんなに大層なものを作るつもりはないんだけどな。時間がかけられないからね。

「では、まな板と包丁とフライパンに、バターとお砂糖、あとシナモンパウダーを用意してもらえるかしら？」

「かしこまりました！」

返事するや否や、即座に準備にかかる料理長。もはや、すっかり私の助手が板についている。

本来はこんな時の私のサポート役としてシンに同行してもらったのだけれど……これじゃ出る幕がなさそうね。

仕込みの最中だった彼は、こちらを見て手を動かしながら肩をすくめる。声には出ていないけれど「好きにさせとけ」って言っている気がした……まあいいか。

道具や材料を嬉々として揃《そろ》えている料理長に、なにも言えない私なのだった。

「クリステア様、準備が整いました！」

「……あ、ありがとう」

「あの、おそばで拝見しても？」

……そう言うだろうと思った。

「構いませんけれど、大したものは作りませんよ？」

「またまた、ご謙遜《けんそん》を」

ハッハッハと笑う料理長。これからとんでもない逸品《いっぴん》が出来上がるとでも考えていそうで恐ろしい。ハードルが高すぎる。

その上、レオン様をお待たせしているので、手早く作らなくてはいけない。

ひとまず料理長のことは頭の隅《すみ》っこに追いやろう。放置だ放置。

早速、りんごをさっと洗い、皮つきのまま一センチ程度の厚みの輪切りにする。真ん中の芯《しん》をくり抜いて、ドーナツ状に。次にフライパンでバターを溶かし、りんごを入れて炒める。バターとりんごが馴染《なじ》んだら、砂糖を加え、とろみがつくまでソテーした。

焦げる前にお皿に盛りつけ、シナモンパウダーを振りかける。

よし、りんごのカラメルソテーの完成だ！

「さ、できたわ」

「……え？　もうですか？」

ここからどうなるのだろうと期待していたであろう料理長は、拍子抜けしたらしかった。けれど、これ以上やることはない。私は彼をなだめるように言う。

「ええ、そうよ。フライパンに残った分は食べていいから、後片づけをお願いね」

「かしこまりました！」

料理長は「試食の栄誉《えいよ》を賜《たまわ》った」と、誇《ほこ》らしそうに見送ってくれたのだった。

お皿をワゴンにのせ、ギルバートに運んでもらいながら私が調理場を出ると、背後から「こっこれはっ!?　簡単にできるのにこれほどまでに美味だとは……っ！　甘いのに苦味を感じて、またそれがりんごによく絡《から》んで……！」という感想が、ウオオオオーッ！という雄叫《おたけ》びとともに聞こえた。……大丈夫かな？

ちょっと心配になったものの無視して、調理場から出て少し歩き、人目がないところで立ち止まる。そして、ワゴンごとりんごのカラメルソテーをインベントリに収納した。

ギルバートは少しばかり目を見開いていたが、すぐににっこりと微笑《ほほえ》む。

「そうでしたね。クリステア様はインベントリをお使いになられると、お館様から伺《うかが》っております」

お父様の信頼が厚いギルバートは、私がインベントリ持ちだったり、聖獣と契約していたりすることを知る数少ない人物の一人だ。

「英雄の間へたどり着くまでに、冷めてしまうと思って」

「左様でございましたか。料理をお運びするのは私どもの仕事でございますから、クリステア様にお任せしてしまうのは心苦しゅうございますが……。確かに、せっかくの品が冷めてしまってはいけませんね」

そう、せっかくのソテーだから、熱々のうちに召し上がっていただきたい。インベントリの中は時間停止がかかっているので、部屋の前でワゴンを出せば熱々の状態でお出しできるってわけ。

英雄の間にたどり着いた私は、インベントリからワゴンと、さらにあるものを取り出す。

「クリステア様、それは……？」

小声で問いかけるギルバートに、これまた小声で答える。

「生クリームで作ったアイスクリームよ。これにのせて一緒に食べると美味《おい》しいの。後は、生クリームを泡立てたものも合うわね」

カラメルソテーの熱々とアイスの冷え冷えの対比が楽しめる分、アイスのほうがよりオススメだ。お皿の空いているところに、アイスをポトンとすくい落とす。

これで盛りつけが完成した。

「失礼いたします。お待たせいたしましたわ」

さて、気に入っていただけるかな？

「お！　できたのか？」

レオン様とお父様はどうやらあれからずっと屋台メシを食べていたらしく、なにやら食べ散らかした形跡があった。

お父様、おかゆじゃ足りなかったんですね。

お父様の健啖家《けんたんか》ぶりに慄《おのの》きつつ、私はお皿を二人の前に置く。

「お待たせいたしました、りんごのカラメルソテーですわ。りんごをスライスしてカラメル……砂糖と水を煮詰めたものとバターでソテーしました。それにアイスクリーム……生クリームを冷やし、混ぜて作った氷菓子がありましたので、こちらも添《そ》えました。一緒に食べると美味《おい》しいんですよ」

「ほう、たったそれだけの材料で立派な一品となるのか」

感心したように言うお父様。

「なあ、これもう食っていいか？」

レオン様は、説明そっちのけでお皿に釘《くぎ》づけになってますね。

「ええ、熱いうちに召し上がってくださいませ」

私が全て言い終わる前にレオン様はナイフとフォークを手にして食べはじめた。

……どんだけ食べたかったんですか。

レオン様はまずアイスなしでりんごのソテーを切り分け、口に入れる。

「……うん、美味《うま》い！　あの酸っぱいりんごがこんなに甘くなるとは……いや、甘いだけじゃないな。少し苦味があるが、それがまた合う。それに独特の香り……ああ、シナモンか。これも不思議と合うな！」

おお、ご名答。しっかり味わい分けていらっしゃる。

その勢いにお父様が続いた。

「うむ。単純な材料でこれほど美味《うま》いとは。レオン様、アイスと一緒に食べるとまた違う味わいが楽しめますよ」

「ああ、この……あいす？　は冷たくてコクがあって、美味《うま》い！　熱いりんごと一緒に食べるとたまらんな！」

バクバクと食べ続ける二人を見てホッとした私は、自分の分を食べることにした。レオン様と同様、まずはりんごだけで……うん、美味《おい》しい。カラメルのほろ苦さがりんごの甘さによく絡《から》んでいい感じだ。続いてアイスをのせて、と。うう……うんまぁい！

あったかいりんごと冷たいアイスを一緒に食べるとどうしてこんなに美味《おい》しいの？　カラメルのほろ苦さをアイスのクリーミーな甘さが包み込んで、りんごの甘さの中に少しの酸味も感じられて……はあ、幸せ。

「美味《うま》かった！　あの菓子が食えなかったのは残念だが、違うのが食えて得したな」

完食したレオン様は満足そうにそう言った。

「お口に合ったようで、よかったですわ」

「おう！　なあこれもっとないか？」

アイスがあったであろう箇所を指して言うレオン様。

「ああ、アイスでしたらこちらに……」

私はインベントリからアイスを取り出す。

「へえ、お前インベントリ持ちなのか」

「……あ」

レオン様の指摘《してき》で気がついた。し、しまった、つい無意識に出しちゃった。

「「クリステア（様）……」」

お父様とギルバートの呆《あき》れたような視線が痛いです。やらかしたぁ……

「なんだ、それも秘密なのか？　まあいいや、早くそれくれよ」

けれど、レオン様はこともなげに言い、おかわりを要求する。

「……え？　それもって……」

迷子になったことじゃないよね？

「あ？　お前フェンリルと、他にもなにか契約してるだろ？　……と、これ言っちゃまずかったか？」

……あああ、やっぱりバレてたあああああ!!

ていうか、ポロっと言っちゃダメでしょそれええええ!?　秘密の意味ないじゃない！

幸いお父様もギルバートも知ってることだが、他に事情を知らない人がいたら完全アウトだったよっ!?

「……我々はこれの契約のことは存じております。レオン様はいつそれをお知りに？」

うわあ、お父様の眉間《みけん》のシワがいつもより深いぃ！　この後のお説教が怖い！

「あ？　ああ、昨日保護した時、こいつから奴……フェンリルの気配がした。もう一匹といい、独占欲丸出しのな。ありゃ気づかないほうがおかしいだろ」

くっくっと笑いながら答えるレオン様。いやいやいや、笑えませんて！

でも問題は、陛下やリリー様に知られているかどうかなのだ。もしかしてこの後、王宮へ呼び出されたりするのだろうか……あわわ。

「なるほど、やはり聖獣同士であれば、我々では到底わからぬことも簡単におわかりになるのですな」

うんうん……と納得してる場合じゃありませんよ、お父様！　娘のピンチですよっ⁉

「レオン様、ちなみにこのことについては陛下や妃殿下はご存じで？」

おお、お父様ったら単刀直入ですね⁉

「は？　なんで？　あいつらにこんなことわかるわけねーだろ？」

きょとんとして聞き返すレオン様。

「いえ、そうではなく……レオン様はクリステアが聖獣契約をしていると報告なさらなかったのですか？」

「それこそなんでだよ。報告の義務なんてもんはお前らヒトが勝手に決めたこったろ？俺には関係ねぇよ」

肩をすくめて答えるレオン様。え？　……てことは本当に秘密にしてくれてたの？

「俺は自分の意思で初代国王《あいつ》の子孫を、そしてその国民を護《まも》ってるだけだ。他の聖獣《やつ》にそれを強要する気はさらさらねぇ。それに報告したら、こいつが政治の駒《こま》にされるだろ？

俺はこんなちびっこにそんな真似させねぇよ。こいつだって俺が護《まも》るべき国民だからな」

レオン様……男前すぎる！　レディに対してちびっこって言ったのは不問にして差し上げます！

「……左様ですか。それを聞いて安心いたしました」

ようやく眉間《みけん》のシワが消えたお父様。

よ、よかった……本当によかった！　少しはお説教の時間が短縮されるかも？

「そもそも王宮でこいつが『バレたーっ！』みたいな顔してたんで、こりゃ秘密にしたいんだろうな〜と思ってたしな。はじめから、言う気はなかったぜ？」

アッハッハと笑うレオン様。……すっかりお見通しでしたか。

あっ、お父様の眉間《みけん》にまたシワが……やっぱりこの後のお説教は長引きそうだわ。

「しっかし珍《めずら》しいよな。普通なら王太子妃候補の座を確固たるものにできる！　って、真っ先に報告しそうなもんなのに、わざわざ秘密にしたいとは」

「……我が娘が陛下《ヤツ》の義娘になるなど、許しがたいことです」

お父様ったら、またそんなことを。

「お前なぁ、俺だからいいけど、その発言は不敬ってヤツだぞ？　まあ普段のお前らを見てたらわからんでもないが」

くくっと笑うレオン様。どうやら陛下とお父様の仲は、レオン様にバレバレみたい。

「……ご理解いただけるのでしたら、このままご内密に願います」

「はいよ。まっ、どうせすぐにバレると思うけどな。それまでに対策しとけよ」

「……元よりそのつもりです」

ムスッとしながら答えるお父様。ええと、これは、大丈夫ってこと？

私があわあわと慌《あわ》てているうちに、話が終わってしまった。

「あの……レオン様？」

「ん？　なんだ？」

「レオン様が本日こちらへいらっしゃった目的は、なんだったのでしょう？」

未だに真意がわからない。陛下にバラす気がないのなら、何故ここへ？

「？　美味《うま》い串焼き持ってきただろ？」

え？　それだけ？

「美味《うま》そうに食う奴には腹いっぱい食べさせてやりたいだろ？　それに、またあのりんごの菓子が食えたらと思ってな」

レオン様はニッと笑う。え、本当にそれだけが目的だったの？

「……本当にそれだけだったのですか」

呆《あき》れたように確認するお父様。

「んだよ、他になにが……て、あー……なるほど。俺が探りを入れに来たと思ってたのか。言ったろ？　黙《だま》っててやるって」

するとレオン様は私たちの警戒ぶりに合点《がてん》がいった表情になった。ありがたいことに、彼は本気で内緒にしてくれるつもりだったのか。

「大体、これだけわかりやすいのに、わざわざ確認するまでもないだろうよ。……まあ、奴に会えっかなぁとは多少思ったんだけどな？」

え、誰に？　まさか……

「なあ、フェンリル。いるんだろ？　出てこいよ」

レオン様が探るように呼びかけた途端——

「……主《あるじ》にこれ以上の手出しは許さぬぞ」

「くりすてあは、おれたちの！」

瞬時に黒銀と真白が転移で現れた。黒銀は私の前に立ち塞《ふさ》がり、真白は私に飛びつく。

ぐえっ！……て、二人とも落ち着いて！

黒銀と真白の正体を知っているとはいえ、いきなり転移で現れたからギルバートが驚いてるじゃないの。

「よ～お、フェンリル。元気だったか？　あん時ゃ悪かった。主人《あいつ》が王都にすると決めた土地に潜む脅威《きょうい》を、なくしたがってたもんでな」

悪い悪い、と謝るレオン様。か、軽い……！

「我は護《まも》るべき主《あるじ》を得た。あの頃のことなどどうでもよい。とにかく、主《あるじ》に手出しするのは許さん。それにフェンリルではなく、今の我には黒銀という立派な名がある」

黒銀はフンッ！　とドヤ顔で答えた。

「へいへい。黒銀ねぇ……。ま、よろしくな？」

「お前と馴《な》れ合う気はない。さっさと去《い》ね」

そして、レオン様をギロッと睨《にら》みつける。

いやいや、せっかく秘密にしてくれるってことなんだから、愛想よくしようよ？

「おー怖。……で？　こいつも契約してるんだろ？」

「くりすてあは、ぼくらのしゅじんだ。おまえのでるまくは、ない！」

「ふぅん、まだ若いな。気配から察するに、北に生息するホーリーベアか？　血の気が多いのは失敗のもとだ。鷹揚《おうよう》に構えて、自分の主人を護《まも》ることに徹しな。誰でも彼でも噛《か》みついてちゃ、ここぞという時に護《まも》れないぞ」

「……っ！」

ぐっ、と言葉に詰まる真白。そうそう。少し落ち着いて？

「お前らの主人にちょっかいを出すつもりはないから安心しろ。契約したばかりで浮かれてるのかもしれんが、もうちょっと落ち着かねぇと、いつかお前らが主人の首を絞《し》めることになるぜ」

二人は思うところがあったのか、さっきより幾分《いくぶん》落ち着く。

「ま、いいや。ご近所さんのよしみで仲良く頼むわ。また来るな」

それを見たレオン様はヒラヒラと手を振り、ドアへ向かった。

「もうこなくていい！」

真白と黒銀がユニゾンで答えるのを、ニヤニヤしながら振り返る。

「……主人を共有するだけあって、仲良いな」

「なかよくない！」

「あっはっは！　やっぱ仲良いじゃねぇか。ま、その調子で護《まも》ってやんな。あ、これお前らも食えよ、美味《うま》いから」

そう言って、二人に串焼きの入った包みを投げてよこした。

黒銀が咄嗟《とっさ》に受け止め、すぐさま投げ返そうとする。けれど、食べ物を粗末に扱うと私が怒るとわかっているので、渋々《しぶしぶ》受け取ることにしたようだ。

「それっぽっちじゃ詫《わ》びにもならねぇだろうし、またなんか持ってきてやる。じゃあな」

レオン様が二人をからかいながら部屋を出ていくのを、我に返ったギルバートが慌《あわ》てて追いかけていった。

「……まったく、不愉快《ゆかい》な奴よ」

「あいつ、きらい」

黒銀と真白はむぅ……と不機嫌な表情でドアを見つめている。

ようやく嵐が去っていったよ、ほっ。

しっかし、レオン様ってば、一体なにを考えているのだろう？　お兄様いわく普通なら聖獣契約が発覚すると、「王宮に出仕して国に尽くせ！」だの「なに、貴族の子女？ならば王族に嫁げ。身分が低い？　妾《めかけ》になればよかろう」だのって感じらしいのに。

でも、確かにレオン様の言う通り「報告の義務」は人が決めたことであって、聖獣には関係ないんだよね。彼らにとっては、自分が契約者のそばにいることが大事。契約者から感じる魔力が心地よいものであればそれでよいのだそう。

そして、契約者がストレスフルだと、魔力が気持ち悪いものに変化するから、聖獣はできる限り契約者の希望を叶えてやりたいと思うらしい。それ以外はどうだっていいんだろうなってのは真白や黒銀たちを見ているとよくわかる。

ちなみに、聖獣は悪事に加担することはないそうだ。悪いことばかり考えている人の魔力は美味《おい》しくないらしく、そもそも契約自体をしない。そういう人の場合、聖獣ではなく魔獣を無理矢理ねじ伏せて、契約というか、隷属《れいぞく》させることが多いんだって。怖い話だよねぇ……。

また、聖獣や魔獣との契約者の他に、テイマーと呼ばれる人もいる。なんでも契約はせずに魔獣を手なずけ従えるのを生業《なりわい》にしているとかなんとか……学園に入学したら勉強しないと。

「……テア。……クリステア！　其方《そなた》聞いているのか！」

「ひゃいっ⁉」

しまった。お父様のお説教の最中だった。考えごとをして聞いてませんでした、なんて……時間延長してくださいと言わんばかりじゃないか。私のばかー！

「……まったく、其方《そなた》ときたら。レオン様に保護していただいたことは報告を受けていたが、契約を知られていたとまでは聞いておらぬぞ？」

ギロリと私を睨《にら》みつけるお父様。ひぃ。

「あの、それについては私も先ほどまで確証を持てなくて……レオン様の訪問がなければ、後ほど相談させていただこうと思っていたのです！」

一応報告する気があったことはしっかり主張しておかなければっ！

「……ふむ。確かに朝食や茶の時間におおっぴらにする話題ではないからな。タイミングが悪かったということか」

「その通りです」

本当だよ！　レオン様ったら絶妙のタイミングで来るんだもん！

「……ならば仕方あるまい。幸い、レオン様はあの通り気のよい方だ。よっぽどのことがない限り、陛下へ報告なさることはなかろう」

「……そうでしょうか？」

だって、さっきお父様たちにポロッとバラしちゃったじゃないですかぁ……陛下にだってうっかりしかねないじゃないの。

「先刻の会話のことであれば、あれは我々が知っていると確信しての発言であろう」

お父様は胡乱《うろん》な表情の私を見て言う。……そうかなぁ？

「そうしてレオン様が気がついただけで、其方《そなた》の失態ではないのだと、其方《そなた》に非はないと暗に我々に伝えていたのではないか」

……なるほどね!?　バレたあああぁーっ！　ってことで頭がいっぱいで、そこまで読み取れませんでしたよ……

「今回のことでよくわかったと思うが、遅かれ早かれ其方《そなた》が契約者であることは知られると思っておいたほうがいいだろう。学園にはテイマーや他の契約者がいるからな。気づかれないはずがない」

ああ、だからお父様はいつも学園に入学するまでは、私が聖獣と契約していることを隠しておこうと言ってたのか……

「それに入学して寮《りょう》に入れば、黒銀様や真白様はどうするつもりだ？」

「どうっ……て？　……あ」

黒銀と真白の居場所がない。

まさかペット連れでは寮《りょう》に入れず、人型は男性の姿の黒銀や真白が女子寮《りょう》に入れるわけがない。しまった……どうしよう、なにも考えていなかったんですけど。

なんてことでしょう。真白や黒銀について、すっかり失念していました……

二人がそばにいるのが当たり前で、寮《りょう》に入れないだなんて考えてもみなかった。でも二人のことだから、たとえ置いていっても、どうにかして寮《りょう》に乗り込んでくるに違いない。それはそれで問題だ。

お父様、わかっていましたよね？

どうしてもっと早く指摘《してき》してくださらなかったんですかあああああ！

「まあそう慌《あわ》てるな。手がないわけではない」

お父様は、あわわと焦《あせ》る私をなだめる。な、なんですとっ⁉

「まず簡単な手としては寮《りょう》に入らずに、この屋敷から通学する」

ええ？　それはちょっと。

よほどの事情がない限り、学園の生徒は寮《りょう》に入る決まりだ。

私の場合は、確かによほどの事情といえなくはないけれど「聖獣と契約しているので家から通います」とは言えない。

それに、王都にある我が公爵家から学園までは、そこそこ距離がある。

貴族の移動手段は主に馬車。もちろん街中を走る乗り合い馬車などではなく、家所有の馬車を使う。家から学園までの所要時間は、お父様に聞いたところ片道半刻……約一時間だ。それを毎日馬車で往復……それはいやだ。

往復二時間も移動に使うのはもったいないし、私のお尻が悲鳴をあげるに違いない。

それに、貴族の子女が高そうな馬車に乗って毎日同じ時間同じルートを通るだなんて、誘拐してくださいと言わんばかりじゃないか。

私には黒銀と真白がいるし、いざとなったら転移があるとはいえ、そんな面倒は御免《ごめん》被《こうむ》りたい。

それに、放課後にお友達と街でお買い物したりお茶したりしてみたいし。

……そのお友達はこれから作るんだから！　妄想で終わらせたりしない！

不満が顔に出ていたのだろうか。私を見て、嘆息《たんそく》しながらお父様は続ける。

「まあ、その案には、馬車嫌いの其方《そなた》は不服だろうと思っていた。だが、馬車に乗り込んでから、密《ひそ》かに転移で屋敷に戻ればいいのではないか？」

「それでも、行きはどうしたって乗っていくことになるではないですか。そもそも空の馬車を往復させるだなんて無駄《むだ》はいけません」

貴族なんだから多少の無駄《むだ》は構わないのかもしれないけど、ひたすら空の馬車で往復する御者《ぎょしゃ》の虚《むな》しさを思うと、あまりにも悲しい……

やり甲斐《がい》のない仕事をさせるなんてよくないよね。

「ふむ、この案なら飛びつくかと思ったのだが」

ボソッとなにやら呟《つぶや》くお父様。

「なにかおっしゃいまして？」

「いや、なんでもない。次の手としては、一人部屋にしてもらい、夜間其方《そなた》が屋敷に転移で戻るか、逆にお二人がその部屋へ転移するかだが……」

「多くの貴族の令嬢が過ごす寮《りょう》ですよ？　聖獣といえど、そうやすやすと出入りできるとは思えませんけど……」

「まあ、その通りだ。お二人ならもしやと思ったのだが」

お父様はチラと黒銀と真白を見る。

「……結界の綻《ほころ》びをすり抜ければできなくはないが、頻繁《ひんぱん》に出入りすれば、日々その綻《ほころ》びは大きくなる。いずれは結界そのものが壊れるか、気づかれて修復されるかだろう」

えっ？　結界の綻《ほころ》びってわかるもんなの？

しかもそれをすり抜けるって……すごく高度な技術なのでは。でもそれで警戒されて結界を強固にされては意味がない。

「さすがは黒銀様ですな。しかし、これも厳しいか」

「そうですわね……」

はぁ……他に手はないのですか、お父様っ！

「そもそも契約したことを完全に隠すなど無理な話なのだから、諦《あきら》めて報告するしかないと思うぞ」

あっ……お父様がついに匙《さじ》を投げた。

うぅ、私だって無理なこと言ってるなぁって自覚はあるのよ。いくら隠したところで、テイマーや契約者に出会えば、気づかれちゃうんだもの。

「要は学園に入学するまで隠し通せればよいのだ。入学しさえすれば、なにものも平等という名目上、学園は学ぶ意思のある者を守るだろう。学園での其方《そなた》の安全は保障される」

「陛下からもですか？」

「……一応はそういうことになっている。在籍中の生徒を簡単に差し出すような真似はしないはずだ」

一応じゃダメじゃないですかぁ！

「……学園の外では守っていただけませんよね？」

貴族社会の中のことまでは、学園が口出しなんてできっこない。

「学園の外では、できることとできないことがあろうな。そこは親である私の領域故《ゆえ》、責任持って対処しよう」

対処って、もしかしなくても陛下をはじめ他の貴族の皆さんを、威圧でもって黙《だま》らせるってことなんじゃ……。

「なに、王太子との婚約なら、陛下にはすでに辞退申し上げている。たとえ契約が発覚しても『契約者は当然国に尽くすのだ！』と喚《わめ》く頭の固いじじいはねじ伏せるだけだ。そろそろ老害《じじい》どもを一掃する時期かもしれぬと思っていたところだからな」

え……くれぐれも物理でねじ伏せるのはやめてあげてくださいね？

「……貴族の皆様についてのご対応は、お父様にお任せしますわ」

「うむ。任せるがいい」

しかし、お父様に私を嫁にやる気はあるのだろうか。

嫁き遅《いおく》れのフラグがバンバン立っている気しかしないんだけど。

「結局、黒銀と真白はどうしたらよいのでしょう？　そもそも、他に聖獣と契約なさった方はどうなさっているのですか？」

問題はそこなのよ。もし報告したとして、結局寮《りょう》に入れないんじゃ意味ないじゃないか。セイだって困るだろうに。

「……うむ。実は学園では、テイマーや契約者が契約獣とともに過ごすことができるよう配慮《はいりょ》されている。他の生徒と同じ階《フロア》とはいかぬが、それぞれ契約獣とのびのびと過ごせる広さの個室を与えられ、大型の獣については専用の獣舎もある」

……え、なにそれ。なにその厚待遇。報告したほうが楽なんじゃないの？

いや、私が隠したいから勝手に苦労してるだけだった。ぐぬぅ。

「……学園に入学後、その部屋に移ることは可能でしょうか？」

「他の生徒が萎縮《いしゅく》する故《ゆえ》、知られればむしろ強制的に移動させられるだろうな。部屋は十分にあるはずだ」

「……とりあえず、入学まで隠し通すことにしますわ」

「うむ。私とノーマンは在籍しているテイマーや契約者について調べよう」

「お願いします」

結局、現状維持ってことかな？　……いやいや、入学まではバレないようもう少し慎重に動かなければ。レオン様の例もあることだし。

「しかしクリステアよ。無理に寮《りょう》に入らなくてもよいのだぞ？　ここから通えばよい話だ。そうだ、なんなら学園の近くにタウンハウスでも手に入れて、そこと我が家を転移で往復するのはどうだ？　黒銀様や真白様がついているなら安全なのだから。うん、それがいいのではないか？　ん？」

……お父様、名案だ！　みたいな顔してないで、そろそろ子離れしてくださいませんかね？


……や、やっとお父様たちから解放された。

あれからお兄様を交えて開かれた「入学後、黒銀と真白をどうしたらよいのか」対策会議は「バレるのは時間の問題みたいだから仕方ないよね」という結論に至ったため、現状維持と相成った。

お兄様の話によると、そもそも講師の中に熟練のテイマーがいるそうで……はい詰んだ。

テイマーが魔獣を扱うためには、かなりの知識と技術がいるらしい。小さな使い魔程度ならともかく、大型や強い魔獣を従える場合には、それなりの準備と手順を踏む必要がある。

件《くだん》の講師はテイムの方法や魔獣の扱い、知識において、この国の第一人者ということだ。

聖獣契約についてもかなり熱心に研究しているので、いくら真白たちの存在を隠そうと頑張っても、使い魔が察知して教えてしまうだろうと。

そりゃバレるに決まっているわ……ダメじゃん。

それに加えて、今年入学する生徒に聖獣契約者がいるとのこと。それらを加味すると、もうバレるの確実だよね!?

……ん？　今年入学ということは、同級生か。もしかして交流会の中にいたのかな？　それならあの場で注目されていてもおかしくないような。

そう思ってお父様に尋《たず》ねてみると、他国からの留学生で交流会には来ていなかったらしい。聖獣契約について詳しく学びたい、と遠い島国から海を渡ってくるという。

……海を渡ってくる島国からの留学生。聖獣契約してる……？

それ、もしかしなくてもセイのことやないかーい！

思わず心の中でエセ関西弁のツッコミを入れてしまった。

その留学生は、お家の事情とドリスタンに慣れるために女そ……じゃない。変装してこっそり入国済みで、早くも知り合いになっています☆　そう言えるはずもなく……

でも待って？　考えようによってはチャンスじゃない？

「聖獣契約者繋《つな》がりで仲良くなりました」という理由があれば、学園では初対面ということになっているセイや白虎様たちと親しくしても不自然じゃない。入学後に変に避ける必要がなさそうで、ちょっとだけ安心かも。

……べ、別にぼっちじゃなくなるかもしれないってホッとしたわけじゃないからね⁉

これから仲良くなる予定のマリエルちゃんとお茶会だってしちゃうんだから！

そうだ、こうしちゃいられない。お茶会の招待状に、お茶とお菓子の準備、やることがたくさんあるんだった。

なんてったって、今世初の女子会！　今度こそ間違いなく女子会なんだから！

お友達確保のために、準備を抜かりなくしておかなければ。

まずは招待状から！　と、いそいそと準備に取り掛かる私なのであった。

第八章　転生令嬢は、苦悩する。

さて。マリエルちゃんをお茶会にお招きするにあたり、招待状を認《したた》めることからはじめた。まずは、カードや封筒などの選定から。

この世界では、重要書類には未だに羊皮紙のような獣の皮を加工したものが使われる。けれど、それなりの製紙技術はあった。高くて貴族や商人くらいしか使えないけれど、レターセットなどの紙製品は存在するのだ。

そんな高級品であるレターセットの数々を前にして、私は悩んでいる。

「……これは？」

「メイヤー商会の品です」

「……じゃあこれ」

「そちらもでございます。ここにあるもの全てメイヤー商会から購入したものです」

エリスフィード公爵家の紋章の入った気品溢《あふ》れるものから、可愛らしい小花模様の入った女性らしいものまで、用意されていたのは、マリエルちゃんのお家の取り扱い品でした。

紙製品に強い商会なのかと思いきや、取り扱い商品は多岐《たき》にわたるそうな。

……どうしよう。値段なんてわからないから、下手なものを使うと「私程度の相手にはこれで十分だと思われたのかしら？」なんて誤解されないかな？　かといって、他で買った品を使えば「うちの品をあれだけ購入しているのに使わないなんて、気に入らなかったのかしら？」と不快に思われるかもしれない。

……ああ、悩ましい。メイヤー商会の取り扱い品を使うのが一番とは思うのだけど、いやはや、どれがいいのやら。まさか、はじめの一歩からつまずくとは思わなかった。ミリアは「深く考えすぎですわ。商品を愛用されているとわかれば、それだけで喜んでいただけますよ」と言ってくれるのだけど……

悩む私を、ミリアは苦笑しつつ見守ってくれている。

「少し休憩なさいませんか？　お茶をお淹《い》れいたしますわ」

「……そうしようかしら」

うう、気を遣わせちゃってすまないねぇミリアさんや。

ああ、そうだ。少しリラックスしたいのでハーブティーをブレンドしようかな。

「ねぇミリア。これをブレンドしてちょうだい」

私はインベントリから、カモミールっぽい花を乾燥させたハーブを取り出した。これだけでもいいけど、お茶とブレンドするとさらに香りがよくて美味《おい》しい。

今回はいつもの茶葉とハーブの割合を七対三くらいで淹《い》れてもらうことにした。

「クリステア様、どうぞ」

「ありがとう。わあ、やっぱりいい香りね」

飲む前に香りをすうっと吸い込む。ハーブティがふわりと爽《さわ》やかに香った。

これを飲み終わったらいい加減どれにするか決めねば。

レターセットの山を一瞥《いちべつ》すると、その中の一つに目が留まる。

……あ、これいいかも。

そう思って手に取ったのは、可愛らしい小花模様のレターセットだ。

「クリステア様、そちらになさいますか？」

「ええ。それで、ミリアにお願いがあるのだけど……」

「……？　なんでございましょう？」

ちょっとしたアイデアを思いついた私は、にっこりとミリアに向き直った。

「――クリステア様。こちらでよろしいですか？」

招待状を認《したた》める私の隣で、ミリアが作業の手を止めて問いかけてきた。

「どれどれ……うん、いい。素敵だわ。ミリアにお願いしてよかった」

「……まあ、恐れ入ります」

ミリアにお願いしたのは、お裁縫《さいほう》だ。使うのは、少し粗《あら》くて薄い布のハギレ。四辺のうちの一辺を少し残して中表で縫い合わせて、ひっくり返す。その中に先ほどのハーブを入れて、口を縫《ぬ》い閉じてもらった。

余っていたレースで可愛らしく仕上げて、カモミールの香りのするサシェの完成だ。

私はそれを受け取り、書き終えた招待状と一緒に封筒に入れる。

このサシェは、前世でいうところの「文香《ふみこう》」をヒントに作った。

レターセットの小花模様がカモミールに似ていたので、香りも添《そ》えてみてはと思ったのだ。

これなら、このレターセットを選んだ理由としておかしくないし、ちょっとしたサプライズにもなる。

レターセットさえ決まれば、後は定形文に少しアレンジを加えて書き上げるだけなのであっという間だ。

うん、招待状はこれでよし！

マリエルちゃんの予定はすでに確認済みなので、招待状は形式上のものだ。すぐにでもお茶会を開きたい私の希望を聞いてもらい、なんと明日には女子会が開催される！　ふふふ……

完成した招待状は、ミリアに頼んですぐにメイヤー男爵家へ届けてもらうよう手配した。

次はお茶会になくてはならないお茶とお菓子について考える。

やっぱりイギリスのアフタヌーンティーだよねぇ。

三段のティースタンドにサンドイッチやスコーンにケーキ、焼きたてのスコーンにはクロテッドクリームとジャムをたっぷりと。

カロリーの高さに罪悪感を感じつつも食べる、あの背徳的な時間……！

前世のOL時代、たまには贅沢《ぜいたく》な時間を過ごそうとホテルのアフタヌーンティーに行ったりしたもんだわぁ。

ぜひあれを再現したいけど、ここにはティースタンドはないし、クロテッドクリームも手に入らない。そこは目をつぶって、できる限りのことをやってみるしかないよね。

サンドイッチはおしゃべりしながらでも食べやすいよう、一口サイズにカットして彩《いろど》りよく。スコーンには生クリームとジャムを添《そ》えて。ケーキはプチケーキを何種類か作るのもいいよね。

お茶はアップルティーやハーブティーなどを揃《そろ》えて、好みに合わせて淹《い》れようかな。テーブルウェアは、招待状に合わせて小花模様で統一しようっと。

うふふ……楽しみだなぁ。にまにまとお茶会の計画を立てていると、人型の真白がちょこんと座り、私の肩に頭を乗せた。

「くりすてあ、たのしそう」

「そうね、楽しいわ。初めて女の子のお友達ができるかもしれないんだもの！」

「くりすてあ、がくえんにいってそのことなかよくなったら、おれたちといるじかんがへっちゃう……？」

真白はさみしそうな顔でこちらを見つめる。……あらら。お父様とのやりとりもあったから、不安にさせちゃったかな？

「学園に入学したら、どうしても一緒にいる時間は減ってしまうわね。でも、夜やお休みの日はできるだけ一緒にいられるように頑張るわ」

「ほんとう？」

「真白、我儘《わがまま》を言うでない。主《あるじ》はこれから見聞《けんぶん》を広げなくてはならんのだ」

にじり寄る真白に、黒銀が釘《くぎ》を刺す。

おや、黒銀がこういうふうに止めに入るなんて珍《めずら》しい。

レオン様の忠告を受けて、色々と思うところがあったのかな？

「……だって、くろがねはさみしくないの？」

拗《す》ねる真白に、黒銀はため息を吐きながら答える。

「さみしくないと言えば、嘘《うそ》になる。しかし、先刻レオンとやらに言われたであろう？

我らが主《あるじ》の枷《かせ》になってはならんのだ」

「……わかった。がまんする」

うーん、こういう時は年長者である黒銀のほうが自制が利くんだなぁ。真白はまだま
だ若いものね。

「今日は出かける予定はないから、ずっと一緒にいましょうね」

「ほんとう？」

「ええ。お茶を淹《い》れましょう。お菓子はなにがいい？」

「やった！　ええとね、どらやきがたべたい！」

初めて会った時に食べさせてから、どら焼きは真白の大好きなおやつになったので、
インベントリにたくさんストックしてある。

ちょっとおやつが食べたいなって時にちょうどいいしね。

真白はお茶の苦味が苦手だから、甘く作った抹茶《まっちゃ》ラテを出してあげよう。

私は、ミリアに頼んでミルクを温めてもらい、抹茶《まっちゃ》ラテを作ってから、みんなでどら焼きをいただくことにした。

黒銀は煎茶《せんちゃ》を希望、私は抹茶《まっちゃ》ラテを飲んだら煎茶《せんちゃ》に切り替えて、口の中をさっぱりさせようっと。輝夜は温めたミルクとどら焼きの組み合わせがお気に入りみたい。

どら焼き一つとっても、合わせるお茶の好みが色々あるから面白いよねぇ。

お茶会の時もマリエルちゃんの好みをしっかり聞いて、美味《おい》しいお茶をお出しして差し上げないとっ！

どら焼きを食べながら真白や黒銀たちとのんびりしていると、お兄様がやってきた。

「クリステア、今いいかな？」

「あら、お兄様ならいつでも大歓迎ですわ」

ミリアにお兄様の分のお茶を淹《い》れてもらう間に、インベントリからどら焼きを取り出して勧《すす》める。

「ええと、これは？」

「どら焼きですわ。そういえば夏にお兄様がお帰りになっていた間、結局お出しできませんでしたわね」

王太子殿下にデザートを譲ってくださったお兄様に食べさせると約束をして、そのまだったのを思い出した。

「ああ、あの時言っていたのがこれなんだね。ええと、これは……お菓子なのかな?」

どら焼きを初めて見たお兄様は、小さなパンケーキのような皮に挟《はさ》まれた餡《あん》を見て、どうにもお菓子と思えなかったようだ。

「ええ。それはあんこといって、豆を甘く煮たものですわ。甘さは控《ひか》えめですが、とっても美味《おい》しいんですよ」

にっこり笑って答える。

「たべないんなら、おれがたべるよ?」

両手にどら焼きを持ってもぐもぐしていた真白が、怯《ひる》んだ様子のお兄様に言う。

「……いや、クリステアのおすすめに間違いはないからね。いただくよ」

自分の分を食べ終わり、空いた手を差し出した真白を断って、お兄様はどら焼きを一口食べた。お兄様にかかればどら焼きを食べる姿も絵になりますね……

「本当だ、美味《おい》しいね。甘く煮た豆だなんてどんなものかと思ったけれど、確かに控《ひか》えめな甘さでいくらでも食べられそうだ。そういえば、前に食べた豆のスープに似ているね」

勢いづいたようにパクパクと食べ進めるお兄様。雪の日に食べたぜんざいを思い出して安心したみたい。

ミリアがそっと出してくれた煎茶《せんちゃ》を一口飲むと、一瞬驚いたような顔をしたけれど、すぐにほうっと感嘆《かんたん》の息を吐いた。

「このお茶、紅茶とは違う苦味にびっくりしたけど、どら焼きにはぴったりだ。さっと口の中が洗われて、また食べたくなる」

そうでしょう、そうでしょう。お茶とどら焼きの相性は最高なんですから！

にこにことご機嫌な表情で、どら焼きを食べ続けるお兄様。

「……それで、主《あるじ》になんの用だ？」

黒銀ったら、お兄様に失礼じゃないの。……確かにすっかり忘れていたけれど。

「ああ。ごめんごめん。美味《おい》しいお菓子に夢中になって忘れるところだった」

「まあお兄様ったら。一体なんのご用でしたの？」

「ああ、殿下がね……我が家にまた遊びに来たいと言うのだけど、いいかな？」

「え……」

王太子殿下が？　えええ……正直言ってめんどくさい。

訪問は、できれば私が外出している時にでもお願いしたい。お兄様に来訪の予定を聞いて、外出予定を立てようかな。

「お兄様のお客様なのですから、私がどうこう言えることではございませんわ。私はお邪魔にならないようおとなしくしてますわね。もちろん、お茶菓子の準備はさせていただきますわ」

「いや、それが……できれば、クリステアとも一緒にお茶をしたいと」

えええええ……それすんごくめんどくさいんですけど。

「それで、明日のお茶の時間にこちらに来ると言っていてね」

えええ〜急すぎない!?　……ん？　ていうか明日のその時間は……

「お兄様、申し訳ございません。明日は私、お友達とお茶会の予定なのです。もう招待状も出してしまいましたし」

「お友達って……ああ、あの時の子か。そうか」

「ええ。ですからお構いできないかと思いますわ」

「わかった。急な話だし、そのように王太子殿下にお断りしておくよ」

お兄様はそう答えながら、なんだか嬉しそうだ。

やっぱりお兄様だって、たまには王太子殿下のお守《も》りはお休みしたいよね。

やった！　無事王太子殿下とのお茶を回避《かいひ》できた♪　マリエルちゃんのおかげだわ！

第九章　転生令嬢は、初の女子会に浮かれる。

お茶会当日。ついにこの日がやってきた！

ふふふ……昨日はあれから、お茶会のためのお菓子の仕込みに追われましたよ。

ふわっふわのパンで作ったサンドイッチ。ざっくりとした食感が楽しいスコーンは、もったりと緩《ゆる》めに泡立てた生クリームに、ジャムとハチミツを添《そ》えお好みで。

ケーキはミルクレープとプチアップルパイ、かぼちゃパイをご用意しました。

お茶も紅茶にハーブティー、アップルティーもありますし、ご希望とあらば緑茶やお抹茶《まっちゃ》だってお出ししますとも！

マリエルちゃんからは昨日、招待状を出してすぐに「喜んで伺《うかが》わせていただきます」とお返事をいただいているので、後は到着を待つばかりだ。

そういえば、お返事に「クリステア様に折り入ってお話ししたいことがあります」と書き添《そ》えられていたけど、折り入ってって……なにごとだろう？

そういえば、初めて会った時も別れ際に「レシピの秘密を知っている」とか言っていたような……秘密って言っても、前世のレシピを参考にしているんだし。

……まさか、秘密って、そのこと⁉　マリエルちゃん、一体なにを知っているというの～⁉

うう、気になるけど、じきに本人が来るのだからその時にわかるよね。

ギルバートに頼んで迎えの馬車も出したし、こちらへ向かう途中にトラブルなんて起きるはずもない。完璧《かんぺき》だ。

そろそろ到着する頃だろうと、待ちきれなくなった私は軽い足取りで玄関ホールへ向かった。

けれど――

「やあ、クリステア嬢。先日は大変だったな！」

そこにいたのは、王太子殿下だった。

ちょっとー！　何故ここにいるのですか、王太子殿下！

爽《さわ》やかな笑顔で挨拶《あいさつ》したってダメですよ！　お断りしたはずですけど？

「ごめん、クリステア。僕に会いに来ただけだからいいだろうって、聞かなくて」

申し訳なさそうに謝るお兄様。いえ、お兄様のせいではございません。

空気を読まない王太子殿下が悪いのですから！

「まあ、お兄様にご用ですか。では私がお邪魔するわけにはまいりませんわね。では、私も来客の予定がございますので」

「え、ちょ、いや少しくらい話しても……」

焦《あせ》る王太子殿下を尻目に、ホホホ……失礼いたしますわね～と二人を見送ろうとしたその時、玄関の扉が開いた。

「クリステア様。お客様をお連れいたしました」

ギルバートが、マリエルちゃんを中へ誘《いざな》う。

わあい！　マリエルちゃんだ！

いらっしゃいませ、お待ちしておりましたーっ！

「あ……あのっ！　このたびはお招きいただき、ありがとうございましゅ！　……ます」

……噛《か》んだ。あっ、真っ赤になって俯《うつむ》いてる。

やだー！　可愛い！　可愛い生き物がここにいますよーっ！

「ようこそマリエル様。私、お会いできるのを楽しみにしていましたの」

「わっ私もっ！　とっても楽しみにしてましたっ！」

パッと顔を上げて答えるマリエルちゃん。可愛いーっ！

「ふふ、今日は楽しんでいただけるといいのですけれど。さあ、参りましょう？」

「ふぁいっ！　……あっ、で、殿下⁉」

マリエルちゃんが、王太子殿下を見て固まっている。

……しまった。浮かれてて王太子殿下の存在をすっかり忘れていた。

「やあ、君は？」

なんだなんだ？　王太子殿下ったら気取っちゃってぇ！

私との初対面の時なんて、お前呼ばわりだったくせにっ！　この猫被《かぶ》りめっ！

「あっ、あの、失礼いたしました！　わ、私っメイヤー男爵が娘、マ、マ、マリエルと申しますっ！」

真っ赤になって王太子殿下に挨拶《あいさつ》するマリエルちゃん。

「マリエル嬢か。クリステア嬢は、私の友人ノーマンの大事な妹君だ。仲良くしてやってほしい」

キラッ☆　と爽《さわ》やかな笑顔を向けられたマリエルちゃんは、赤い顔をさらに真っ赤にして「はっ、はいっ！」と答えていた。

ふうん、王太子殿下ったら、王子様っぽいこともできたのね。

お兄様からも「クリステアをよろしくね」と声をかけられて「はいぃっ！　ここ、こちらこそよろしくお願いいたしますっ！」とテンパるマリエルちゃん。

……初《しょ》っ端《ぱな》からこんなハイテンションで、大丈夫？

その後私たちは場所を移し「猫の間」という猫をテーマにした部屋でアフタヌーンティーを楽しむことになった。

「お……美味《おい》しいですっ！　こんなに美味《おい》しいお菓子食べたの初めてです！」

「まあ、嬉しい。たくさんありますから、遠慮《えんりょ》せず食べてくださいね」

マリエルちゃんは、頬《ほお》に手を当てて、満面の笑みでお菓子を頬《ほお》ばっている。リスの頬《ほお》袋みたいで可愛いなぁ。やっぱり女子会って楽しいよね！

「うん、これも美味《うま》いな。このサンドイッチはまだあるか？」

……王太子殿下さえいなければね。

王太子殿下、さっき被《かぶ》ってた猫はすっかり脱げてますよ？

結局、せっかくだからみんなでお茶をしよう！　という流れになってしまい、女子会ではなくなってしまったのだ。

……どうしてこうなった。私の予定では、マリエルちゃんと楽しく女子トークを繰《く》り広げているはずだったのに！

何故か、王太子殿下とお兄様へ学園生活に関する質問をする会に……

「まあ！　入学してすぐに魔力の測定があるのですか？」

「そうだ。この国では五歳になれば誰でも、教会で洗礼と同時に魔力測定を行うだろう？　貴族の子はその結果に応じて魔力量を増やしたりコントロールしたりする訓練を受けているものだ。学園入学時の測定は、いわばその成果発表といったところだな」

「そうなのですね。私は恥ずかしながら新興貴族の娘で、そういったことを存じ上げず、訓練などは特にしていなくて……大丈夫でしょうか？」

マリエルちゃんは「どうしましょう……」と困惑気味の様子。

我が国では、魔力を多く持つ者ほど重用《ちょうよう》される。故《ゆえ》に、魔力量が多ければ多いほど良縁が舞い込むので、家柄を重んじる貴族は特に、幼いうちから子供に訓練を課し、できる限り魔力量を増やそうとする。

まあ、自分でコントロールできないほど多いのはさすがに敬遠されるみたいだけどね。

「魔力とその制御については、学園でも教わるから大丈夫だよ。むしろ学園では、そういった研究がどこよりも進んでいるんだ。今から焦《あせ》ってなにかするよりも、入学してから最先端のやり方を学べばいい」

さすがお兄様！　ナイスフォローです！

「なるほど、そうなのですね。では学園で頑張ろうと思います」

「マリエル様、私も最先端の制御法に興味がございますから、一緒に教わりましょう」

「ええ、ぜひ！」

マリエルちゃんは嬉しそうに答えた。

「入学後に困ったことがあれば、遠慮《えんりょ》なく俺たちを頼ってくれて構わないからな」

おお？　王太子殿下ったら、頼れる兄貴分気取ってますね。

でもそんな無茶振りされたらマリエルちゃんが困るじゃないですか。

「王太子殿下、貴方にそんな気軽に話しかけられるわけがないでしょう。マリエル嬢、なにかあればクリステアや僕に相談したらいいよ」

「そうですわ。私たちに相談してくださいね」

「は、はい！　ありがとうございます！」

ホッとしたように答えるマリエルちゃん。だよねぇ。

「なんだよ、俺が役立たずみたいじゃないか」

拗《す》ねたようにぼそりと言う王太子殿下。

「役立たずなんかじゃありませんよ。いずれ王となる貴方は、悠然《ゆうぜん》と構えていてください。こういったことは、未来の臣下である僕が動けばいいんですから」

「なにもしないのはいやなんだよ。誰かのために自分で直接なにかできるのは今だけだろう？　それに、学生の間は臣下なんかじゃない。……俺は、お前と対等でいたいんだ」

「殿下……わかりました。殿下にお願いしたいことはちゃんと相談しますから」

「ああ。頼むぞ」

おお、素晴らしき主従関係。お兄様、ちゃんと未来の臣下として頑張っているのねぇ。

王太子殿下も、色々と思うところがあっての発言だったんだ。不覚にも、かっこいいと感じたよ。単なるオレ様発言かと思ったりして申し訳ない。

「いい……」

ポツリと呟《つぶや》く声が聞こえてふと隣へ目を向けると、マリエルちゃんがぽわんとした表情でお兄様と王太子殿下を見ていた。

んん？　まさか、どっちかに惚《ほ》れちゃった、とか？

マリエルちゃんは、うっとりと二人が語り合うのを眺《なが》めている。

なるほどね。二人とも今をときめく有望株だもの、結婚願望がある女子みんなの憧れなのは知っている。……マリエルちゃんはどちらが好みなのかしら？

マリエルちゃんの視線の先は、王太子殿下……じゃないな。ではお兄様……でもない？

あれ？

「尊い……」

マリエルちゃんがまたポツリと呟《つぶや》いた。

……その言葉、なんだか前世で聞き覚えがあるような。そう、あれは友人が、それも腐《くさ》ったほうのオタクである友人が、仲睦《なかむつ》まじい男性二人を見た時なんかに発していた……ま、まさかねぇ？

ある可能性が浮上したマリエルちゃんをじっと見つめていると、私の視線に気づいた彼女が「はわわっ！」と慌《あわ》てて居住まいを正し、にこりと微笑《ほほえ》んだ。

「ええと、あの、なんでしょうか？」

「いえ、なんでもございませんわ。お茶のおかわりはいかが？」

「は、はい！　いただきます！」

「次はなににいたしましょう？　紅茶の他にもハーブティーやアップルティー、珍《めずら》しいところでお茶の葉を粉にした、抹茶《まっちゃ》というのもありますのよ」

「えっ？　ま、まま抹茶《まっちゃ》ですか⁉」

え、えらい食いつきがいいな？　私はマリエルちゃんの前のめりっぷりに思わずタジタジになってしまう。

「え、ええ。少し苦味がありますけれど、ミルクを入れて甘くしたら美味《おい》しいですよ」

「まっ抹茶《まっちゃ》ラテ！　ぜ、ぜひ！　ぜひそれをお願いします！」

「は、はい。少しお待ちになってね？」

「はいっ！」

ミリアに抹茶《まっちゃ》ラテを入れるように頼む。そこではたと気づいた。

……ちょっと待って？　マリエルちゃん、あなた今、抹茶《まっちゃ》ラテって言った？

私さっき説明した時にラテなんて言ってないよね？

ミリアにはレシピ名としてラテと教えているけれど、彼女はラテの意味なんて知らない。そもそも、この国で「ラテ」にミルクという意味はないのだ。

それなのに、マリエルちゃんは抹茶《まっちゃ》にミルクと聞いただけで抹茶《まっちゃ》ラテと言った。

初めて会った日の「レシピの秘密を知っている」発言といい……

まさか、もしかして。マリエルちゃんも私と同じ……転生者⁉

いやいや、ただの聞き間違いかもしれないし、ここでマリエルちゃんも私と同じ転生者だと結論づけるのは早計だ。だけど、あまりにも気になることが多すぎる。

初めてできた女友達が私と同じ転生者だなんてそんな偶然《ぐうぜん》、ありえるの？　でも、ひょっとしたらマリエルちゃんは、はじめから私が転生者だと確かめたくて近づいてきたのかもしれない。

どうにかして、彼女が転生者なのかどうかを確認する方法はないものか……

あれこれと悩んでいるうちに、抹茶《まっちゃ》ラテが運ばれてきた。

「さあどうぞ。もし苦いようでしたらお砂糖を追加してくださいね」

「わあ、いただきます！　……んー、これこれ！　懐かしい〜！」

「懐かしい？」

「え……あっ！　いえ、とっても美味《おい》しいです！」

マリエルちゃんは慌《あわ》ててごまかしたけど、確かに懐かしいと言った。

やっぱり間違いない。どこか別の地で偶然《ぐうぜん》同じような飲み物が作られてない限り、マリエルちゃんは「抹茶《まっちゃ》ラテが存在する世界」からの転生者だ。

……うわあ、気になる！　だけど、どうやって本人に確認したらいい!?

面と向かって「あなたは転生者ですか？」なんて聞けないのがつらい。

ここにいるのが私たちだけならともかく、王太子殿下やお兄様がいるからそういうわけにもいかないのだ。どうしよう……

さっきの発言から鑑《かんが》みるに、どうやらマリエルちゃんは前世でボーイズなラブにハマっていた様子。そこを突いてみるとか？「攻の反対は？」と聞いてみる？

いやいや、貴腐人《きふじん》だった友人は「今さらそんな初歩的な誘導《ゆうどう》に引っかからないわよ」と鼻で笑っていたよね。無理か。

アニメの有名なセリフに反応するか試してみる？

いやいやそれもジェネレーションギャップの壁を越えられずに通じない可能性が。

たとえ同じ世界からの転生者だとしても、世代や国まで同じとは限らないもんね。

むしろ下手を打つとこちらがある種のダメージを受けるかもしれない。危険だ。

……困った。確認する方法が思いつかない。

ああもう、私って本当にカマかけとかこういう謀略《ぼうりゃく》には向かない性格なのよ。悩んだ挙句《あげく》「あーもう、めんどくさい！　こうなりゃ当たって砕けろ！」ってなっちゃう。

悶々《もんもん》と悩んでいると、お兄様がマリエルちゃんに話しかけていた。

「かすかにハーブのよい香りがするね。お茶じゃなくて……君からかな？」

にこりと笑顔で聞かれたマリエルちゃんは、真っ赤になりながらも答える。

「えっ、あっはい！　た、多分私です！　えっと、これかと」

そう言ってポケットから取り出したのは、私が招待状に同封したサシェだった。

「あら……それは」

「はい。クリステア様からいただいたものです。とってもいい香りだし、可愛いので持ち歩くことにしたんです」

マリエルちゃんはえへへと笑って答える。よかった、喜んでもらえたんだ。

「招待状を送るだけでは、なんだか味気ないと思いましたの。気に入っていただけたようでよかったですわ」

「へえ、招待状にこれを？　素敵だね」

「ありがとうございます」

うふふ、お兄様に褒《ほ》められます。

「ああ、女の子らしくていいじゃないか」

おお、王太子殿下にも褒《ほ》められた。

「そうです、素敵なんです！　これは世の女性たちにも気に入られるはずです！　そうだ、クリステア様！　ぜひともうちの商会で商品化したいと父から言付《ことづ》かっておりました。父から公爵様を通して、クリステア様に許可をいただきたいとのことです」

ええ？　こんなの売るほどのことでもないと思うんだけど。

「あの、これはほんの思いつきで作ったものですから、そんな大層なものではございませんわ。許可なんて……」

「いえ、これは流行《はや》ること間違いありません！　そう確信したからこそ、父は商会で先んじて取り扱いたいと考えたのです！」

「確かに、これは流行《はや》りそうだね。さりげなく手紙の中に香りを入れるなんて、洒落《しゃれ》ているじゃないか」

「ですです！　しかもこうして持ち歩くと香りがよいので、二度お得なんです！」

「ああ、なるほど。下手に香水くさいのよりよっぽど印象がいいな」

「そうなんです！」

マリエルちゃんは興奮しながら答える。さっきまで王太子殿下とお兄様相手にまごついていた姿はどこへやら。商魂たくましい。

うーん。ちょっとした遊び心で招待状に同封しただけなんだけどなぁ。中に入れたのだってハーブティー用にブレンドしていたものだし、布だって服を作った時のハギレだ。特に凝《こ》ったことはしていない。

気まぐれで手紙につけたサシェ一つでまた権利が発生するのか。

儲《もう》かるのはいいことだけど、守銭奴《しゅせんど》だなんてまた新しい悪評が立ちそうで怖いなぁ。

……あ、そうだ。商品化するなら、ちょっとした条件をつけるといいかもしれない。

「マリエル様、父には話を通しておきますわ。商品化するにあたって、少し思いついたことがありますから、メイヤー男爵にぜひ我が家にいらしてくださいとお伝えになって？」

私はささっとお父様へマリエルちゃんの父親との面会をお願いする旨《むね》の伝言を書き、

それをミリアに託した。

「今、父が面会できる日を確認させております。わかり次第お手紙を書きますから、男爵にお渡しいただけますかしら」

「あ、ありがとうございます！」

ほどなくして、ミリアがお父様の返事を受け取ってきた。私は内容を確認して、面会の期日を手紙に認《したた》めていく。そこでふと閃《ひらめ》いた。

……そうだ。手紙！　この手があった！

マリエルちゃんが転生者と確認する方法。どうやら私と同じで前世が日本人みたいだし、日本語を書いて見せたらいいんじゃない？　ナイスアイデア！

男爵宛の手紙をささっと書き上げた私は、もう一枚別の便箋《びんせん》に「マリエル様、あなたは私と同じ転生者ですか？　もしそうならば、また日を改めてお話をしたいです」という日本語の文章を縦書きで書いた。

男爵宛の手紙にしっかりと封をし、マリエルちゃんに渡す分は軽く折るだけにする。

これを見たマリエルちゃんがどんな反応を示すか怖いけれど、一か八かやってみるしかない。「これ、なんですか？」って言われたら、適当にごまかしてしまおう。

「マリエル様、この封書をメイヤー男爵にお渡しくださいませ」

男爵宛の手紙に、マリエルちゃんへのメッセージを書いた便箋《びんせん》を重ねて渡す。

「はい！　ありがとうございます。……あら、こちらは？」

マリエルちゃんは、封もせず折っただけの便箋《びんせん》に気づくとなにげなく中を見た。

「……こ、これは……？」

内容をしっかりと上下に正しく目で追い、驚きを隠せない表情で私と便箋《びんせん》を交互に見る。明らかに動揺したその様子で、私は確信した。

やっぱり、マリエルちゃんは転生者だ！　私は確信した。

「……え、あ、あの……」

マリエルちゃんは、どう反応したらいいのか戸惑《とまど》っている。……あれ？

「レシピの秘密を知っている」発言から、私が転生者だと確認したかったのかと思ったんだけど……違った？　やばい、私の勘違い？

「なにこの人。わけのわからない記号を書きなぐって……クリステア様ってやっぱり危ない人なのかも」とか思われていたらどうしよう!?　あー！　下手打ったかも!?

私が内心焦《あせ》っていると、マリエルちゃんはチラッと王太子とお兄様のほうを見た。

ハッ！　そうだよね。なにも知らない二人の前でいきなり転生の話なんてしたら、おかしなことを言い出したと不審《ふしん》がられるかもしれない。大っぴらにできる話じゃないよね。だからこそ私だってこうして手紙で伝えたわけで……

私たちだけが転生者だってことを確認できる方法ってないかな？　えーと……あ！

「私たちだけが特別に知っている『レシピの秘密の答え』です。ちょっとした暗号で書いてみましたの。わかります？」

私がそう伝えると、マリエルちゃんはハッとし、便箋《びんせん》をしっかと抱き締《し》めて、こくりと頷《うなず》いた。

私を見つめるきらきらとした瞳《ひとみ》には、うっすらと涙が滲《にじ》んでいる。

「……はい、わかりました。私たちだけ、ですね。私たちだけの、特別な……」

わかるよマリエルちゃん！

異世界《こんなところ》で同じ転生者に出会えるなんて、私だって思いもしなかったし。転生したのは自分だけなのかと、今まで不安がなかったわけじゃないもの。こんなふうに同郷の転生者に出会えるだなんて、奇跡に近いよね！

ああ、もう！　王太子殿下やお兄様がいなかったらもっと語り合えるのに！

でも、二人がいなかったら気づかなかったかもしれないんだよね。一応心の中で感謝しておこう。

「よかった。また今度、・・・・・・レシピについて二人で色々お話ししましょう。ね？」

「ええ、ぜひ！　楽しみにしてます！」

マリエルちゃんは再び手紙を見つめると、笑顔で応えた。私も楽しみーっ！

「暗号って、どんなのだ？」

私たちのやりとりをみた王太子殿下が、不思議そうにマリエルちゃんの手元を覗《のぞ》き込もうとする。

「わっ！　これはクリステア様との秘密のお手紙なので見ちゃダメです！」

マリエルちゃんは慌《あわ》てて手紙をポケットにしまい込んだ。

「……殿下、レディの秘密を暴こうだなんて無粋《ぶすい》な真似は感心しませんよ。殿下がすまないね、マリエル嬢」

「あわわっ？　いえそんな！　こ、こちらこそ殿下に対して失礼をっ！」

お兄様が王太子殿下の行動を窘《たしな》めマリエルちゃんに謝罪すると、マリエルちゃんも恐れ多いと言わんばかりに畏《かしこ》まる。

「あ、いやその……俺が不躾《ぶしつけ》だった。すまない」

王太子殿下は、頭を掻《か》きつつ自分の非礼を詫《わ》びた。

そうそう、レディの秘密のお手紙を覗《のぞ》き込むなんていけませんよ、王太子殿下。

「暗号なんて言うから、どんなものかと思って、つい。しかし、ちらっと見えたけど記号のようなものの羅列《られつ》で、なにが書いてあるかさっぱりだったぞ」

……って、しっかり見たんかーい！　だけど日本語だったから読めなかったのね。

やっぱり、私たちが日本人の転生者だからわかるんだ……

「私たちだけの、秘密の暗号ですもの。ね、マリエル様」

「ええ！」

にこーっ！　と満面の笑みで答えるマリエルちゃん。

えへへ、これは私たちだけの秘密なんだもんねー！

目配《めくば》せしあう私たちを見て、お兄様は「二人とも、随分と仲良くなったんだね」と安心したように笑みを浮かべた。

マリエルちゃんとは後日改めてお茶会をする約束をして、この日はお開きとなる。

見送る際、ふと招待状のお返事にあった「折り入ってお話云々《うんぬん》」について思い出したので、マリエルちゃんにこっそり耳打ちした。

「あの、マリエル様。折り入ってのお話というのはなんだったのでしょう？」

「え？　ああ、それはサシェのご相談の件です。父に、なんとしても話を取りつけてこい、と言われたものの、手紙で書く内容ではないと思い、あんな書き方になってしまって」

「そ、そう……」

なんだ。私が転生者なんじゃないかって探りを入れてたわけじゃなかったのかー！

結果オーライだけど、やきもきした分気が抜けてしまった。ぷしゅるる……

その日の夜。私は次にマリエルちゃんと会ったらどんな話をしようかとベッドの中であれこれと考えて、眠れないでいた。

『くりすてあ、うれしそう』

私にもふもふと撫《な》でられながら、真白が言う。

「え、そう？　わかる？」

私はにへへ、とにやけが止められないのを自覚しつつ答える。

『うむ、感じる魔力が心地よい。なにかよいことがあったのだろう？』

私の足元に寄《よ》り添うようにして丸まった黒銀も指摘《してき》してきた。

「やっと女の子のお友達ができたの。それも、とびきり素敵な！」

『ああ、今日の茶会に招いた娘か。そうか、仲良くなれたか。よし、主《あるじ》に仇《あだ》なすことがない限り、あの娘もできる限り護《まも》ってやろう、主《あるじ》のためにな』

「ありがとう、黒銀」

『だが、主《あるじ》を護《まも》るのが優先だぞ？』

「うん、それでも嬉しい」

彼はそっぽを向いて寝たふりをするけれど、尻尾はパタパタと揺れている。照れてる？

『おれも、まもるのてつだう』

「ふふ、真白もありがとう」

『くりすてあがよろこぶことをするのが、おれのやくめ。くりすてあをかなしませるものは、きょうせいはいじょ』

「強制排除って……ええと、それはちょっと勘弁《かんべん》してほしいかな」

真白ってたまに過激なこと言うよねぇ？　どこでそんな言葉覚えてきたのやら。

『それで主《あるじ》、友人になったのはどのような娘なのだ？』

「そうねぇ、メイヤー男爵のご令嬢で、マリエル様というお名前の可愛らしい方よ。お父様は大きな商会の経営で成功した新興貴族らしいわ。我が家でも、メイヤー商会の商品をたくさん購入しているのですって」

『ほう、商人の娘か』

そう、商人から成り上がって貴族になると「爵位を金で買った成金」的な立ち位置になる。そんなふうに揶揄《やゆ》されるのが心配で、マリエルちゃんは貴族になるのを反対していたみたい。だけど、メイヤー男爵は「これで貴族の皆様にさらに売り込みをかけられるならば」という考えで、マリエルちゃんは納得せざるを得なかったそうだ。商魂たくましい。

そのくらい貪欲《どんよく》でないと、商会を大きくなんてできないのかもしれないわね。

「近いうちにメイヤー商会に行ってみたいわねぇ。マリエル様に案内してもらって、街でお買い物もしてみたいな」

『うむ。こちらに来てから主《あるじ》は、王宮へ行く以外に外出しておらんからな。王都の街はにぎやか故《ゆえ》、主《あるじ》もきっと楽しめよう』

『おれたちがごえいするからあんしんしてね！』

「ふふ、ありがとう」

お友達とウインドウショッピング！　とまではいかないにしろ、一緒に街を歩くのが今から楽しみだ。

マリエルちゃんは市井《しせい》の流行《はや》りにも詳しいだろうから、きっと楽しいに違いない。

そして、なんといっても私と同じ転生者だというのが素晴らしい。それも元日本人！

若干、腐の気配を感じるけれど、私だってライトとはいえオタクだったし、貴腐人《きふじん》な友人だっていたので問題ない。

二人で話せたら、お互いの知識をもとに現在の状況を考察できるかも。マリエルちゃんが、なにかしらこの世界に関しての情報を持っている可能性だってあるわよね？

ライトノベルやアニメでよくある展開としては、公爵令嬢の私は悪役、男爵令嬢のマリエルちゃんはヒロイン役で、ざまぁしたりされたりってのが王道のはず。

その二人が仲良くなった場合、今後の展開ってどうなるのかな？　マリエルちゃんと考えてみないとね。

そんなことを考えながら、いつしか私は深い眠りに落ちていくのだった。


約束した面会の日。メイヤー男爵がマリエルちゃんを連れて、我が家へやってきた。

「エリスフィード公爵様、いつも我が商会をご贔屓《ひいき》いただき、ありがとうございます。また、このたびはお時間をとっていただき、深く感謝いたします」

男爵は茶色の髪と瞳《ひとみ》の、ちょっぴりふくよかな男性だった。

元商人、いや今も商人だけあって人当たりがよく腰も低いのだけど、卑屈さは感じない。優しげで話しやすそうなおじさんといった印象だ。とはいえ、大店《おおだな》の商会の会頭に上り詰め、男爵にまでなったのだから、かなりのやり手なのだろう。

「うむ。其方《そなた》の商会は、質のよい品を適正な価格で取り扱っているので信頼している。さて、今回の用件はクリステアが其方《そなた》の娘に贈《おく》った品について聞いているが？」

多忙なためか、お父様は単刀直入に要件を切り出した。

「はい。先だって我が娘が光栄にもクリステア様からお茶会のご招待をいただきまして。その招待状に同封されていた品についてなのですが……マリエル、出しなさい」

「は、はい！　こちらです」

男爵に促《うなが》されたマリエルちゃんは、例のサシェを取り出して見せる。

「これは？」

「こ、これは、中にハーブが入っています。とてもよい香りがするのです」

「クリステア、説明しなさい」

緊張《きんちょう》のあまり簡潔にしか答えられないマリエルちゃんに代わり、説明を求められた。

「はい。招待状を準備する際、我が家にあるレターセットが全てメイヤー商会の品と聞きました。それをただ使うだけでは面白味がないと思い、なにか仕掛けをと考えました。そこで、たまたまハーブをブレンドしたものがありましたから、ハギレで作った小袋に詰めて招待状に同封したのです。お手紙と一緒に、香りを送ったのですわ」

前世の「文香《ふみこう》」を参考にしたんだよね。

「香りを？」

「ええ。封を開けた瞬間、ふわりと香ると素敵かと思いまして」

「そうなのです！　いただいた招待状を開けたらハーブの香りがして、とても幸せな気持ちになれたのです！　それで嬉しくて持ち歩いていたところ、服からも香るようになり、みんなからなんの香り？　って聞かれました！」

マリエルちゃんが興奮気味に言う。いきなりスイッチが入ったね？

「マリエルや、落ち着きなさい。それでですね、私も娘が持っているものが気になったもので、これはどうしたのかと聞いたところ、クリステア様からいただいたのだと」

「ふむ。確かによい香りだ」

サシェを手に取り、香りを楽しむお父様。お、少し眉間《みけん》のシワが薄くなった？

ハーブのリラックス効果かな。お父様にもプレゼントしたほうがいいかもしれない。

「お父様。今回は手紙に同封いたしましたが、その他にもクローゼットに置いたり、中身を安らぐ香りに変えて枕元にしのばせたりと、様々な用途で楽しめるのです」

「ほう、それは面白い」

「そうなのです！　私はこのサシェなる品の可能性を見出し、これは売れる！　と確信した次第でして」

私の説明を聞いた男爵はずいっ！　と身を乗り出して話を続ける。

「ぜひこの品を我が商会で売り出したいのです！　ですから発案者であるクリステア様

に、我が商会で専売する許可をいただきたくお願いしに参った次第でございます。いかがでございましょう?」

男爵、近い近い近い。にじり寄りすぎです!

「クリステア。許可を出すだけならば、別に私がいなくてもよかったのではないか?」

面倒くさそうなお父様。いやでも、勝手にことを進めたら怒るのお父様じゃないですか。

「それは、そうかもしれませんが……許可するにあたり、提案がございまして。お父様に証人になっていただきたかったのです」

「「提案?」」

男爵とマリエルちゃんは興味津々《きょうみしんしん》に私を見つめ、お父様は「またなにか面倒なことでも言い出すのではないだろうか」と眉間《みけん》のシワを深めた。

「提案といっても、難しいことではございませんわ。メイヤー男爵、このサシェの販売を許可した場合、製作はどうなさるおつもりですか?」

私はにこりと微笑《ほほえ》みながら、男爵に尋《たず》ねる。

「ええと……とにかく許可をいただかないことにはと思い、まだ詳しく決めてはおりませんが、とりあえずは裁縫《さいほう》の得意な者を集めて作らせようかと考えております」

男爵はなにも考えていなかったようで、しどろもどろで答える。

「あの、ひとまず私と母で試作してみる予定です」

手を上げて答えるマリエルちゃん。

「そうですか。試作はそれでよいとして、量産する際は、職人や資材の確保が必要になりますわよね。その点はいかがでしょう？」

「そうですね、まずは少量生産で様子を見ながら進めていくしかないかと」

男爵は、汗を拭き拭き答える。

「そこで提案なのですが、この商品で慈善事業をしませんか？」

「「「慈善事業？」」」

一体なにを言い出すのだろうといった視線を受けつつ、私は話を続ける。

「サシェの製作を、修道院に依頼するのです。修道院には貴族の未亡人や行儀見習《ぎょうぎ》いの子女の方々をはじめ、裁縫《さいほう》や刺繍《ししゅう》が得意な方が多くいらっしゃいます。その方たちに製作をお願いすれば、高品質の品ができますわ。修道院には製作の報酬とは別に、売り上げの一部を寄付として納めるのです」

「なるほど」

ふむふむと興味深そうに耳を傾ける男爵。

「資材となる布も新品を仕入れるのではなく、仕立て屋が処分するハギレを寄付として集めてはいかがでしょう？　私のサシェも、ハギレで作ったものです。小さいものですから、本来捨ててしまうような小さなハギレも有効に使えます。同じものは量産できませんが、逆の発想で二つとない限定品として売ればいいのです」

「なるほど！　それなら資材購入も糸や針程度で済むので安上がりだ」

「ええ。そして売り出す際には、寄付されたハギレでできていることもあえて宣伝してください。売り上げによって、購入者も慈善事業に参加していると」

「ふむ。貴族のご婦人や令嬢方は、購入するだけで気軽に慈善事業に参加できるというわけですな？」

「そういうことです。この方法ではメイヤー商会の売り上げに直接繋《つな》がりはしないかもしれません。けれどこうした事業で世の中に貢献しているということが、思いもよらぬ宣伝効果を生むこともあるのではないでしょうか？」

「確かにそうかもしれませんな」

うむむ、と検討しはじめる男爵。儲《もう》けは少ないけれど、世間の評判がよくなれば成金男爵と揶揄《やゆ》されることもなくなるだろうし、いいことだと思うんだけどな。

慈善事業は貴族の関心事の一つだから、手軽にできる寄付として宣伝すれば効果はあるはず。

それに、お母様によると、修道院も寄付金だけではやっていけない現状で、常に資金繰《ぐ》りが厳しいと聞いた。

それなら、寄付を待つだけじゃなく、できることを生かして働くのも手なんじゃない？　って思ったということもあるんだよね。自分たちの労働の成果が目に見えるのって励《はげ》みになるし。

私のサシェもミリアが目の前でささっと作ってくれたものだ。あの後ミリアがサシェ作りにはまってしまったので、現在、ミリアと私の部屋の至るところに大小さまざまなサイズのサシェが置かれている。

そのくらい簡単に作れるんだから、裁縫《さいほう》の得意な人なら量産は簡単だろうし、ある程度安価で提供できると思う。刺繍《ししゅう》やパッチワークなどに技巧を凝《こ》らしたものも作れば、価格設定を高めにしても売れるかもしれない。

男爵はしばし考えた後、決意したらしく、こちらを見た。

「クリステア様、その案で進めるよう検討させていただきます。売り上げ面での旨《うま》みは少なくとも、この事業は後に、違う形で大きな利益となって戻るでしょう」

うんうん。「損して得取れ」の精神ね。

それでは最後の提案といきましょう。

「お父様。このサシェの権利についてですが、私に納められる分の売り上げを修道院に全額寄付したいと思うのです」

「「クリステア様!?」」

男爵とマリエルちゃんが驚いた顔で私を見た。

「其方《そなた》はそれでよいのか?」

お父様はしばし沈黙した後、念を押すように問う。

「ええ。元々は気まぐれに作ったものですし、商売に繋《つな》げようとのアイデアはメイヤー商会です。それをあえて慈善事業にしたいという私の提案《わがまま》に応えていただくのですから、報《むく》いたいと思います」

私はにっこり笑って答える。

「クリステア様、なんと素晴らしいお心がけでしょう……」

男爵はいたく感激した様子。

いやいや、本当はそんな立派なもんじゃない。

ぶっちゃけなんの気なしに作ったものなのに、お金が入ってくるのが心苦しいのだ。

それに作りは簡単とはいえ、量産する人たちのほうが大変じゃない?

残念ながら、私には刺繍《ししゅう》や裁縫《さいほう》のセンスがないからね。売り物になるような品質のものを量産だなんて、とてもじゃないが無理。絶対無理。だから、作る人たちに寄付という形で少しでも多く還元したほうがいいと思っただけなのよ。

「其方《そなた》がそれでよいのであれば私に異論はない。メイヤー男爵、そのように取り計らってくれるか。ただし、娘の寄付金がどこへ納められたかは定期的に報告するように」

「はっはい！　かしこまりました！」

さすがお父様、わかっていらっしゃる。男爵が売り上げをポッケナイナイするとは思わないけれども、私のような子供相手に万が一ということもある。

保護者であり、男爵より立場がはるか上のお父様が監視に入ることで、不正が防げる……はず。

「早速契約書を作りますので、本日はこれにて失礼いたします。契約書は後日お持ちいたします」

「修道院の選定については、妻にも協力させる。貴公が依頼しやすいよう紹介状を書くように取り計らおう」

「公爵様、なにからなにまでありがとうございます」

「うむ」

そう言って、ペコペコとお辞儀《じぎ》をしながら辞去《じきょ》する男爵。私はその後をついていくマリエルちゃんに声をかける。

「マリエル様、また来てくださいね。今度はぜひ泊まりにいらして？ ゆっくりお話ししましょう」

ええ、前世のお話なんかをじっくりと。

「はっはい！ ぜひぜひっ！ ありがとうございます！」

マリエルちゃんも同じ気持ちなのだろう、嬉しそうに応えてくれた。

「よかった、ではこれを。お土産《みやげ》ですわ。少しですけど……」と、そっと包みを渡す。

小さな声で「どら焼きですわ」と伝えると、マリエルちゃんはものすごく嬉しそうに包みを抱き締《し》めて「大事にいただきますっ！」と言って帰っていった。

若干歩みがスキップ気味だったので、相当嬉しかったみたい。

ふふ、懐かしの味、堪能《たんのう》してね！

メイヤー男爵父娘の来訪から数日が経過した。

その間、私はお母様に連れ回されていくつかのお茶会に出席したのだけれど、歳の近い令嬢は見当たらなかった。マリエルちゃんの他にもお友達ができるかなぁという私の期待は淡くも崩《くず》れ去ったのである。残念。

転生仲間のマリエルちゃん以外に親しい友人を作ると、気軽に前世の話ができないだろうから、まあいいかぁ。

今はマリエルちゃんとの親交を深めるのが最重要案件だよね！

そういえば、令嬢はいなかったけれど、令息はいた。

子供が私だけではつまらなかろうと、無理矢理参加させられたのだろうか。同い歳や二、三歳上の男の子たちが居心地悪そうに座していたのだ。

学園に入学したら先輩にあたるであろう歳上の子はそれなりにお行儀《ぎょうぎ》よくしていたけれど、同い歳の子たちはなんというか、まあ、クソガ……いえ、躾《しつけ》がなってない子ばかりで困ったよね。

こっそりと小石を投げつけたり、なにかとイタズラを仕掛けようとするから、私は弱い結界を張り、全て弾いて事なきを得たのだ。なにも手応えがなかったので、みんな不思議そうにしていたけれど。

まったく。マナー学のレティア先生があの場にいたら、彼らは大目玉を喰らうこと間違いなしだ。

そんなことを考えていたある日のお茶会からの帰り、「お茶会に同席した令息は、貴女《あなた》の婚約者候補として打診のあった方ばかりよ」とお母様に告げられて仰天した。てっきり、お母様はリリー様と結託して、王太子殿下と私を婚約させる気だと思っていたから。

「そんなに驚くことではなくてよ？　家柄のよい年頃の娘が婚約者もいないのだから、立候補者が出てきてもおかしくはないでしょうに」

「いえあの、お母様はてっきり、王太子殿下との婚約を望んでいるものとばかり」

「そうね。昔、貴女《あなた》たちが生まれるよりさらに前からリリー……妃殿下と、私たちの子供が一緒になったら素敵ね、と話していたことはあるわ。だから、今でも貴女《あなた》がその気になれば、すぐさま話をまとめるわよ」

「それは、ええと、まだそんな気にはちょっと……」

今はまだ自由でいたいので、遠慮《えんりょ》させていただきたいです。はい。

「貴女《あなた》に全くその気がないのはわかるけれど、本来、貴女《あなた》の立場なら婚約者がいてもおかしくないのよ？　むしろ、お相手がいないのが不思議なくらいだわ」

でしょうねぇ。それについては過保護なお父様やお兄様に感謝しますわ。

若干嫁《い》き遅《おく》れになりそうな予感がしなくもないけれど、その時は領地の片隅に小さな家でも建てて、スローライフを実践《じっせん》しながら余生を過ごすのもいいかもね。

そんなことをぼんやりと考えていたら、お母様は呆《あき》れたようにこめかみに手を当て、ため息をついた。

「まったく、貴女《あなた》ときたら。私たちの時は大変な思いをしたから、せめて子供はできるだけ自由に、同じような思いをさせないようにと、あえて強く言わなかったけれど、貴女《あなた》もそろそろお相手を選ばなくてはね。学園にいる間に、どんな方がよいのかよく考えなさい。ああ、でも今回の候補者たちから無理に選ぶ必要はないわ。どうしてもとしつこいから会わせただけですからね」

「お母様……」

確かに、一般的に私のような立場で婚約者が決まっていないのは珍《めずら》しいだろう。というか、私はてっきり、お父様が娘可愛さに「娘は嫁にやらん！」と婚約者を決めないでいたのかと思っていたのに、お母様の婚約破棄騒動が大元だったとは。

「ですが、早めに決めないと最終的に相手が見つからず、結局はヨボヨボのおじいさんの後妻に、なんてことにもなりかねませんからね。気をつけなさいな」

にっこりと微笑《ほほえ》むお母様。う、お母様ならやりかねない。

私は顔を引きつらせながら「善処《ぜんしょ》いたします」と答えるしかないのであった。

そして数日間。お茶会という名のお見合い？　のために連れ回されていたのですが、私の反応があまりにも淡白なせいか、お母様は半ば諦《あきら》め気味になっていた。

「貴女《あなた》、結婚する気はあるのでしょうね？　一体どんな方が好みなの？」

夕食後、家族でお茶を楽しんでいると、私に聞いてくる。

「アン……其方《そなた》またそんなことを。クリステアにはまだそういう話は早いだろう」

「貴方は黙《だま》っていてくださいませ。貴方はこの子が嫁き遅《い》《おく》れてもずっと家にいればよいと思っているのでしょうが、そうはいきませんからね？」

お母様にギッ！と睨《にら》まれ、口をつぐむお父様。お兄様もなにか言いたそうだったけれど、二人の様子を見て黙《だま》り込んだ。

ええと、お母様？　いくらここが十五歳で成人する世界とはいえ、十歳の子供に結婚する気はあるのかって、しかも男性の好みとか聞かれましても。

無茶振りすぎません？　それともこの世界では普通のことなの？

「いずれ嫁ぐことになるのは理解しております。生まれる前から婚約者が決まっていてもおかしくないのに、こうして自由にさせていただいているのはありがたいと思っております。ですが、好みと言われましても特には……」

好みとか、ぶっちゃけない。

たとえば顔の好みにしたって、私を取り巻く男性陣の顔面偏差値が高いせいだろうか。イケメン慣れしてしまった感があり、「おお、イケメンだ」と思っても、それだけでドキドキするなんてことがないんだよね。

それに、顔も性格もどちらもいいに越したことはないかもしれないけれど、結局のところ気が合えばそれで十分じゃないかな。

「私が聞きたいのは感謝の言葉ではなくてよ。私は不幸な結婚を強いる気はないの。けれど、貴女《あなた》があまりにも呑気すぎるものだから、その気があるのか心配なのよ」

私はそんなに呑気なのかなぁ。確かに他の令嬢方に比べたらのんびりしてるかもだけど。

「お母様、私はまだ結婚なんて考えられませんわ。他の方よりほんの少し遅いかもしれませんが、ゆっくり考えます」

「貴女《あなた》の考えるペースでは、確実に嫁《い》き遅《おく》れる気がしてならないのよ。せめて、好みが分かれば探しやすいのだけれど」

「そう言われましても……あ、ごはんを美味《おい》しくいただける方、でしょうか？」

「其方《そなた》の料理は全て美味《うま》いのだから、それでは参考にならないと思うが。……む、もしや私のような者がよいと、そういうことか？」

お父様がハッとして嬉しそうに聞いてきたけれど、そういう意味じゃないからね？

「貴方は黙《だま》っていてくださいと言ったでしょう。親馬鹿も大概になさいませ」

呆《あき》れたように言うお母様にジロリと睨《にら》まれ、しゅんと黙《だま》り込むお父様。

私は単に一緒に食事して「美味《おい》しいね」って言い合える、そういう人ならいいなぁって思っただけなんだけど。

「美味《おい》しそうに食べてくださるという意味では、お父様もお兄様も、お母様だってそうです。私、皆様のことが大好きですわ」

真白や黒銀や輝夜だってそうだし、みんな大好きだもの。

「「「クリステア……！」」」

エリスフィード家の面々は、私の言葉にキュンとしたらしく、なにも言えなくなる。

窓際で毛づくろいをしていた輝夜は心の中で『まったく、こいつはとんだ人たらしだねぇ』と呟《つぶや》いたそうだ。

第十章　転生令嬢は、お泊まり会で安堵《あんど》する。

メイヤー男爵とサシェの話をした翌日から、マリエルちゃんとは毎日手紙のやりとりをするようになった。

それでいやってほど実感したのは、前世の通信手段がいかに優れていたかということ。手紙って趣《おもむき》があっていいわぁ～なんて思っていた時代が私にもありました。

実際に手紙だけでやりとりするとなると、レスポンスにもんのすごく時間がかかるの。返事が待ち遠しくて仕方ないのだ。

「既読スルー？　返信まだー？」とかそんなもんじゃない。既読がつくだけましどころか、無事に届いているのかすら心配になるくらいだもの。

そりゃあ、貴族の奥様や令嬢の皆様が頻繁《ひんぱん》にお茶会を開いておしゃべりに興じるわけだわ。直接話したほうが断然早いし、情報の鮮度が違う。

てなわけで、マリエルちゃんを我が家にお招きして泊まっていただくことにした。

だってほら、私たちには手紙には書きづらい、積もる話もあることだし。ゆっくりじっくり、お話ししたいよねっ！

「このたびは、お招きいただきありがとうございます」

ちょこんと可愛らしく挨拶《あいさつ》をするマリエルちゃん。

わーい！　お待ちしていました！　うふふ、今日はマリエルちゃんとお泊まり会だよ！

「ようこそ。私、マリエル様がいらっしゃるのをとても楽しみにしてましたの」

「私も楽しみにしてました！」

二人して笑いあい、まずはこの前できなかった、女子だけのお茶会をすることにしたのだった。

場所は、前回と同じ猫の間だ。

支度を調えてもらうと、ミリアたちを下がらせて弱めの結界と遮音《しゃおん》魔法をかけた。これで内緒の話も心置きなくできる。

真白や黒銀たちには、後で紹介するから待っててね、と自室で待機させていた。

そろそろ真白たちにも、私の前世の話をしないといけないかなぁ。なんとなく話しそびれてしまっていたんだよね。

ついでにマリエルちゃんも転生者だってことも教えてよいか本人に聞いてみないと。

今回のお茶菓子は、前回お土産《みやげ》に持たせたどら焼きに加え、羊羹《ようかん》を用意した。お茶は煎茶《せんちゃ》で渋《しぶ》めのチョイスです。

部屋に入った途端、マリエルちゃんの目が感動でキラキラしていた。

「こっ……これっ！　すごっ……あっ、そうだ。ええと、クリステア様、改めましてこの前のお土産《みやげ》ありがとうございました。すごく美味《おい》しかったです！」

マリエルちゃんは懐かしい日本のお菓子を前に、今にも涎《よだれ》を垂らさんばかりだったけど、ハッと気を取り直して礼を述べ、深々とお辞儀《じぎ》をした。

「いえいえ、お粗末様でした」

私も同じように深々とお辞儀《じぎ》をする。

「いやいやそんなご謙遜《けんそん》を」

「いやいやそんな……」

元日本人らしく、ぺこぺことお辞儀《じぎ》をする。お互いに頭を上げて視線が合うと、にへっと笑いあった。

さあ、女子会のはじまりだ！

「それにしてもこの前のメモ、本当にびっくりしましたよぉ。あれからずっと話がしたくてたまらなかったの！　まさか本当にクリステア様が私と同じ転生者だったなんて」

私が転生者《お仲間》とはっきりしたからか、マリエルちゃんの口調がくだけはじめる。いいねぇ、その気安い感じ。

「私もびっくりしたわよ。まさかこんな身近に元日本人がいるなんて思わないじゃない？」

合わせて私もくだけた口調になった。マリエルちゃんは私の言葉にうんうんと頷《うなず》く。

「でも不思議なのよねぇ。どうして私が転生者だってわかったの？」

私がマリエルちゃんを転生者だと見破った要因がどうしてもわからなかったらしく、彼女は不思議そうに首を傾げている。あれ？　ひょっとして自覚なし？

「王太子殿下とお兄様の会話しているのを見ながら、いい……とか、尊い……とか言ってたから、なんとなく」

「えっ？　うっそ！　まさかそれだけで気づかれるとは……ん？　てことは、クリステア様も、実は腐《くさ》って……？」

「いません、確かにオタクだったけど。前世の友人がボーイズラブ好きだったのよ。彼女と同じような発言するんだもの。ひょっとしたら……と思ったの。メモを渡したのは賭けだったけど、ダメなら間違えたと言って回収しようと思ってたわ」

「なるほどぉ……いやぁ、そんなの通じる人なんていないと思ってたから、ついつい心のままに呟《つぶや》いてたわ」

マリエルちゃんはてへっと悪びれない様子。やはり前世は腐女子だったようだ。

「確かにそういう意味合いで使うと知らなかったら、あの二人が尊い？　まあイケメンだし、そうかもねぇ、くらいにしか思わなかったかもしれないもの。気づけたのは偶然《ぐうぜん》、いや奇跡よねぇ」

「えっ、妹から見てもやっぱりあの二人は尊いんだ!?　まあ、イケメン二人があんなに親密な空気を漂《ただよ》わせてるんだから妄想たくましくなっても仕方ないよね！　素敵なスチルごちでした！　って思ったもん。脳内でスクショとりまくったよね!?」

「……いや、そういう意味ではなく。ていうか身内をそういう目で見るのはやめてね？」

さすがに身内や知人が妄想の対象にされていると思うと、本人と顔を合わせづらいから勘弁《かんべん》してほしい。

「えへ、申し訳ない。気をつけるね？」

「やめるんじゃなくて、気をつける、なんだ」

「いやぁ、こういうのって息をするのと同じくらい自然にやっちゃうからさぁ。妄想をやめろって言うのは、私に息をするのをやめろって言ってるようなもんだよ？」

マリエルちゃんはあははー！　と笑う。……か弱い子リスかと思っていたら、とんでもない魔物を召喚したようだ。そういえば、前世の友人もこんな感じだったなぁ。

「ええと、腐女子の習性とはいえ、控《ひか》えめにお願いね？」

「オーケーオーケー！　任せといて！」

グッ！　とサムズアップで答えるマリエルちゃん。ふ、不安だなぁ。

「実は私も、もしやクリステア様は前世の記憶があるのでは？　って疑ってたのよねぇ。

レシピや発明品がどれも見覚えがあるんだもの。初めてマヨネーズを食べた時は衝撃を受けたわ！」

からからと笑うマリエルちゃん。マヨネーズで衝撃ねぇ……。

「マリエル様が前世の記憶を取り戻したのって、いつなの？」

思わず聞いてみる。私の場合はたこ焼き《オクパル》を食べた時だけど、マリエルちゃんはなにがきっかけになったんだろう？

「マリエルでいいわ。そうねぇ、昔からぼんやりと前世の記憶はあったのよね。だけど、子供の頭ではボーイズラブとかなんのことかさっぱり理解できなくて。なんだかとっても楽しそうだなってのはわかったんだけど。それで、これはきっと夢の中で見た不思議な光景を覚えていたんだろう、とわりと長い間、思ってたの。それが前世の記憶だと確信したのは、マヨネーズを食べた時かな。私、マヨラーだったのよねぇ」

なんと、私が過去にレシピ登録したうちの一つであるマヨネーズがきっかけ!?

確かに衝撃を受けたって言うくらいだものねぇ。

しかし、私のたこ焼き《オクパル》といい、味の記憶がトリガーになってるって、二人とも食いしん坊っぽくてなんだかアレだわね。

「マヨネーズを口にした途端、これ！　夢で食べてたアレだ！　ってすぐにわかったの。

その瞬間、今まで夢の中のことだと思ってたのって、みんな前世の記憶だったんだ！　って理解したんだよね。あとボーイズラブって尊いなって思い出したり……。考えすぎて情報処理が追いつかなくて、知恵熱出ちゃったけど」

そうだったんだ。そんな経緯までよく似てるとは。

うわぁ……マヨネーズのレシピは、この世にマヨラーを爆誕させただけじゃなく、腐女子の記憶を持つ転生者をも覚醒《かくせい》させてしまったのか。なんと罪深い。

「そ、そうなの……あ、私のこともクリステアって呼び捨ててちょうだいね？」

「え？　いやいや、男爵令嬢の私が公爵令嬢を呼び捨てにしたらまずいでしょ。うっかり外でボロが出てもいけないし。言葉遣いもこんなんじゃ本当はダメなんだから」

「ええー？　私だけ呼び捨てにしたら偉そうじゃない!?　やめてよ」

「だって実際偉いじゃないの」

「親が偉いってだけで私は偉くなんかないし」

「はあ……クリステア様は全く自覚がなさそうですね。いいですか、数々のレシピや発明品、そして今回の慈善事業。あなたのやってることは年齢が年齢だし、ただの公爵令嬢ってだけでできることじゃないんですよ？」

「う、そう言われると確かに」

マリエルちゃんに諭《さと》され、私には反論の余地もない。

「でもでも！　やっぱり私だけ呼び捨てにしたら悪役令嬢っぽいじゃない？」

まるでマリエルちゃんを下に見ているようで、いやだ。

「それを言ったら、私は身分を弁《わきま》えずに立場が上の方を呼び捨てにする教養のない無礼なおバカさんってことになりますよ？」

呆《あき》れたように返すマリエルちゃん。

「うぐ……それもそうね。じゃあ、さん呼びで」

「その辺が落としどころでしょうかね。クリステアさん？」

「そうね、マリエルさん」

……あーあ、本当はマリエルちゃんって呼びたかったのになぁ。

「ちなみにクリステアさんは、なにがきっかけで前世のことを思い出したの？」

マリエルちゃんが興味津々《きょうみしんしん》で聞いてきた。

「私？　私は領地にある街へ買い物に出た時に屋台で食べたオクパル……たこ焼きを食べたのがきっかけかな？」

たこ焼きと言い直した途端にガタァッ！　と反応するマリエルちゃん。

「た、たたたたこ焼き!?　この世界にあるの!?」

「マリエルさん落ち着いて。厳密に言えば、たこ焼きに近い食べ物というか。今思えばたこは入っているけど、ソースがまだ荒削りで惜しい感じだったのよねぇ」

醤油《しょうゆ》だなんだと色々手に入ったことだし、そろそろソース作りに着手すべきか。

「でもたこ焼きっぽいものは作れるのね？」

「ええ。あの鉄板も作ったわ」

「た、食べたい……っ！　いいなあぁたこ焼き……お好み焼きもだけど、粉物とかソース味が恋しいのよねぇ」

あー……わかるわかる。前世でも定期的に食べたくなる味だったもの。

「そうねぇ。私も食べたいからソース作り頑張ってみようかな？」

なんの気なしにそう言うと、肩をガシッと掴《つか》まれた。へ？

「頑張ってください。そして試食の際はぜひ呼んでくださいっ！」

マリエルちゃん、そんなに鬼気迫る表情で詰め寄らなくても!?

「も、もちろんその時には招待するわよ？」

「ありがとうございますううぅっ！」

マリエルちゃんは土下座しそうな勢いだ。いやいや、落ち着こうか!?

私はお茶を淹《い》れ直して、話を続けることにした。

「それでね、前世ではOLやってたんだけど、仕事帰りに自宅でたこ焼きを作ろうとスーパーで食材を買った帰りにトラックに轢《ひ》かれて、即死だったみたいなのよね。最期に考えてた、たこ焼きの印象が強くて、それがきっかけになったのかなって」

自分の最期を、湿っぽくならないように努めてさらっと告げる。

「……そうなんだ。私は前世では看護師をしていて、ご存じの通り腐女子で、レイヤーだったの。死んだ時のことはあんまりはっきりと覚えてないんだけど、確かイベント前の衣装作りが大変で連日徹夜してたからかな？　多分過労死したんだと思う」

看護師で腐女子でコスプレイヤー……た、大変そうだな。過労死ってのもなんだか納得してしまった。

「そっかぁ。お互い大変だったね」

「そうだねぇ……悔やまれるのは衣装完成前に死んじゃったことかなぁ。すごく頑張って作ったのに。でもまあ、今さら言ってもしょうがないもんね。第二の人生があっただけでも儲《もう》けもんと思うしかないか。しかも同じ世界からの転生者……クリステアさんにも会えたし。私って本当にラッキーだよね！」

「そうね、私もこの世界でマリエルさんに会えてよかった。心強いわ」

「うん。これからもよろしくね？」

「こちらこそ！」

お互いに顔を見合わせてふふっと笑う。本当にマリエルちゃんと出会えてよかった。

それからマリエルちゃんと前世の話で盛り上がった。

どこに住んでいたとか、なんのアニメやマンガが好きだったかとか。

前世の名前は、マリエルちゃんの提案でお互い聞かないでおこうということになっている。魔法だの聖獣だのが存在するファンタジーなこの世界。お約束で、前世の名が真名——知られると魂《たましい》を支配されちゃうとか、そんな、なんだか危ないことになる可能性があると、マリエルちゃんが言ったからだ。

実際はどうかわからないけれど、お互い悪用されないよう念のためということで。

それから、前世の年齢もね。その理由は、推して知るべし……

魔法については、やはりイメージ力がものを言うらしい。オタク知識が豊富なマリエルちゃんも色々な種類の魔法がそれなりに使えるという。しかも、内緒にしているそうだけど、治癒《ちゆ》魔法も少し使えるんだって。すごい！　元看護師だからかな？

「でも魔力量の調節が上手くできないから、すぐ魔力切れでへばっちゃうのよねぇ」

マリエルちゃんはため息まじりにぼやいた。

「魔力量の調節ができないだけなら、魔力循環《じゅんかん》の練習でどうにかなりそうだけど」

「魔力循環《じゅんかん》？　それって、どうやるの？」

少しでも効率よく魔法が使えるならやってみたいとマリエルちゃんは言う。

「私の場合はヨガと瞑想《めいそう》かな？」

毎朝の日課であるヨガは気……魔力の流れを整えるのにちょうどよいのだ。

そして瞑想《めいそう》は、魔力の循環《じゅんかん》を意識してコントロールする訓練に効く。試しにやってみた時、結構いい感じだったので取り入れたのである。

「ヨガァ？」

私の答えが意外だったらしく、素《す》っ頓狂《とんきょう》な声を上げるマリエルちゃん。

「いやいや、これがなかなかどうして。いい感じなのよ」

「へえ……でも私、ヨガのポーズとかよくわかんないや」

「あら、じゃあ明日の朝一緒にやってみない？」

「いいの？」

「もちろん。早起きするけど大丈夫？」

「うっ……が、頑張る！」

ふむ。マリエルちゃんは普段お寝坊さんなのかな？　まあ、大抵の令嬢の朝は遅いものだしね。私がイレギュラーなだけで。

私も今日は夜更かししてしまいそうだし、明日はゆっくりと起きてもいいかな。

「今日はお泊まりなわけだけど、晩餐《ばんさん》は私の家族と一緒じゃないほうがいいのよね？」

「で、できればそうしてもらえるとありがたいかも。公爵夫妻やノーマン様と一緒に食事だなんて、緊張《きんちょう》してせっかくの料理が喉《のど》を通りそうにないわ」

ええ？　お父様たちは確かに怖そうに見えるかもしれないけれど、食事の席ではただの食いしん坊さんなんだけどな。

「そんなに緊張《きんちょう》しなくても……あ、そうだ。お父様やお母様に挨拶《あいさつ》しに行きましょう」

「そうね。晩餐《ばんさん》に同席しない非礼をお詫《わ》びしないと」

「それは気にしなくていいわよ。お父様もお母様も、王都で初めての友人に挨拶《あいさつ》したいって言っていたから」

「ひいぃっ、そんな恐れ多い！」

私は「ムンクの叫び」のような表情になったマリエルちゃんを連れ、早速お父様とお母様に挨拶《あいさつ》にいくことにした。

ミリアに頼んで先触れを出し、二人がいる居間へマリエルちゃんと向かう。

「マリエル嬢、よく来てくれた。ゆっくりしていってくれたまえ」

「あっ、あの、先日は貴重なお時間をいただき、ありがとうございました。父も大変喜んでおります」

緊張《きんちょう》した様子でお父様に挨拶《あいさつ》するマリエルちゃん。

「気にすることはない。こちらにとって悪い条件ではなかったのでな」

美形なお父様は、威厳を保つためか、普段は無表情だから怖そうなんだよね。

マリエルちゃんが怖がるから、少しは笑顔になってくれてもいいのに。

「こちらこそ、慈善事業に貢献できるのは嬉しいわ。私からもお父様に感謝していると伝えてね」

対して、にこりと笑顔のお母様。お母様もいつもは無表情に近いけど、こういう時は愛想がいいのだ。社交術というやつですね。見習わなくては。

「はっはい！　しっかりと申し伝えます！」

マリエルちゃんは赤くなって答えた。お母様も、笑えば華やかな美人だからねぇ。

きっとマリエルちゃんのことだから、内心「うおお美人に微笑《ほほえ》みかけられたあぁ！眼福！」って興奮しているに違いない。

「お父様、お母様。今夜の晩餐《ばんさん》ですけれど、二人だけでいただこうと思います」

「まあ、私たちと一緒ではいけないの？」

「初めてのお泊まりで緊張《きんちょう》されてますもの。マリエルさんには寛《くつろ》いだ気分で召し上がっていただきたいのです」

「そうか。それもそうだな」

「そう、残念だけど仕方ないわね」

二人の了承を得て、少しばかり会話を楽しんだ後、私たちはその場を辞した。

「はあ……緊張《きんちょう》したあぁ。でも美形夫婦を拝めて眼福だったあ！」

マリエルちゃんは、ほう……とため息を漏《も》らしつつ満足げだ。やっぱりね。

「お父様もお母様も緊張《きんちょう》するような怖い方ではないのだけど。今日の晩餐《ばんさん》は和食だし、私たちだけのほうがいいよね？」

「そうね……って、和食!?　お米はクリステアさんのおかげで認知されたから知ってるけど、まさか和食があるなんて！」

「豚汁ならぬオーク汁に卵焼き、梅干しにお漬物ではいかが？」

「えええ!?　そんなに!?　いいの？　っていうか、よく食材が手に入ったわね？」

「ふふ、ヤハトゥールに日本によく似た、ううん、まさにそのものの食材があってね」

「ヤハトゥール……東にある島国だっけ？　確か、最近王都でも大きな支店を構えたバステア商会が、その国の品を扱ってるって父さんから聞いたような」

おっ、さすが商人。情報はきっちり押さえていますね。

「そう。そのバステア商会はうちの領地に本店があるのよ。そこで見つけたの」

「うわあ！　今度買いに行かなきゃ！　あ、でも和食を作れる人がいないや……」

マリエルちゃんはテンションを上げたかと思うと、すぐにしょんぼりと打ちひしがれた。

「マリエルさん、お料理は？」

「前世から壊滅的に下手で、今は全くしてないわ。ていうか、あのね？　言っとくけどクリステアさんみたいに貴族の令嬢が自ら作ること自体珍《めずら》しいんだってば！」

……確かにねぇ。私だって初めはなかなか作らせてもらえなかったものね。

「料理なんて慣れだから、作り続ければそれなりのものができるようになるわよ。教えようか？」

「……いや、いい。せっかくの食材がもったいないからやめとく」

えー、遠慮《えんりょ》することないのに。

「料理できる人はできない人間の悩みなんてわからないわよ……」

マリエルちゃんはいじけるけれど、そんな大げさな。

「レシピ通りのものなんてできた試しがないし、どうにかリカバリーしようと試みれば、人が食べたらいけないものが出来上がるし……」

はあ、と盛大にため息を吐くマリエルちゃん。

……人が食べたらいけないって、一体どんなアレンジをしてしまうのやら……

「そ、そう。だったら今日は存分に味わってね？」

「ありがとう！　うわぁ、楽しみ！」

早く食べたいなぁ！　と喜ぶマリエルちゃんなのだった。

「そういえば、マリエルさんに話しておきたいことがあったんだったわ」

すっかり忘れていたことを思い出し、話を切り出す私。

「ん？　なにかな？　新しい商品の提案とか？」

マリエルちゃんは期待に目を輝かせて前のめりになる。

「そんなにポンポン新商品なんて出てこないわよ。あのね、これは当面秘密にしておいてほしいことなんだけど……」

「うんうん」

「我が家には聖獣がいます」

「うんうん……うん？」

「フェンリルとホーリーベアなんだけど、どちらも私の契約聖獣なの」

「え？　聖獣様がここに？　しかも複数契約!?　クリステアさんと!?」

「ええそう。今のところは国に報告したくないから内緒にしておいてね？」

「ちょ、え？　まじでえぇ⁉」

驚愕《きょうがく》したままキョロキョロとあたりを見回すマリエルちゃん。

いや、まだここにはいないから。魔獣の輝夜とも契約してるけど、普段の姿は普通の黒猫と変わりないし、怖がるといけないからおいおい話すとしようかな。

「紹介したいから、呼んでもいいかな？」

「えっ紹介してもらえるの⁉　ぜひ‼　聖獣様に会うなんて初めてだよー‼　ひゃー！　おとぎ話のことだとばかり思ってたのに！　すごーい！」

「大事なことだからもう一回言うけど、しばらくは聖獣契約のことを国に知られたくないから、くれぐれも内密にね？」

「オッケーオッケー！　任せといて！」

だ、大丈夫かな……

「じゃ、じゃあ呼ぶわね。黒銀、真白」

マリエルちゃんの軽さに若干の不安を残しつつ結界を解除すると、人型の二人が待ちかねたように転移してきた。

「主《あるじ》、待ちくたびれたぞ」

「くりすてあー！」

二人に私の座るソファの左右に控《ひか》えてもらい、マリエルちゃんに紹介する。

「紹介するわね。今は人の姿をしているけれど、フェンリルの黒銀にホーリーベアの真白よ。黒銀、真白、彼女はメイヤー男爵家のマリエルさん。失礼のないようにね」

「うむ、主《あるじ》の友人とあれば丁重にもてなそう」

「まりえる、よろしくね？」

「真白、初対面のレディを呼び捨てにしちゃ失礼よ。ごめんなさいね、マリエルさ……ん？」

マリエルちゃんは、大きな瞳《ひとみ》がこぼれ落ちそうなほどに目を見開き、こちらをぽかんと見ていた。

「あの、マリエルさん？」

フリーズしたままの彼女に声をかけると、ハッと我に返り、慌《あわ》てて挨拶《あいさつ》する。

「はっ初めましてて！　私、メイヤー男爵が娘、マリエルと申します！　以後よろしくお願いしましゅ……します！」

噛《か》んだ。真っ赤になって言い直したけど。

「そんなに緊張《きんちょう》することはないわよ？　黒銀も真白も私の友人に危害を加えたりしな

いし、今は人型だから、怖くないでしょう？」

「だ、だって、聖獣様に会うのなんて初めてだもの。それに、こんな顔面偏差値の高いイケメン揃《ぞろ》いなんて知らなかった……！」

うっとりと見惚《みと》れるマリエルさん。一目惚《ぼ》れ？ ……じゃないな。

「……マリエルさん？ うちの子で掛け算したら許しませんよ」

「なっ、なにも言ってないのに何故バレた⁉」

わからいでか。まったく、油断も隙もない。

「あらかじめ言っておきますけど、妄想禁止ですからね？」

「妄想まで禁止された⁉」

横暴だー！ と抗議されても、断固許しません。……まあ、脳内での妄想は止められませんけどね。知ってる。

「主《あるじ》、どうした？ なにか問題が？」

「いえ、大丈夫よ。彼女がも……想像力豊かなものだから、ほどほどにと注意したの」

「……？ なにもないならよいが」

「はは……」

知らぬが仏、てやつだわね。マリエルちゃん、二人にバレたら大変だから。悪いことは言わない、いらぬ妄想はやめておきなさい、ね？

「それにしても、ここまで顔面偏差値高いイケメン揃《ぞろ》いって、乙女ゲームやラノベの世界みたいだわねえ。クリステアさんがヒロイン役かな？」

　確かに、お兄様や王太子殿下もだし、マリエルちゃんが会ったことないセイや白虎様たちもイケメンだ。

　もっとも、私がヒロインってことはない。むしろマリエルちゃんがヒロインで、私が悪役令嬢……あ、私の場合、悪食《あくじき》令嬢か。

「顔面へん……？　いけめん？」

「くりすてあ、おとめげえむってなあに？」

　黒銀と真白が聞き慣れない言葉にきょとんとしている。可愛い。いや、まずい。

「マリエルさん、二人がわからない話題は……」

「あっ！　なるほど、了解しました。申し訳ありません！」

　マリエルちゃんは慌《あわ》てて前世にまつわる言葉を使わないように態度を改めた。

　前世の話なんて、マリエルちゃん以外にしたことないからねぇ。やっぱり、真白たちには前世のことを話さないといけないな。

　そんなことを考えながら、夕食まで当たり障《さわ》りのない会話をして過ごした。

そして、マリエルちゃんが待ちに待ったであろう夕食の時間。

彼女には、前世ぶりの懐かしのメニューを心置きなく味わってもらおうではないか。

「おおお、これは……!!」

マリエルちゃんはキラキラとした瞳《ひとみ》で食卓を見つめている。気持ちはわかるよ。

「クッ、ク、クリステアさん!! なんですかこれ!? 完璧《かんぺき》じゃないですか!」

ふっふっふ、そうでしょう、そうでしょう。

卓上に並べられたのは、宣言通り具だくさんの豚汁（オーク汁）に卵焼き、梅干しとお漬物。足りないようならインベントリには唐揚《からあ》げだのオークカツだのとストックがあるのでお任せあれ、だ。

「料理だけじゃなく、器《うつわ》まで!!」

そう、我が家ではバステア商会で手に入れたお箸《はし》やお茶碗など、こちらでは美術品扱いの食器を普段使いにしている。漆塗《うるしぬ》りの汁椀もあったので、ドリスタン王国でも使う人がいるのかと思っていたら、小物入れに使うんだって。もったいない。

私が食事用に購入すると知った店員は、逆に「もったいない！」と驚いていたけれど。

価値観の違いだよね。

「さあ、冷めないうちにいただきましょう。おかわりもありますからね」

「はい！　いただきます！」

無意識に手を合わせ、お箸《はし》を手に取るマリエルちゃん。

「はい、いただきます」

私もマリエルちゃんに続いて箸《はし》を取り、食べはじめた。

うん、オーク汁はいつ食べても美味《おい》しい。具だくさんだから野菜やお肉の旨味《うまみ》たっぷりで食べでもあるし。卵焼きもふんわりと焼き上げられていて、完璧《かんぺき》だ。甘いのと甘くないのとどちらにしようかと悩み、今回は甘い卵焼きにした。

箸休《はし》めの梅干しやお漬物がいい塩梅《あんばい》で、さらにご飯が進むよね。

……それにしても、マリエルちゃんたら、いやに静かだな？

ちらっと彼女を見ると……泣いていた。

「マ、マリエルさん!?」

「……お、ぉ美味《おい》しいですぅ……グスッ。ど、どんじる、おいじぃぃ……!!」

マリエルちゃんはえぐえぐと泣きつつオーク汁を食べている。泣いているせいで、時折息が苦しそうだ。と、とりあえず泣くか食べるかどっちかにしようよ？

「主《あるじ》の作った料理をそこまで感激して食すなど、お主は見どころがある」

うんうんと頷《うなず》く黒銀。

「おまえ、いいやつ」

真白のいい人の判断基準とは一体……!?

「マリエルさん、落ち着いてゆっくり食べてね？　おかわりはあるし、足りなければ他のものを出すから」

「ううん、ううん……！　十分だよ……私、クリステアさんと出会えてよかった。あの時、勇気を出して声をかけてよがっだあぁ……！」

あああ、せっかく落ち着いたと思ったら、また涙がダバァッと……！

「私も、マリエルさんに声をかけてもらってよかったわ。おかわりする？」

「おねがいじまずぅ……!!」

すぐにきれいに空になったお椀《わん》が差し出される。

私は「盛大に泣きながらよく食べられるなぁ」と感心しながら、おかわりをよそったのだった。

「ごちそうさまでした。はあぁ、お腹いっぱいだあぁ……」

しばらくして、満足げにお腹をさするマリエルちゃんに、食後のお茶を淹《い》れる。

「お粗末様でした。本当によく食べたわねぇ。まさか、三杯もおかわりするとは……」

マリエルちゃんは、なんとご飯とオーク汁を三杯ずつおかわりしたのだ。十歳女子のどこにそれだけの量が収まったのか不思議でならないよ。

「嬉しくてついつい食べすぎちゃったのよ……うう、ここから一歩も動きたくない」

突っ伏すと胃が圧迫されて苦しいからか、椅子にもたれかかるようにしてぐったりするマリエルちゃん。……そんなになるまで食べなくても。

「その様子じゃデザートは無理そうね」

「デ、デザート!?　食べ……たいけどお腹いっぱいで無理だわ。クリステアさん、早く言ってくれたら三杯目は止めたのにぃ！」

「二杯は食べるんだ!?　……て、あんなに鬼気迫る形相で食べてはおかわりする人なんて止めようがないわよ」

呆《あき》れながらも、私は彼女の苦しそうな姿に苦笑するしかなかった。

「デザートは明日にしましょう。なんなら、お土産《みやげ》に持って帰るといいわ」

インベントリに入れているので傷《いた》む心配はないしね。

「えええ……今食べたいのに。私のばかぁ……」

「マリエルさんがインベントリ持ちなら、お土産《みやげ》にたくさん持たせてあげられるのに。

はい、とりあえず羊羹《ようかん》を薄くだけど一切れどうぞ」

お茶請《ちゃう》けに少しだけ羊羹《ようかん》を出してあげることにする。

「インベントリとかそんな夢のような……あ、ありがとうございます……て、えええ⁉

今一体どこから出しましたぁ⁉」

マリエルちゃんは、私がインベントリから取り出した羊羹《ようかん》を見て驚く。

あ、そうか。私がインベントリ持ちだって知らないんだったね。

「そのインベントリからよ？」

「えええええ⁉ なにそれ⁉ クリステアさんって色々チートすぎぃ‼」

ずるーい！ って言われましても。

「マリエルさんも挑戦してみたらいいのに」

「無茶言わないで。そんなの適性でもなきゃ無理に決まってるじゃない」

「私も最初はそう思ってたんだけど……」

私は彼女に、マーレン師とインベントリを習得した時の経緯を話して聞かせた。

「……クリステアさんって、やることがデタラメすぎると思うの」

「えっ？ 何故そういう結論に⁉」

真顔で言われるとは心外だ。

「魔法の発動にはイメージ力が大事っていうのはわかるわ。でも、インベントリのイメージが某猫型ロボットだなんて……」

ないわー、まじでないわー、と首を横に振るマリエルちゃん。そんなばかな。

「じゃ、じゃあマリエルさんだったらインベントリと聞いてなにを想像するの？」

「え？　私？　そうねぇ、私なら……」

しばし沈黙の時が流れた。

「……くっ、某ポケットしか想像できない」

「ほらね」

私は悔しそうなマリエルちゃんにしたり顔で答える。

「でもあれならしっかりイメージしやすいでしょう？」

「……確かに。でももう少しかっこいいイメージがよかったな。インベントリってもっとすごい能力だって思ってたのに」

いやいや、ちゃんとすごい能力だと思うよ？

「まあまあ。そうね、せっかくだからこの勢いでインベントリを習得したらいいんじゃないかな？」

マリエルちゃんもインベントリ習得できると思うんだけどな。

「ええ？　インベントリを？　まっさかぁ、無理無理。できっこないわよ」

マリエルちゃんは顔の前で手をひらひらと振る。

「まあそう言わずに。できたらラッキー！　くらいの軽い気持ちで、ね？」

私は、なにかの勧誘かのようにマリエルちゃんを唆《そそのか》した。

「ええー……」

「そうねぇ、もしできたら、お土産《みやげ》に和食とデザートをたくさん渡せるし、時間経過もないから、長く楽しめるのになぁ」

そう言ってちらっとマリエルちゃんを見る。彼女は今にも涎《よだれ》を垂らさんばかりに、期待たっぷりの瞳《ひとみ》で私を見ていた。

「そ、そうか……時間経過なしのインベントリがあれば、ごはんもおやつもストックし放題なんだぁ……」

「そうよ。そして今習得すればなんと！　羊羹《ようかん》の他にどら焼きやおしるこ、ごはんならおにぎりやオークカツ、オムライスなど特典が盛りだくさん！」

「乗ったぁ！」

私が某テレビショッピングのように煽《あお》ると、即座に乗ってきた。この乗せられやすさ、深夜の通販番組に電話注文しまくってたんじゃないかと心配になるほどだ。

「しかしアレだね、あんこ系が多くない？」

「……小豆《あずき》が手に入った時に浮かれて作りすぎたのよ」

大量に試作しまくったせいで、あんこ系のデザートストックが充実しているのは、ここだけの話だ。私が好きだからってのもあるけど。

「ええと、まずはどうしたらいいの？」

そうと決まれば切り替えが早く、マリエルちゃんはインベントリの習得に意欲的だ。

「どうもこうも……某ポケットにしまうイメージよ」

「あ、そうか。どうやって取り出すのかと思ったけど、まずは収納しなくちゃだ！」

……はは、私と同じこと考えてた。取り出すことばかり考えていて、中身を入れないと取り出せないということに気づかないってね。

「んーと、大きな空間……に、しまうイメージ……」

マリエルちゃんが手にしていたカップがふっと消えた。

「えっ!?」

「あら」

マリエルちゃんったら、早くも習得したの？　私より早いかもしれないわね。

まあ私の場合、マーレン師の講義の時間が長かったからねぇ。

「……えええええ!?　消えた!?」

彼女は自分でインベントリに収納したのに、周囲をきょろきょろと見回しカップを探している。

「えっ、ちょ、ど、どうしよう……!! あのカップ、高いんですよね!?」

動揺してる原因はそこか！ と内心突っ込みつつ、私もかつて、お母様のお気に入りのベンチを消してしまいオロオロしたことを思い出した。

「大丈夫だから落ち着いて。今度は、目的のものを取り出すイメージでやってみて？」

「目的のもの……あっ！」

消えたカップが手の中に現れる……けれど、受け止め損ねてしまったみたいで、少し残っていた中身が、彼女のスカートの上にこぼれる。

「わわっ！」

「マリエルさん大丈夫!? やけどしてない？」

「え、ええ。それは大丈夫だけど……」

冷めていたおかげで怪我はしなくて済んだようだ。だが、スカートにお茶の染みができてしまった。

「あら……少しじっとしててね？」

染み抜きをイメージしてクリア魔法をかける。すぐに対処したからか、かすかな跡も残らずきれいになった。よしよし。

「えっ⁉　今、なにしたの⁉」

「なにって……クリア魔法よ」

「クリア魔法って、生活魔法の？　普通ここまできれいにできないと思うけど？」

「え、そう？　染み抜きを意識してイメージしたら結構きれいになるわよ」

マリエルちゃんは驚いているものの、ついてすぐの染みなら前世でしていた染み抜きのイメージでクリア魔法をかけると結構きれいに落とせたりするんだよね。この方法で、シンがお肉の解体で汚れた時なんかも私がきれいにしてあげているのだ。そうマリエルちゃんに教えると、ボソリと呟《つぶや》いた。

「クリステアさん、まじチート……」

いやいやいや。これ普通だよ？　染み抜きしたことあるよね？　それならイメージしてクリア魔法かけたらきれいになるでしょう？　え、しないの？

「染み抜きをイメージしてクリア魔法なんて、かけたことないわよ……」

呆《あき》れたように答えるマリエルちゃん。

……えええ？　そうなの⁉

マリエルちゃんは、はぁ……と深いため息を吐くと、真剣な表情で私を見た。

「クリステアさん、ご自身がチートだという自覚がなさすぎます！　気をつけないと、学園で浮いちゃいますよ？」
「うぐっ！」
や、やっぱり？　なんとなくそんな気はしてたんだ。で、でも仕方ないじゃないか、
田舎《いなか》暮らしの引きこもりで比較対象もなく過ごしてきたんだから。
加えて、私がすぐ魔法を覚えちゃうことを面白がったマーレン師が、教えまくってい
たみたいだし。最近はさすがにやりすぎたと気がついたのか、特別授業はしてくれなく
なったけど。
「じ、自覚がないわけじゃないけど、これが普通なのか違うのか、わからなかったの
よ……ぼっちだったし」
「ああ、なるほど……て、ごめんなさい！」
ぼっちなのを納得され謝られてしまった。な、泣いてないんだからねっ！
だって領地ではセイと友達になったけど、ここでそれは秘密だし。彼も神獣と複数契
約しているから、比較対象にならなかったんだもの。
「だ、大丈夫！　春までにはなんとかするわ」
「……本当に、大丈夫ですか？」
「自信はないけど頑張るわ」

「クリステアさんの場合、頑張らないほうがいいと思うんですけど」

ジト目で見つめられた私に、反論の余地はない。かくなる上は……

「マリエルさん！　入学したら頼りにしてますから！」

ガシッとマリエルちゃんの手を包み込むように握り締《し》め、詰め寄った。

「へ？　私⁉　え、あ、あの、頑張り……ます？」

よし、言質《げんち》とったからねっ！

にんまり笑う私を見て、顔を引きつらせるマリエルちゃんなのであった。


楽しい時間はあっという間に過ぎる。すっかり日が暮れ、もうすぐ就寝時間だ。

「さて、そろそろお風呂に入って寝るとしましょうか」

就寝前にお風呂に入ろうと言うと、マリエルちゃんが食いついてきた。

「えっ！　お風呂があるの⁉　さ、さすがセレブ……！」

この世界では、お風呂が贅沢《ぜいたく》の部類に入るので、大抵の人は身体を拭《ぬぐ》うか、サウナのような大衆浴場へ行く。生活魔法であるクリア魔法できれいにするって手もあるものの、お湯に浸《つ》かるのはやはり気持ちがいい。でも、それができるのは貴族でも限られるのよね。

マリエルちゃんのお家は男爵家だから、あまりそういう贅沢《ぜいたく》はしないのかな？

「なに言ってるの。もちろん入るでしょ？」

「入る！　入りたい！」

「じゃあ行きましょうか」

「やったー！」

本当ならメイドたちにお願いして髪や身体を洗ってもらうんだけど、マリエルちゃんが恥ずかしがるので、二人だけで入ることにする。お湯は魔石で生み出すか、私が水魔法と火魔法の混合魔法で生み出すかなので一緒のほうが効率的だからね。

「う、銭湯と思えばいいかぁ……」

私も誰かと一緒にお風呂に入るのは少し恥ずかしかったけど、髪だけ洗いっこして後はお湯に浸《つ》かり、またおしゃべりに興じた。

そしてあんまり長々入っていたせいで、ミリアに呆《あき》れられてしまう。でも楽しかったよ。マリエルちゃんが私より発育がよいと思い知らされたのだけは、唯一楽しくなかったけど。ぐぬぬ。

「はぁ……いい湯だった……」

お風呂から上がり、ほへぇ……とまったりしているマリエルちゃんは、ぴかぴかに磨き上げられて可愛さが二割増しだ。

「ふふふ……そしてお風呂上がりはやっぱりこれでしょう！」

「そっ、それは！」

インベントリから取り出したるは、いちご牛乳だ。

本当はコーヒー牛乳が飲みたいところだが、まだコーヒーを見つけていないのでいちごにしている。

「いただきます！」

マリエルちゃんはいちご牛乳を受け取るとおもむろに立ち上がり、腰に手を当てた定番のポーズでゴッキュゴッキュと一気飲みした。

私たちだけだからいいけど、そのポーズは貴族の令嬢としてはアウトだからね？

でも気持ちはわかる。そのスタイルは正しい。

「……ップハァ！　美味《うま》ーい！　もう一杯！」

「ちょっと違うような気がするけど……おかわりはダメ。お腹壊すわよ」

「ええー？　前世では牛乳毎日一リットルくらい平気で飲んでたんだけど」

マリエルちゃんはがっかりするけれど、この世界では低温殺菌とかそういうのはないからね。これは黒銀が領地で手に入れてくれた搾《しぼ》りたての生乳を、すぐにインベントリに入れたものだ。

「そっかぁ……また今度飲ませてもらってもいい？」

「いいわよ」

今度かぁ……えへへ、またお泊まり会できるのかな？

次に会うのは学園に入学する時かも。なんにしても「また」があるのは嬉しい。

にまにましながら、私は彼女と身体が冷えないうちに寝室に向かう。

客室を用意したものの、二人ともまだまだ話し足りないし「パジャマパーティーしたいよね」と意見が一致したので、私の寝室で一緒に寝ることになったのだ。

分厚いガウンを羽織って寝室に向かいながら、伝え忘れていたことを告げる。

「そういえばマリエルさん、寝る時は真白や黒銀も一緒なのだけど……いい？」

「ふぁっ⁉　せせせ聖獣様たちと一緒に⁉　あの美形二人と⁉」

マリエルちゃんは顔を真っ赤にして動揺している。

……あ、これなんだかいかがわしい想像をしていそうだ。

「あのね、マリエルさん？　さっきは人型だったけど、本来は獣の姿だからね？　寝る時も人型なら、私だって一緒に寝るのは許さないわよ」

「え、あ……なんだ、そっかあ……て、ええ⁉　もももしかしてホーリーベアとフェンリルの、もふもふな姿なの⁉」

ずずいっと迫り寄るマリエルちゃん。近い近い！

「え、ええ……」

「私も一緒で大丈夫なの？」

「ベッドはみんなで寝ても十分広いから、大丈夫よ」

「じゃなくて。もふもふと添《そ》い寝は嬉しいけど、私が一緒で大丈夫なのかってこと！」

「別に大丈夫だと思うけど……」

あ、でも前世の話はできないね。

どうしようかなぁ、どのみちこれからマリエルちゃんと仲良くしていくなら、前世の話がついポロッと出ちゃうかもしれないし。打ち明けておいたほうがいいよね。やっぱり……

さて、私の自室に入ってからのマリエルちゃんの興奮っぷりときたらすごかった。

「な……なんて素晴らしいもふもふ！　精悍《せいかん》なフェンリルの黒銀様に、ふわもこキュートなホーリーベアの真白様！　毛並みもツヤツヤで美しい……！」

「ふふふ……でしょう!?　毎日のブラッシングの賜物《たまもの》よ」

うふふ、もっと褒《ほ》めてくれてもいいのよ？

「それにしても、もっと大きいのかと思っていたけど、そうでもないのね？」

「ああ、それは部屋に入ってても困らないように小さくなってもらっているのよ」

「サイズも自由自在なの!? そっかぁ……」

マリエルちゃんはどうやらベッドにみっちりともふもふに埋《う》もれるのを期待していたようで、少し残念そうだ。

そしてなにやら考え込み……ふいに顔を上げると、真剣な表情で真白と黒銀に質問した。

「あの……お二人は人型の時に耳や尻尾だけ出せたりはしないのですか?」

「……マリエルさん、抑えて?」

マリエルちゃんはケモ耳属性持ちだったのか。

ハアハアしながら質問する彼女に若干引きつつも、黒銀が答える。

『何故わざわざそのような面倒なことをせねばならんのだ。ああ、あれか? 獣人の姿のことを言っているのか?』

ドリスタン王国ではあまり見かけないけれど、この世界には獣人もいる。

まあ、エルフやドワーフがいるんだから、いてもおかしくないよね。

『獣人の真似などする意味がない。くだらん』

呆《あき》れたような口調の黒銀。私も獣人にはいつかお目にかかってみたいが、黒銀たちにケモ耳姿をお願いするなんて発想はなかった……マリエルちゃんの業《ごう》は深そうだ。

「そうですか……残念です」

『……主《あるじ》の友人は珍妙なことを考えるな』

しょんぼりするマリエルちゃんを見て胡乱《うろん》な目つきをする黒銀。

「まあまあ。初めて聖獣の姿を目にして気が動転したのよ。ね？」

「え、ええ……」

『くりすてあ、ともだちはえらんだほうがいいよ？』

「はう……なんて辛辣《しんらつ》な。だがそれがいい！」

……マリエルちゃん、真白の厳しい忠告にむしろ興奮してよろめくとか……

「……本当に考えたほうがいいかしら？」

「あっ、そんなぁ!?　冗談よ、もう！」

ぼそりと呟《つぶや》く私に、彼女は慌《あわ》てる。

「ふふ、私も冗談よ」

「ええ……びっくりしたぁ」

そこで私は一呼吸する。少し真剣な表情になって口を開いた。

「あのね、真白に黒銀。私とマリエルさんが友人になった経緯を、二人に話しておこうと思うのだけど……」

「ク、クリステアさん？」

マリエルちゃんが「えっ？　まさかバラしちゃうの？」みたいな目をこちらに向ける。

「マリエルさんも、いい？」

私が見つめ返すと、彼女はゆっくりと頷《うなず》いた。

ごめんね、このままマリエルちゃんと友人付き合いを続けていくのに、内緒にしとくのはいやなんだよ。きっと仲間はずれにされたみたいな気持ちにさせちゃうと思うから。

ヤキモチ焼きのこの子たちに、そんな思いをさせたくないんだ。

『ふむ。わざわざ話すからには、なにか理由《わけ》があるということか？』

『なあに？　くりすてあ』

「ええと、あのね……私とマリエルさんが友人になったきっかけが、とある共通点だったわけなんだけど……」

チラッとマリエルちゃんの様子を窺《うかが》うと、やはりかなり緊張《きんちょう》しているようだ。

そうだよね。お仲間の私はともかく、他の人に事情を打ち明けるなんてことは今までなかったもの。かくいう私も緊張《きんちょう》している。

でも、いつかは言わなきゃと思っていた。それが今ってだけだ。

「あのね……私、前世の記憶を持つ転生者なの」

「あっあの！　私も、なんです！」

覚悟を決めて打ち明けると、マリエルちゃんも後に続いた。

「なにを馬鹿なことを」とか言われるかな？　あまりにも突拍子がないものね。

『……それがどうかしたか？』

「……え？」

『主《あるじ》が転生者であることは知っていた』

「は？　え？　どうして？」

『……我が鑑定スキルを持っておることは教えたはずだが？』

「ええっ!?　鑑定スキルってそこまでわかるものなの!?」

……ってことは鑑定スキル持ちの人には、私が転生者だってことがバレバレだってこと？

『いや。我ほどのレベルになるとわかるだろうが、大抵の奴はわからんだろうな』

『おれは、くろがねからきいてたよ？』

「……な、なんだ……」

緊張《きんちょう》が解けた反動でへなへなと力が抜ける。へたり込んだ私を、マリエルちゃんが慌《あわ》てて支えてくれた。

『前世の記憶をそのまま持って生まれ変わる者は少ないが、いないわけではない』

「そうなんだ……」

『しかし、お互い転生者とよくわかったものだな？』

「あ……そのことなんだけど、私たち異世界からの転生者なのよ」

『なに⁉』

『いせかい？ ……て、なに？』

今度は二人が驚く番だった。

「それで、その転生前に私たちがいたのが、地球にある日本っていう同じ世界の同じ国だったの」

『なんと……チキュウ？ ニホン？ 異世界からとはさすがにわからなかった。驚いたな』

『……よくわかんない。なにそれ？』

納得しつつも驚く黒銀に対し、異世界というものがよくわからないらしい真白は、むすっとする。だよね。異世界とかピンとこないよね。

「とにかく、マリエルさんがその前世の記憶を持っているとわかるような言動をしたから、もしかして……と思って確かめてみたらその通りだったの」

「あの時はびっくりしました。もしかしたらとは思っていましたが、まさかクリステアさんが私を転生者と見破るとは思わなかったので」

ね！　とマリエルちゃんと私は顔を見合わせて頷《うなず》く。

『なるほど。身分の差を意に介さず、急に親しくなったのはそういうわけか』

『……よくわかんない』

ごめんね、真白。異世界のことについては、また後日ゆっくり説明するからね。

『主《あるじ》の年齢に見合わぬ知識や技術は、異世界の記憶故《ゆえ》か。納得した』

「ああ、料理なんかはそうね。……ズルいと思う？」

チートって、いわゆる「ズル」だもんね。

今まで賞賛されてきた料理や、魔法のコントロールだって前世の記憶を活用してのものだ。それでいい思いをしてるなんてズルい！　ってこの世界で頑張ってる人たちに思われちゃうんじゃないかと、怖くて誰にも言えなかった。

『いや。我の知る主《あるじ》は、それも含めて主《あるじ》だ。生まれ持った才能や力はそれぞれ違うのが当たり前だろう。それを活《い》かすかどうかは本人次第なのだからズルいもなにもない』

『くりすてあはくりすてあだからいいんだよ？　おれのじまんのしゅじんだよ？』

「……ありがとう、黒銀、真白。貴方たちも、私の自慢の聖獣だわ」

『当然だな』

『うん』

ホッ。「異世界とか意味わからん、気持ち悪い」とか言われなくてよかった。

それに、いつもそばにいてくれる真白と黒銀に打ち明けることができて、嬉しい。

秘密をずっと抱えているのはしんどかったもの。私は、前世の記憶があるだなんて知られたら気味悪がられて、みんな離れていっちゃうんじゃないかって、無意識に怯《おび》えていたことに気がつく。

受け入れられるって、こんなにも嬉しいことだったんだ。ああ、安心して涙腺が……

「ううぅ、ズズッ……よがっだぁ……よがっだでずねぇぇ……！」

「……マリエルさん？」

ズビズバと鼻を啜《すす》る音に振り返ると、マリエルちゃんが感極まり盛大に泣いていた。

あああ、鼻水まで垂らして……もう、しょうがないなぁ。私の涙はすっかり引っ込んでしまう。そのまま悪戯《いたずら》っぽい表情を作り、みんなに提案した。

「ああ、安心したらお腹空いちゃった。ねえ、寝る前だけどなにか食べちゃわない？」

『さんせい！　おれ、どらやきがたべたい』

真白がすかさず好物のどら焼きをリクエストする。

『ふむ、たまにはよいのではないか？　我もどら焼きをいただこう』

黒銀も賛同する。

「え……いいの？　じゃあ、私もどら焼き食べたい！」

マリエルちゃんはデザートが食べられなかったのが大層心残りだったみたいね。さっきまで大泣きしていたのに、今はどら焼きという言葉に目を輝かせた。

普段ならこんなことはしないけど、今夜は特別だ。前世の秘密を共有する仲間となったみんなで色んな話をしながら、ささやかな深夜のお茶会を楽しむ。

「あふ……あ、ごめんなさい」

しばらく話していると、マリエルちゃんは目をこすりながら、上体をゆらゆらと揺らしはじめた。寝落ちる寸前といったところだろうか。

「普通なら寝ている時間だものね、無理もないわ。もう寝ましょうか」

「はあい……おやすみなさい」

そうして私たちはもふもふに埋《う》もれ、幸せな気持ちで眠りについたのだった。

翌日。楽しい時間はあっという間に過ぎ、マリエルちゃんが帰宅する時間になった。

迎えの馬車が来ていると聞き、まだまだ話し足りないと思いながらも彼女を見送るために私も一緒にエントランスへ向かう。

「はあ……この二日間で色々とありすぎだわ。とどめはエリスフィード家の皆様との朝食会って。はあ、眼福だったぁ。緊張《きんちょう》のあまり、味がしなかったわぁ……」

「出汁《だし》巻き卵は美味《おい》しかった！　お味噌汁も！」

「美味《おい》しかった？」

「しっかり味わってるじゃないの」

「うぐっ」

マリエルちゃんが私のカマかけにあっさりと引っかかる。

昨晩は私たちだけで食事をしたけれど「朝食くらいは家族と一緒にいただきましょう」と、マリエルちゃんを連れて朝食の席に着いたのだ。

その時の会話はこんな感じだ。

「昨夜は随分と楽しかったようだな」

お父様は、私たちがすっかり仲良くなっているのに驚く。

「ええ。時間が過ぎるのがとっても早くて、ついつい遅くまで話し込んでしまいました」

「そうか、マリエル嬢は迷惑ではなかったかな？」

「い、いいえ！　とんでもございません。楽しくて時間を忘れてしまうほどでした」

「そうか……マリエル嬢、クリステアは少し他とは違い、変わった娘だ。学園では味方になってやってくれまいか」

「本当に娘は変わり者ですけれど。よろしくね、マリエルさん」

お父様、お母様が頼んでくれる。ありがたい。でも変わり者扱いはひどいです！

「もちろんです！　クリステア様は大事なお友達ですから」

当然だとにっこり笑って答えるマリエルちゃん。友達だって……嬉しい！

「なにかあれば僕に知らせてね。力になれると思うよ」

「あ……っ、ありがとうごじゃいま……ございます！　ノーマン様！」

そんな挙動不審《ふしん》なマリエルちゃんに苦笑しつつ、和《なご》やかな朝食の時間を過ごしたのだった。

「クリステアさん、このたびは色々とありがとうございました。またお会いできるのを楽しみにしていますね」

「ええ、また遊びに来て。楽しみにしてるわ。手紙を書くわね」

「ええ、私も書きますね！　ではまたー！」

馬車の窓からブンブンと手を振るマリエルちゃんに、私も手を振り返し見送る。

マリエルちゃんにはお土産《みやげ》として、おにぎりやらオークカツやら色々な料理を、覚えたばかりのインベントリにたっぷり収納させたので、当分は前世の味を楽しめるはずだ。

遠ざかる馬車を見送り自室へ戻った私のそばに、真白や黒銀が寄り添《そ》う。

『くりすてあ、まりえるがかえってさみしい？』

「うん、ちょっとだけね。でも入学式までもうすぐだし」

『そうだな。すぐに春になるから落ち込む暇《ひま》などないぞ』

そう、入学する春まではきっとあっという間だ。

それまでにやらなきゃいけないことは山積みだけれど、マリエルちゃんという初の！女友達もできて、入学後の楽しみができたんだもの。学園に入学すればもっとお友達ができるだろうし、そうしたらやりたいことがもっともっと増えるだろう。

そういえば、王都の街でお買い物や美味《おい》しいもの巡《めぐ》りをまだしていないんだよね。

これはぜひともマリエルちゃんと一緒にお出かけしないと。

その前に、ひとまず領地へ戻って入学に向けて色々と準備しないといけないわね。

今回の王都行きで、料理や食材はインベントリにたーっぷりストックしておかないと、あっという間になくなっちゃうのがわかったことだし。

そういえば、交流パーティーで友達を作るという当初の目的は、マリエルちゃんのおかげで達成できたみたい。それだけで、王都へ来てよかったと思う。

まだまだ課題は山積みだし、食べたいものは数えきれない。だけど、楽しみなこともいっぱいだ。

私、この世界に生まれてきてよかったなあ。

ああ、春になるのが待ち遠しい！

よおし、これからも頑張るぞーっ！

書き下ろし番外編

男爵令嬢マリエルの覚醒《かくせい》

私の名前はマリエル・メイヤー。

ドリスタン王国の王都で「買いたいものがあれば、まずはメイヤー商会に行け」と言われるくらい手広くやっている商会の一人娘よ。

一昨年、商会の会頭をしている父さんが一代限りの男爵位を賜《たまわ》ったので、一応は男爵令嬢ってことになるわね。

父さんは「貴族向けの販路がさらに広げられる！」と喜んでいたけど、新興貴族ってね、かーなーり見下されるのよ。

コノ成金ガー！　とか、平民ノクセニ貴族ブルトハ何様ダー！　とかの言葉を浴びせられるのはしょっちゅうで、正直うんざり。

そんなわけで、平民あがりの私としては、すこぶる居心地が悪い世界なのよね。

羽振りのいいメイヤー商会を、自分の派閥に取り込もうとする貴族のお茶会に何度か招かれたけど、そこのお嬢様はツンケンしててちっとも友好的じゃなかったし、「さすが商人あがりだけあって、貧相ね。あんな地味な子、私の取り巻きに相応《ふさわ》しくないわ」と私がいないところで笑っていたみたい。

そりゃあ、私はよく言えばおとなしめ、悪く言えば地味で気の弱そうな、いかにも陰キャな雰囲気だから、舐められても仕方ないのかもしれないけど、こちとら商人の娘、貴族のワガママ娘の取り巻きなんて、私のほうから願い下げよ！　ふーんだ！

父さんが「我が家の爵位はどうせ一代限りなんだから、派閥など気にせず中立の立場を守ればいい」と言ってくれたので、私は特に誰かの取り巻きになることもなく過ごしていた。

ある日の夕食の時間、父さんがエールを飲みながら話しかけてきた。

「なあマリエル、最近なにか思いついたものはないかね？」

「なにかって言われても、別に……」

私はスプーンで『ゴハン』をすくい上げながら答える。

元々は家畜の餌として流通していた、ラースという穀物の殻を剥《は》ぎ取って煮たゴハンは、パンに代わる主食としてエリスフィード公爵領で食べられるようになり、今は王都でも流行している。

ゴハンは柔《やわ》らかくてお腹に溜まるし、原価が安いこともあって、効率重視の商人や平民に瞬《また》く間に広まった。

それまでは堅いパンしかなかったから、安くてささっと食べられて満腹度が高いゴハンは、商人やその他の平民に歓迎されたわ。

私も食べやすくてあごが疲れないからゴハンは大好き。

味がないようでいて、噛《か》めば噛《か》むほど甘みが増して美味《おい》しいのよね。

それに、何故かわからないけど懐かしい気持ちになるの。

はあ……これが家畜の餌だったなんて。今まで本当にもったいないことしてたわ。

私がゴハンのほのかな甘みを楽しむためにゆっくり、もぐもぐと咀嚼《そしゃく》していると、父さんが懇願するように私を見た。

「そんなこと言わないでおくれ。お前発案の『お試しレターセット』の売れ行きが上々なんだ。あのようなアイデアはないのかい？」

「あの時はただ、私なら少しずつ色んなものを試してみたいけどなあって言っただけだもん。それを父さんが商品にしただけじゃない」

紙は羊皮紙より安価だけど、それでもそこそこいいお値段なのだ。その紙を使ったレターセットも当然それなりにする。

貴族は紋章入りのレターセットを大量に作ることが多いけれど、平民が大量の紙を買うのは経済的に難しい。

商会の店頭で一般販売しているものは、貴族に納めるものより少量だけど、それでも一セットあたりの枚数が多いせいか、商人ぐらいしか購入する人はいなかった。

それを悩んでいた父さんが私のふとした言葉から発想を得て、便箋《びんせん》と封筒を少量ずつ数パターン取りまぜて、お試しセットとして販売をはじめたのだ。

本当は大量購入したほうが単価としては安いんだけど、多少割高とはいえ内容量を絞《しぼ》ったことで、手にしやすい価格になったのが功を奏したようだ。

招待状や遠く離れた親に近況を伝えるための手紙、ちょっと背伸びをしておしゃれなレターセットでラブレターを書きたいという人たちが買い求めたの。

それ以来、父さんは商人としての目線ではない、客目線の私の意見を期待してるみたいなのよね。

「うーん……お試しセットの中で気に入った柄や色だけを継続して使いたいけど、たくさんは必要ないって人もいると思うから、同じ絵柄で少量のセットを作って売るのはどうかしら？」

「ふむ、確かに同じセットを繰《く》り返し買う客もいるようだし、試してみるか……」

父さんはそう言って、手元のメモ帳にささっと書き込むと、販売計画を立てるため食堂を出ていった。

「んもう。子供の私に意見を求めるなんて」

「本当に、あの人ったら困ったものね。でもあなたの発想力に期待しているのよ」

母さんは微笑《ほほえ》みながら父さんを弁護した。

「まったく、母さんは父さんに甘いんだから」

翌日にはもう小分けにされたレターセットが並んでいた。

「商人は速さが命」と普段から言うだけあるなと、父さんの行動力に舌を巻いたのはここだけの話よ。

それからしばらく経ったある日、父さんが商業ギルドで面白いものを入手して帰ってきた。

「これは、エリスフィード公爵家のご令嬢が考案したレシピだそうだ」

公爵家に売り込みに行く際に会話のきっかけになるし、料理人が代理で開発したのだとしても不味《まず》いものは売り出さないだろうから、損はないと思って買ったんだって。

早速、その日の夕食に出されたのは「マヨネーズ」というソースだった。

試作した料理人がサラダにかけるだけでなく、「潰《つぶ》した芋に混ぜるなど応用が効くそうです」と熱弁するのを聞きながら、初めて耳にしたのに何故か不思議と馴染《なじ》みのある名前のソースが入った器《うつわ》に手を伸ばした。

少しもったりとした薄黄色のソースをスプーンですくい、ポテッとサラダに落とした瞬間、「今すぐに食べたい！」という激しい衝動に駆《か》られた私は、すぐさまそのサラダを口にした。

「……っ！」

こ、これ……マヨネーズだ！

あ、いや、うん。確かにレシピ名がそうなんだけど……私、初めて食べたはずのこの味を知ってる⁉

……ううん、初めてなんかじゃない。

私……これが大好きだった。

「そっか、私、マヨラーだったたんだっけ……」

私がぽつりと呟《つぶや》くと、父さんが心配そうに私を見た。

「マリエル、どうしたんだ？　ソースは美味《おい》しくなかったかい？」

「え……？」

「サラダを口にした途端、急に黙《だま》り込んでしまったからどうしたのかと思ったわ」

母さんも心配そうに見ていた。

……やば、あまりの衝撃にフリーズしちゃってたみたい。

そりゃそうよね、いきなり前世のことをはっきり思い出したんだから。

「……ううん、あまりにも美味《おい》しくてびっくりしちゃっただけ」

私はごまかしながら、ぱくぱくとサラダを口にする。途中でマヨネーズを追加しつつ。

「美味《おい》しい……これ、本当に、美味《おい》しい……！」

私が凄《すさ》まじい勢いでマヨネーズを消費するのを、父さんと母さんは呆《あき》れた様子で見ていたけれど、マヨラーだった私を止められるわけがなかった。

その夜、私は自室で父さんが買ってきたレシピを眺《なが》めていた。

「マヨネーズにふわとろのオムレツ、そしてうどん……」

マヨネーズ以外のレシピは料理人が「練習したいのでもう少しお待ちください」と言って渡してくれなかったのよね。はあ……ものすごく残念。

でもこれは間違いない。私が前世で食べていた料理だ。

マヨラーだった前世の記憶が、このマヨネーズのレシピで蘇《よみがえ》ったんだ。

これって、すごいことじゃない？

このレシピの考案者は、エリスフィード公爵家のご令嬢だそうだけど本当だろうか。

そういえば、ゴハンもエリスフィード公爵領が発祥だった。

これも、前世のご飯そのものだもの。

本当にそのご令嬢が考案したレシピなら、彼女は転生者に違いない。

たとえそうじゃなくても、身近に転生者がいるはずよ。

そう結論づけた私は父さんに頼み込み、父さんのコネを総動員してエリスフィード公爵家のご令嬢のことを調べてもらった。

ご令嬢の名前はクリステア様といって、生まれてすぐに魔力量過多で暴走を起こしかねないとして、最近まで領地に引きこもっていたんですって。

彼女がお生まれになった当時、年齢が近いレイモンド王太子殿下の婚約者候補として打診があったけれど、魔力暴走の危険を理由に辞退されたそうなの。

高い魔力を持ちながら、その体質のせいでアデリア学園への入学は難しいのでは、と噂《うわさ》されていたそうよ。

だけど、クリステア様はここ数年で魔力が安定し、予定通り来年入学することが決まった。

……というのが、父さんが掴《つか》んできた最新情報だった。

私とクリステア様が同級生？　……ってことは、上手くいけばクラスメイトとしてお近づきになれるチャンスなのでは!?

……いや、無理か。

向こうは王族の覚えもめでたい公爵令嬢、私はしがない新興貴族の男爵令嬢。

同級生になったところで接点などあろうはずもない。

「……詰んだ。無理ゲーすぎでしょ」

ボスっとベッドに倒れ込み、枕に顔を埋《うず》める。

こうなったらあれか、乙女ゲームよろしくハンカチを落として拾ってもらうイベントを発生させるしか。

いやいや。格下の小娘が落としたハンカチなんてスルーして終わりよね。

あら、なにか踏んだかしら？　なんて言われた日には立ち直れないよ……

そんな私に好機が訪れた。

「交流会？」

すっかり我が家の定番メニューとなったマヨたっぷりのポテトサラダを頬《ほお》ばりながら、

父さんを見た。

「そう。新年に王宮に貴族が集まってパーティーを行うのは知っているだろう？　その時、アデリア学園に入学予定の子供たちも、別室で顔合わせも兼《か》ねて在校生たちと交流会をするんだよ」

「へえ……」

私は気のない返事をしながら、ポテトサラダのおかわりを頼んだ。

「マリエルや、お前も参加するんだよ」

「え⁇　……あ、そっか」

私も一応、貴族令嬢だから参加資格があるんだった。

もしかしたら、さりげなくクリステア様と接触するチャンスがあるかも……⁉

「しっかりしなさい。どこかの派閥に入る必要はないが、不興を買わないように気をつけるんだぞ？」

私は軽く握りこぶしを作り、胸をどんと叩《たた》いてみせた。

「大丈夫！　地味ーにおとなしく、壁の花になってるから！」

「いや、そういうことじゃなくてだな……」

心配そうに父さんと母さんが私を見るのを余裕の笑顔でスルーして、おかわりのポテトサラダをパクリと食べた。

年が明け、私は初めての王宮にドキドキしながら、父さんたちと別れて交流会の会場に向かった。

会場内では、フリルだらけのゴテゴテドレスで着飾《きかざ》ったお嬢様たちが、王太子殿下の登場を今か今かと待ち構えていた。

ゴテゴテファッションが今の流行《はや》りだけど、私は好みじゃないからと至ってシンプルなドレスを選んだせいか、周囲から全く気にもされなかった。

見通しのいい壁際をキープして会場内を観察していると、誰か入場してきたようで出入り口付近からざわめきが聞こえた。

「まあ！　ノーマン様がどなたかをエスコートして……」

「そういえば、今年は妹君のクリステア様が……」

周囲のヒソヒソ声からそんな言葉が聞こえてきて、思わず騒ぎの中心に目を向けると、そこにはピンクゴールドの髪をした、すっごく可愛い子がいた。

シンプルなドレスだけど、さりげなく使われているレースは見るからに高級だとわかるもので、それを品よく着こなしていた。

こ……、この方がクリステア様⁉

無理。こんなハイスペックな子と、どうやってお近づきになれっていうのよ⁉

彼女が転生者なのかすごく気になるけど、諦《あきら》めるしかない……私はがっくりと肩を落として、せめて美形兄妹を堪能《たんのう》しようと、じっくり観察したのだった。

途中、クリステア様が席を外して行方不明になるというトラブルはあったものの、交流会は無事、幕を閉じた。

はあ……こればっかりは仕方ないよね。

今後はレシピを購入して、前世を懐かしむとしよう。

とぼとぼと出口に向かう私の前方に、クリステア様とノーマン様の姿が見えた。

クリステア様の髪からするりとリボンが解けて落ちたけれど、二人ともそれに気づかず会場を出ていってしまった。

……もしかして、これってチャンスなのでは⁉

私は急いでリボンを拾って後を追い、勇気を振り絞《しぼ》って声をかけた。

「あのぅ……これ、落とされました」

これが、クリステアさんと初めて言葉を交わした時のお話。

それからは怒涛《どとう》の展開だったなあ……

クリステアさんは私と同じ転生者だとわかったし、あのレシピの数々は間違いなく彼女が作ったもので、彼女が手ずから作ったお菓子やごはんは最高だった。

……私、クリステアさんなしではもう生きていけないかも。いやマジで。

RC
Regina COMICS
アルファポリスWebサイトにて好評連載中！
転生令嬢は庶民の味に飢えている 1〜3
原作✦柚木原みやこ
Miyako Yukihara
漫画✦住吉文子
Yukiko Sumiyoshi
大好評発売中！

転生令嬢は庶民の味に飢えている 3
なつかしの味でお腹、満タン!!

新感覚ファンタジー
RB レジーナ文庫

痛快DIYファンタジー、開幕!!

レジーナブックス Regina

王太子妃殿下の離宮改造計画 1〜5

斎木リコ　イラスト：日向ろこ

定価：704円（10%税込）

日本人の母と異世界人の父を持つ杏奈。就職活動に失敗した彼女は大学卒業後、異世界の王太子と政略結婚させられることに。でも王太子には、結婚前から愛人がいることが発覚！杏奈は新婚早々、ボロボロの離宮に追放されてしまう。ホラーハウスさながらの離宮におののく杏奈だったけれど——？

詳しくは公式サイトにてご確認ください

https://www.regina-books.com/

携帯サイトはこちらから！

本書は、2019年8月当社より単行本として刊行されたものに書き下ろしを加えて文庫化したものです。


この作品に対する皆様のご意見・ご感想をお待ちしております。

おハガキ・お手紙は以下の宛先にお送りください。

【宛先】

〒150-6008 東京都渋谷区恵比寿4-20-3 恵比寿ｶﾞｰﾃﾞﾝﾌﾟﾚｲｽﾀﾜｰ 8F
（株）アルファポリス　書籍感想係

メールフォームでのご意見・ご感想は右のＱＲコードから、
あるいは以下のワードで検索をかけてください。

アルファポリス　書籍の感想　検索

ご感想はこちらから

レジーナ文庫

転生令嬢《てんせいれいじょう》は庶民《しょみん》の味《あじ》に飢《う》えている 3

柚木原《ゆきはら》みやこ

2022年1月20日初版発行

文庫編集－斧木悠子・森順子
編集長－倉持真理
発行者－梶本雄介
発行所－株式会社アルファポリス
〒150-6008 東京都渋谷区恵比寿4-20-3 恵比寿ｶﾞｰﾃﾞﾝﾌﾟﾚｲｽﾀﾜｰ8階
TEL 03-6277-1601（営業）　03-6277-1602（編集）
URL https://www.alphapolis.co.jp/
発売元－株式会社星雲社（共同出版社・流通責任出版社）
〒112-0005 東京都文京区水道1-3-30
TEL 03-3868-3275
装丁・本文イラスト－ミュシャ
装丁デザイン－AFTERGLOW
（レーベルフォーマットデザイン－ansyyqdesign）
印刷－中央精版印刷株式会社

価格はカバーに表示されてあります。

落丁乱丁の場合はアルファポリスまでご連絡ください。

送料は小社負担でお取り替えします。


ISBN978-4-434-29874-5 C0193